超動く家にて

メロスは激怒した。必ず、邪智暴虐の王を除かなければならぬと決意した。メロスには政治がわからぬ。したがってツイッターで皆が何を言っているのか確認した。だいたい言い尽くされていて、みんなのほうが邪悪に対して人一倍に敏感で、メロスはモチベーションを失った。かわりに面白そうな話題を見つけ、元ネタを探し、その過程で別の話に惹かれ、辿るうちにまた別の話にひっぱられ、気がついたら猫動画を観ていた。柴犬も見た。亀を飼いたくなった。このあたりでいっさいが無に帰すとともに、なんだっけという気持ちだけが残った。(宮内悠介)

超動く家にて

宮　内　悠　介

創元ＳＦ文庫

HOUSE IN DAMN WILD MOTION

by

Yusuke Miyauchi

2018

目次

超動く家にて

トランジスタ技術の圧縮

トラ技圧縮コンテスト（Toragi Compression Contest）——雑誌『トランジスタ技術』の広告ページを取り除き、収納しやすいよう薄く圧縮する技術を競う大会のこと。一九九八年に第一回が開催され、いっときはゴールデンタイムで放送されるまでになったが、電子書籍の台頭《たいとう》に伴い衰退、二〇二二年を最後に中断された。ファンからの強い要望を受け、運営側は二〇三六年に「最後の大会」を開催する旨《むね》をアナウンスした。

決着は目前である。

ここまで来れば、もう技も力もない。あとは、最後の勝負を決めるわずかな運だけだ。それがどちらへ傾くのか。アイロンの熱気が顔をあぶり、汗が玉となり滴《したた》った。

「ゆくぞ」

「ああ」

その声は歓声にかき消される。二人の目に迷いはない。梶原《かじわら》と坂田《さかた》が、同時に本を手に取った。『トランジスタ技術』——通称、トラ技。その現存する最後の二冊を。

この雑誌の創刊は一九六四年。

広く愛読されてきた、エレクトロニクスの総合誌である。だが、狭い国でのこと。アメリカのステーキのように分厚い本は、愛好家たちの頭痛の種であった。そのため、さまざまな保存方法が考案されてきた。ファイリングをする者がいた。電子化をする者がいた。しかし一般に広く知られているのは、おそらく「圧縮」であろう。

広告部分のページを捨て、厚さを半分ほどにする。

こうして、小さなスペースに、より多い冊数を収納しようというのだ。

記録によると、圧縮の試みは遅くとも一九七〇年代には行われていた。圧縮とは生活の知恵であり、同時に、狭い空間で暮らす日本人ならではの伝統芸なのだ。

手練《てだ》れの仕事は、新品と見紛《みまが》う仕上がりを見せる。

おのずと、それは競技と化した。精鋭が集い、スピードや美しさを競う競技圧縮へと。

——トラ技圧縮コンテストである。

梶原は横目で坂田の手つきを窺《うかが》った。

坂田の競技者としての全盛期は過ぎたはずである。しかし、その動きに淀《よど》みはない。

坂田が全国大会で初優勝を飾ったのは二十七のときだった。彼は地方の大会でも立てつづけに優勝し、前人未踏《みとう》の七連続防衛を果たした。不敗の王者と呼ばれた所以《ゆえん》である。

幼い梶原は、テレビに映る坂田を見て、胸を高鳴らせたものであった。

連覇は八回で途切れた。人に敗れたのではない。雑誌類が電子化されて久しく、紙がもはやデッドメディアとなった。それにともない、大会がつづけられなくなったのだ。

それから十五年。

大会運営側は、ひそかに日本中で『トランジスタ技術』のバックナンバーを収集しつづけ、ついにコンテストを開催できるだけの冊数が揃《そろ》った。今回は、文字通り最後の大会である。

梶原にとっては、王者へ挑むただ一度のチャンスなのだった。

*

バスを乗り継ぐごとに、雪が深くなっていった。朝霧のなかで、齢《よわい》七十ほどの僧が雪を掻《か》いている。梶原が訪れたのは、飛騨《ひだ》山中にある弁財天《べんざいてん》を祀る寺であった。

「関山《せきやま》先生」

僧の背に向けて、梶原は声をかけた。

「関山利一《りいち》先生ではありませんか」

「さて――拙僧の名は利仙《りせん》。人違いと思われるが」

「いえ、わたしにはわかります。アイロン派の祖にして、坂田九段の師――」

梶原はウェブの目撃情報をもとに、半信半疑で飛騨のこの寺を訪れた。だが僧の顔を見て、疑念が確信に、確信が喜びに変わった。

僧は逡巡《しゅんじゅん》していたが、誤魔化しきれないと悟ったのだろう。

「……不肖の弟子だった」

老僧はスコップを立てかけると、長く息をついた。冬の大気が煙《けぶ》った。

「たまに、御主《おぬし》のような者がここを訪れる。何用か？」

「わたしを――」

「弟子なら断わっている。……もう、すべては終わったのだ」

にべもない応対だが、梶原とて二日がかりでこの場所に来たのだ。簡単にひきさがるわけにもいかない。梶原は訴えた。幼いころ、アイロンの魔力に魅入られたこと。伝統を守りたい気持ちから、トラ技を圧縮したこと。真剣に弟子入りを考えていること。

「御主は、実際にトラ技を圧縮したことがあるのか」

「それは……」おのずと言葉に詰まった。

ない。

それが現実なのだ。

「『月刊アスキー』なら――」

「帰るがよい」

「来年、大会が開催されるのです！」

僧の眉が動いた。

ふと梶原は思う。老僧の胸には、いまだ情熱の片鱗が残されているのではないか。

「……トラ技は七冊所有しています」

「ふむ」

方々を駆け回り、ようやくめぐりあった七冊。まだ、手をつけてはいない。決戦の直前まで取っておきたい気持ちもあった。しかし、それ以上に。

「わたしには、とても触れられなかったのです」

解体し、圧縮するために買ったはずの七冊。だがそれは、あまりに尊《とうと》く、神々しく――。

長い沈黙があった。

老僧はやがて頷《うなず》くと、まっすぐに梶原を向いた。

「その気持ちを忘れずにいなさい」

「では――」

――決戦からさかのぼること一年。梶原、入門の日である。


密教の流れを汲《く》む寺である。燃えあがる護摩《ごま》の炎を前に、真言《しんごん》を唱える日々がつづいた。本に手を触れることは許されなかった。

紙がデッドメディアと化したいま、競技圧縮の技を磨く手段は一つ。オンデマンドでの発注と取り寄せである。坂田は、すでに何千冊と用意しているはずだ。それも、紙の種類から広告まですべて再現した、実物と変わりない本を。

真言を唱えながらも、焦りはつのるばかりである。幾度となく、梶原は師に訴えた。

「雪を掻いて、床を磨いて、それが終わったら護摩を焚《た》くばかり――わたしは僧になりたくてここに来たのではないのです！」

「競技圧縮は技のみではない。心なのだ」

「ですが……」

梶原は何度も山をおりようと考えた。だがそのたび、彼の脳裏によみがえる記憶があった。両親にせがみ、ただ一度、生で見ることができた競技圧縮の大会。

――東京ドームの満員の客席を、ライトが照らし出していた。

少年の目に、それは消えない灯火《ともしび》のように映った。対戦の組みあわせは、関山利一と坂田成実《なるみ》――いまなお語りつがれる、歴史的な一戦である。

梶原の前に席を取った二人組が、熱っぽく語りあっていた。

「関山、よく勝ちあがったよな」

「……ああ。よくやってくれたよ」

その当日、《トラ技保護連》を名乗る団体が爆弾を仕掛けたと犯行予告を出した。

なんといっても、トラ技は聖典である。

電子工学系の雑誌が次々と休刊していくなか、真空管の時代から生き残った雑誌。それだけにファンの数も多い。おのずと、このような衝突も生まれる。この予告があったため、当日の客の入りが危ぶまれたが、客席は見渡す限りの人であった。二人組がつづけた。

「そうか、おまえもアイロンを使っていたな」

「仕上がりが違うからな。でも、やっぱり試合じゃ使えねえよ」

「だが、関山は現実にアイロンを使って勝ちあがってきた」

背表紙の糊《のり》をアイロンの熱で溶かして取り外し、いったん記事や広告をばらばらにする。それから目次や記事のみをまとめ、ふたたびアイロンを用いて背表紙を整形するとともに、溶かした糊でページを接着する。背表紙は、文字のバランスや見出しの情報を鑑《かんが》み、最も映《は》える部分を残して折り、余った表紙の端を切り落とす。

しかし、設定温度が低すぎると糊が溶けず、といって高すぎると本を焦《こ》がす。本の刊行年代や、湿度といった外的要因もある。そのため、高い職人技が要求される。

これについて、関山が有名な言葉を残している。

いわく――「アイロンには、背骨があるのだ」

かつて、公式試合ではアイロンが主流であった。

そのアイロンが、なぜ廃《すた》れたのか。

競技ルールの変更である。それまでの試合は、作業のスピードもさることながら、仕上がりの美しさに重点が置かれていた。だが観客たちの目に、試合は緩《ゆる》やかで起伏のないものに映った。世の流れに立ちおくれたのである。スポンサーが離れ、放送は深夜枠となった。

運営側はルールの変更を余儀《よぎ》なくされた。

このとき重点が置かれたのが、速度であった。仕上がりは基準さえ満たしていればよく、あとは速い者の勝利となる。そこに台頭したのが、いきなり手で広告ページを剝《は》がしはじめる、いわゆる「毟《むし》り派」だった。もう、伝統的なアイロン派の入る余地はなくなっていた。

古い号はステープラーで綴じられているが、先にこれを外す点はアイロンと変わらない。

「――知ってるか。坂田も、かつてはアイロンを使っていたんだ」

「そうなのか?」

「確かな話だ。アイロンの技の美しさに惹かれ、坂田は関山の門下に入ったんだ」

ところが、坂田はデビュー戦で毟り派の若手選手に負けた。

「その負けかたがひどい。相手が一冊の圧縮を終えたとき、坂田はまだ背表紙にアイロンをあてていたんだ。以来、坂田は試合場に立つことさえできなくなった」

競技者としての坂田成実は、一度完全に忘れ去られた。だが、坂田はひそかに転向し、毟り派の旗手《きしゅ》として、ふたたび競技圧縮の舞台に立ったのである。

かつて多くの子供がそうであったように、梶原も坂田のファンであった。坂田の動きは淀みなく、何よりも華があったのだ。

毟りの手順はこうだ。まず、広告ページを手で毟り取る。ページが櫛状《くし》になるので、中心付近のまとまった一塊を残し、それ以外の記事や目次を毟り、取っておく。背表紙側に残った糊を剝ぎ取り、取っておいたページを別の糊で固定する。

あとは背表紙を折り曲げ、余った表紙の端を切る。

この方法を取ると、アイロンと比べ、手順をいくつも省略できる。しかし背表紙を折る場所を調整できないので、題字が隠れてしまったりもする。だからこそ、坂田は「動き」で観客を魅了していたのだ。

しかしその日、梶原は関山の意地に魅せられた。

関山は形状や温度の異なるアイロンを使い分けることで、スピード面の不利をカバーした。終盤まで、両者はほぼ互角に争っていた。

最後の数冊というところで、《トラ技保護連》の仕掛けた爆弾が両者のすぐそばで炸裂した。保護連とて人死にまでもたらす腹積もりはなかったようで、小さなボヤが起きた程度であった。それよりも、作業の手を止めすらしない二人が印象に残った。しかし、本に火が燃え移りそうになり、刹那、関山の注意が逸《そ》れた。この一瞬が明暗を分けた。坂田はかつての師に勝利し、初優勝を飾るとともに、以来破竹《はちく》の八連覇を遂げた。こうして、アイロンは表舞台から消えた。

梶原の原体験である。

最初は、漠然とした感覚が胸の奥で渦巻くのみだった。だがそれは時を経るごとに強くなり、いつしか梶原にとって明確な目標となっていた。――競技圧縮の舞台に立つこと。それも、ほかならぬアイロンを手に大会で優勝することが。

二度目の冬が近づき、大会の開催も迫ったころ、梶原は師から本に触れることを許された。ようやく、関山の技を間近で見られる。待ちに待った瞬間であった。

ところが、思わぬ事態が起こった。海外へ発注したオンデマンドの本が、いつまでたっても届かなかったのである。梶原は何度も問いあわせたが、そのたび、「発送は済んでいる」「担当者が替わった」「申し送りにミスがあったが問題はない」と対応は二転三転した。発注先を替えもしたが、結果は同じだった。梶原はメールを書いては注文を繰り返した。

時期を同じくして、飛騨山中の寺に思わぬ来訪者があった。

「――なんだい、久々に顔を見せたのによ」

「御主はもう弟子ではない」

そう。

坂田が訪ねてきたのである。だがそれは、師弟の再会というには程遠いものであった。

「困ってるなら、助けてやろうと思ってな」

「御主が？」

「アイロンを手放す。ただ一言、そう言えばいいんだ」

梶原にもようやくわかった。坂田が、海外の印刷所に手を回していたのだ。

関山は肩を震わせていた。

本が手に入らなければ、どうにもならない。だが、梶原は思わず師の背に向けて叫んだ。

「御師匠――耳を貸してはなりません！」

くく、と坂田が意地悪く笑った。

「この師にして、この弟子ありか」

坂田が立ち去ってからも、関山の震えは治まらなかった。失望か。あるいは、憤怒《ふんぬ》か。師の心中は、梶原にはわからない。そのまま、どれだけの時がたったろうか。

関山は顔をあげると、よい弟子を持った、とつぶやいた。

「御主は心配せずともよい。――来なさい」

関山が向かったのは経蔵であった。

決して入ってはならぬと厳しく命じられた場所である。

「ここにあるのは、利仙——いや、関山利一の妄執《もうしゅう》だ」

関山の目から、迷いは消えていた。

「……弁財天の起源はヒンドゥー教のサラスヴァティー。流れゆくものすべてを司る存在だ。そのなかには言葉や芸術、学問も含まれる。このことはかつて教えたな」

「はい」

「本来、言葉とは流れゆくものだ。だが、人はそれを押しとどめようとする。記録し、流れをせき止める。最たるものが、紙だ。紙とは人の迷いにほかならぬ。だからこそ、それは簡単には捨てられぬのだ。……それゆえ、拙僧はこれを経蔵に封じた」

おお、と梶原は声を漏らした。

「存分に使いなさい」

信じられない光景だった。五百、いや千冊はあるだろうか。

経蔵にあったのは『トランジスタ技術』——そのオリジナル版なのだった。

*

寺をあとにした坂田は、その足で東京の工房へ戻った。

広い部屋を、段ボール箱が埋め尽《つ》くしている。紙質から広告の細部に至るまですべてを指定し、海外に発注した本である。

門人の近藤《こんどう》が、お疲れさまです、と坂田を出迎えた。

かつて多くいた門人は、近藤ただ一人を残すのみとなっていた。時代の流れか、八連覇の傲《おご》りが人心を離したのか。大会が途絶えてからは、一人、また一人と坂田のもとを去っていった。

広いばかりの工房。それを見るたび、坂田はおのれの器《うつわ》を噛みしめる。

「……すまんな」坂田の口から、そんな言葉が漏れる。

「え？」

「いや、忘れてくれ。――仕事のほうはどうだ」

「契約を打ち切られました」

「なんだと？」

「先生は大会に集中してください。そう、失業保険もありますから」

ただ一人残った弟子が、苦境にありながら、坂田のため明るく振る舞っている。

これに応《こた》えられずして、何が師匠か。

「……失ったものは取り戻せばよい」

「そうです！」

このとき、ふと近藤がデスクにアイロンが置かれているのを見た。

「へえ、まだ持っていたんですね」

「――触るな！」

思わぬ叱責に、近藤が慌てて手をひっこめる。

何よりも坂田当人が、みずからの言葉に驚いていた。

「……すまん、どうかしていた」

失ったものは取り戻せばよい――よく言えたものである。

おのれを曲げ、やっと手にした名誉。その名誉も、とうに失ったと感じる。

――俺は。

――俺はいったい、何がやりたいのだ。

*

ドームの灯火。夢にまで見た、競技圧縮の舞台である。

いまその中央に、自分が立っている。その梶原を迎えたのは、観客の失笑であった。毟り派が集うなか、ただ一人、古めかしいアイロンを手に現れたからだ。

だが、アナウンスが梶原の名を告げたとき。

「梶原倫夫《みちお》、アマチュア、関山利一門下――」

――関山利一。

――かつてアイロンを手に勝ちあがり、坂田と闘った男。

その名はいまも人々の心に残っていた。笑いはやがてざわめきへ変わり、ざわめきは期待の声となり、そして梶原の試合がはじまるや、ついに歓声があがり出した。

坂田への挑戦権を決める、その予選である。

向かいの対戦相手と比べ、触れた本の数は少ない。しかし梶原は感触を持っていた。経蔵ではじめて『トランジスタ技術』を圧縮したとき、彼はすべてを悟ったのだった。

――雪を掻く。

――床を磨く。

そう――これらいっさいが、本を圧縮するために必要な所作そのものだったのだ。梶原は気づかずして、競技圧縮の技術を手にしていたのであった。

本は次々に圧縮され、山と積まれていく。歓声はやむどころか大きくなる一方だった。

誰もが、このはじめて目にする男に熱狂した。

観客は見たのだ。最後のアイロン派、関山利一。その再来を。

やがて、アナウンスが梶原の予選優勝を告げた。

休憩を挟み、百二十冊の本が台車に載《の》せて運びこまれた。さらに、同じ号がもう一揃い。一九九〇年一月号からの十年分、計二百四十冊である。雑誌は年代によって広告の量も厚さも異なる。対戦者同士が同じ号を使って、はじめて競技圧縮は成立するのだ。

運営側が用意した最後の本である。

会場が静まりかえる。

ゆらり、と坂田が入場した。

大会を前に、こんな憶測が流れた。坂田の力は、落ちているのではないか。予選が、事実上の決勝戦になるのではないか。そんな予断を覆《くつがえ》すように——。

坂田は一枚の硬貨を取り出すと、それを指に挟んで皆に突き出し、力のみで曲げた。彼の、昔ながらのパフォーマンスであった。だが、これを見た観客は沸《わ》いた。人々は思い出したのだ。自分たちは、坂田こそを見たかったのだと。

我知らず、梶原はつぶやいていた。

「そうでなくちゃな」

「俺も年かな」

坂田はにやりと笑い、梶原にささやきかけてきた。

「関山の亡霊が見えるぜ。成仏《じょうぶつ》してもらわないとな」

「亡霊はあんたさ」

梶原も負けじと応じる。

かくして——競技圧縮の歴史、その最後の試合の火蓋《ひぶた》が切られた。

坂田は値踏みするように梶原の手足を見据え、

「修練したようだな」

と低くつぶやいた。

梶原は応じなかった。

言われるまでもない。修練したからこそ、いまここに立っているのだ。

「あの関山が育てただけはある。だが、オンデマンドを使えないのは致命的だったな。俺はこの日のため、完全に復刻した本で修練を重ねてきた」

「これは、口の勝負だったのか?」

競技圧縮の試合に、ゴングのような合図はない。二人が息をあわせ、そのとき勝負がはじまるのだ。起源は諸説あるが、一般には、古来の相撲との関係が指摘されている。

梶原が構えると、坂田が外す。

坂田が構えると、梶原が外す。

睨《にら》みあいがつづいた。梶原がドームを見あげ、大きく深呼吸をする。坂田が笑った。

「そのぶんじゃ勝てないぜ」

「どうかな」

この言葉が合図となった。両者が、同時に本を手に取った。

観客が声をあげた。

それは歓声ではなかった。信じられないものを見たときの、呻《うめ》き。あるいは、叫び。

坂田の手のうちで、本が二つに破れていた。

ページを毟ったのではない。無惨にも、真っ二つに裂けたのである。坂田は顔色を変え、一冊目を手に取った。ふたたび、同じことが起きた。

「どういうことだ……」

「トレーニングが裏目に出たな」

梶原は、すでに一冊目の圧縮を終えている。

「オンデマンドを使った修行。年齢にしては驚異的な握力。恐るべきことに、あんたは決して老いていなかった。その点は素直に感心するよ。でも、こうは思わなかったのかい。あんたがいくら若さを保ったところで、本は老いていくのだと」

「経年劣化――」

「予選をしっかり見ておくべきだったな、坂田さん。アイロンは、遅い。アイロンは、鈍い。そのアイロンが勝ちあがってきた意味を、あんたは考えておかねばならなかった。そう――今回の、この大会に限っては、アイロンを持つ側が圧倒的に有利なのさ」

丁寧に。

人の肌に触れるように。梶原は、二冊目の圧縮を終えた。

「この構図、何かを思い出さないかい」

「なんだと」

「敵が一冊の圧縮を終えたとき、誰かさんは、まだ背表紙にアイロンをあてていた――」

坂田は三冊目をつかむ。その手のなかで、ふたたび本が裂けた。

「俺は……」

坂田の歯ぎしりが聞こえた。

「俺は、この本に触れる資格がない――」

そのときである。客席から一人の男が舞台に飛びこんできた。頭上に、黒光りするものを高々と掲げている。審判団が慌てて取り押さえた。坂田が我に返った。

「……近藤？」

「忘れものです！」

――幾度となく捨てようと思った。

――だが、決して捨てられなかった。

坂田の顔には、無意識に苦笑が漏れていた。

「触るなと言ったろう」

近藤から審判長の手へ。渡されたアイロンを、審判長は念入りに検《あらた》める。

「問題ありません。競技圧縮の規格に沿ったものです」

まもなくアイロンに火が入り、試合が再開された。

坂田が四冊目の背を鉄で撫でる。――刹那。梶原は息を呑《の》み、動揺を悟られまいと目をそらした。背表紙が瞬時に剝がれ、ぞろり、と坂田の手に落ちていた。

「雀り派へ転向してから、二十年弱……」

誰にともなく、坂田がつぶやいた。

「それでも、一日たりともこの練習は欠かさなかった――」

焦りが梶原を襲った。これまでのリードは、約二十冊。梶原が三本のアイロンを使い分けるのに対し、坂田はたった一本である。それなのに、序盤の優勢が失われていく。

四十冊。

五十冊。ついに、坂田が梶原に並んだ。

「見たか！」

坂田は観客を見渡し、あらん限りの大声で吼えた。

「俺が！

俺が！

俺が！

俺が関山利一の一番弟子、坂田成実だ‼」


五冊、十冊と両者の差は広がっていく。だが梶原は諦《あきら》めなかった。最後までわからないのが、競技圧縮の勝負である。怪我やアイロンの故障といった事故で、優勢が失われた例も数多い。

ときおり坂田の作業を窺いながら、梶原は自分のペースで圧縮を進めた。

梶原、六十冊。坂田、七十冊。競技圧縮においては、絶望的な差である。

「――教えてやろうか」

坂田の声を無視し、スチームアイロンに水を差す。坂田は構わずに言葉をついだ。

「おまえは当然、既刊すべての台割《だいわり》を覚えているだろう」

台割とは、どこにどの記事を入れるといった、いわば印刷物の設計図である。

それを覚えずして競技圧縮はできない。誰もが、既刊すべての台割を記憶している。

「号数を見たら即座に広告ページをたぐれるよう指に覚えさせる。そう、愛する小説の、好きなシーンを直感的にめくれるようにな――」

　梶原は聞こえないふりをした。

　自分の師は関山利一である。坂田成実ではない。

「だが、ほとんどの競技者はそこで終わる。俺の八連覇には別の理由がある」

　坂田の声は客席に届いてはいない。

　それでも観客たちは前のめりになり、二人の会話を聞こうとしていた。

「――映像記憶」ようやく、梶原が口を開く。「それに類する何かだ」

「知っていたか」

「それ以外考えられない。一瞬見ただけのものを細部まで覚え、再現できる能力――」

「そうだ。そして視覚に映像記憶があるならば、触覚にもそれはある。『トランジスタ技術』のみではない。過去に読んだあらゆる本の台割を、指が記憶している。それがこの俺、坂田成実だけが持つ力だ。それこそが、ほかの競技者との決定的な差なのだ」

「何度も言わせるな」

　ようやく、梶原が七十冊目の圧縮を終える。

「その坂田とやらは、口で勝負する男だったのか」

「最後の試合だからな」

「すでに勝ったとでも思ってるのか」

　会場の誰もが、梶原が虚勢を口にしたのだろうと想像した。

――最初に異変に気づいたのは、ほかならぬ坂田本人だった。

次第に、皆も何かが起こりつつあると気づき出していた。二人の差が縮まってきているのだ。坂田が八十五冊を越えたあたりからであった。梶原がスパートをかけたのか、あるいは坂田のペースが落ちたのか。それは、坂田の表情を見れば一目瞭然《いちもくりょうぜん》だった。

「これは……」坂田は明らかに戸惑っていた。

「ようやくだ」と梶原がつぶやく。

「いったい何をやった！」

「……映像記憶を持つ者がいるように、人間には、偽記憶というものがある」

「なんだと？」

「つまり、人間は覚えてもいないことを思い出すことがあるのさ。このメカニズムは解明されていないが、そうした現象があることはすでに実証されている」

坂田は、手元の本を凝視した。

「まさか――」

「印刷所に手を回したのが、自分だけだとでも思ったか」

「おまえ……」坂田の声は震えていた。「台割そのものを変えやがったな！」

オンデマンドの海外製本が不可能だと知ったとき、梶原はただちに反撃に打って出た。それが、坂田に送られる本の、台割そのものを変えてしまうことだった。本来の記憶とのズレを認識系が埋めようと試み、結果、ありもしない記憶が生まれる。

――梶原はメールを書いては注文を繰り返した。

敵の工作を逆手に取る作戦であった。このために梶原は細心の注意を払ってきた。坂田に疑念を抱かせないためには、騙《だま》されているふりをつづけなければならない。

この作戦は、坂田が印刷所を信頼したとき、はじめて効果を発揮するからだ。

それも、相手は映像記憶の持ち主である。気づかれないようにするには、年代順にグラデーションを描くように、少しずつ台割を修正しなければならなかった。

「相手がほかの競技者なら、この工作は意味がない。だが幸いにも、俺の相手は天才坂田だった。そう。極度に発達した記憶力が偽記憶とあわさると、それは致命傷となりうる」

しかし梶原にも誤算はあった。

それは、効果が発揮される境目《さかいめ》を一九九七年前後に設定したことだ。

運営側が用意できる本の数や種類はおのずと限られる。比較的新しく、流通も盛んな時期はいつか。梶原はそれを二〇〇〇年前後と定め、境界線を設定していた。

ところが、決勝で準備された本は一九九〇年から一九九九年までのものだった。

仕掛けの効果が現れるのは、最後の四十冊弱しかない。

坂田との差は十五冊。これを詰め切れるかどうか。――可能性は低い。が、まだわからない。

両者がスパートに入った。

九冊。七冊。坂田のリードは縮まっていく。しかし、残りの冊数が少なすぎる。坂田が九九年の十二月号を圧縮し終えたとき、梶原の手元には、まだ五冊が残されていた。

――だめか。

梶原がついに諦めかけた、そのときである。

「まだだ」

坂田がつぶやきながら、梶原が仕上げた本の山に目を向けた。そうだ。彼には、最初に壊してしまった三冊がある。だから、坂田はこう考えているのだ。

梶原の山に、基準を満たしていない本が三冊以上あれば。

――ない。

坂田の判断は瞬時だった。そのまま、九〇年の一月号が手に取られる。

「しょうがねえ。自分の手で壊したんだしな――」

坂田が改めて広告ページを取り除き、割けた背表紙を丁寧にアイロンで整形しはじめた。背表紙には糊があるので、その力を借りれば素人目には一見裂け目があるともわからない一冊ができあがる。坂田の修復技術は一流だった。しかし単に圧縮するのに比べ、修復は手間が多く、時間がかかる作業である。

やがて二人の手のうちには、最後の一冊が残されていた。

決着は目前である。

ここまで来れば、もう技も力もない。あとは、最後の勝負を決めるわずかな運だけだ。それがどちらへ傾くのか。アイロンの熱気が顔をあぶり、汗が玉となり滴った。

「ゆくぞ」

「ああ」

その声は歓声にかき消される。二人の目に迷いはない。梶原と坂田が、同時に本を手に取った。《トランジスタ技術》――通称、トラ技。その現存する最後の二冊を。

もう言葉はいらない。

梶原が九九年の十二月号を圧縮し終え、すぐに坂田に目をやった。遅れて、坂田が背表紙の整形を終えた。坂田は梶原の背を叩くと、その右手を皆に向け高く掲げた。

そのとき、客席から一つの影が飛び出してきた。

観客とともに観戦していた関山だった。

「先生――」

梶原が口を開きかけた。

だが関山は梶原には目もくれず、坂田を抱きしめたのであった。刹那、坂田がばつの悪そうな視線を梶原に向けた。それは前王者がはじめて見せる、人間的な表情だった。

坂田が何か言おうとするのを、梶原は遮《さえぎ》った。

「――あばよ」

言い残し、梶原は試合場に背を向けた。歓声はいつまでも鳴りやまなかった。

文学部のこと

1

文学部の朝は早く午前五時にはもう型取りの粘土をこねる者や試みに味を見る者、そのほかラジオ体操第一をする者やウェブの都市伝説を信じて幻の巨大魚を探す者、特に用があるでもない者と、多くの学生がまだ肌寒いキャンパスを行き交いだすのであるが、入口にはサークルの看板や初代学長の胸像、二期生だか三期生だかが作った何やらわからないオブジェなどに紛《まぎ》れ、猪《いのしし》に注意と大書きされた看板があり、そう言われたからには猪の襲来に備えねばならず、さりとて何をどう注意すればよいか具体的な指示が書かれているでもなく、また現に野生の猪を見たという話も聞かぬので、かつて誰かがオブジェを猪と見間違えたのだというかにもそれらしいが根拠もない説、そうではなく昔実際に被害があったのだという無責任な噂、いやあれは二代目の学長の気まぐれで設置されたのだという根強い作り話など、さまざまな流言が毎年のように飛び交い、実際の所以《ゆえん》は学長も知らないようで、いずれにせよ文学にとって目下最大の敵は猪ではなく湿気なので、思わぬ事故が起きやすい初夏や初冬などはゼミ生が交替で昼夜問わず異状がないか目を光らせる。一度雨に降られ学内でシャツを干そうとして上級生に叩き出されたことをよく憶えている。

2

学生は法学部よりは少なく工学部よりは少し多い。

当時は国外でも人気が出たためか学生も以前より増え、しかし概念よりモノが先立つ場合の常で適切な訳語がなく、英語圏ではそのまま音をひいてブンガク、逆に南米とりわけブラジルなどでは日系人による懐古趣味からサクラといった呼称が広まり、一方フランスでは慣習的にビュニャークと呼びつつ冠詞その他をどうするかでは解釈が分かれ、男性形でヌーヴォー・ビュニャークと書かれては差別だという声があがり、といってヌーヴェル・ビュニャークと誰かが言うとまた反対の声があがり、これは由々しき事態であるとして策定委員会が開かれ、三日三晩にわたり揉《も》めに揉めたあげく、結局はなんとなく美しいという理由で女性形に落ち着いた。文化の違いか西欧ではコンテストの専門部門なども数多く、楽しみかたには我々と若干の温度差が見られるが、どうあれ文学は一朝一夕《いっちょういっせき》に仕込めるものではないので、いまのところは日本産が好まれているし、そうでもなければ専門の学部などいらぬという話にもなる。

材料の原産地や酵素の種類といった基礎知識はもちろん必須で、それに加えて寝かしておく際の温度などは学閥やメーカーごとに秘密もあるとのことで、何度やってもうまくできない学生がいる一方、同期入学のスミカなどは最初から玄人《くろうと》顔負けの仕込みを見せ教授陣をうならせたものだった。

スミカを狙う男子生徒は多かったが不思議と浮いた話は聞かず、きみの心は奈辺《なへん》にありやと一度友人が訊《たず》ねたところ、彼女は思わせぶりな笑みを浮かべるばかりだったので、やはり彼女のもっぱらの関心は文学の生成とその純化プロセスにあるのであろう、そういうことにしておこう、それがなんとなく美しいはずだと合意が形成された。

3

他人事《ひとごと》のように書いたがわたしも何度やってもうまくできない学生の一人で、実習初日にバケツ一杯の酵素を廊下にぶちまけ、片づけが終わったときにはクラス一同があのニッキのような匂いを身体から発散させており、これにより全員の予定が台無しとなり、廊下の隅は溶け、この件は大切な教訓として毎年新入生の前で語られることとなった。以来それが心的外傷となったのか、仕込みの初期段階で腐らせたり、あるいは朝に食べたヨーグルトのビフィズス菌が混入したりと不運にも見舞われた。いま思えばわたしは多くを求めすぎ、また力量以上のことをやろうとしたのだろうと想像もつくが、当時はわかるはずもなく、また誰かに助言を請うのも癪《しゃく》なので、一人の時間のほとんどを仕込みの練習に費やした。

ある晩ようやくこれという仕込みができ、誰もいなくなったと思った廊下でばったりスミカと会い、祝いと称し、当時なぜか学内にあった流し素麵《そうめん》の店へ行くこととなった。いくつかの他愛のない話といくつかの沈黙ののち、スミカは「あげるつもりだったんだけど」と手書きの配合レシピを一瞬だけわたしに見せ、それから破り捨てた。

店ではリクルートスーツの上に白衣を着た文学部生たちが押し黙って素麵をすすっていた。文学部生といっても現実にメーカー等の求人は数が少なく、主な就職先はカラオケ店のチェーンであったりソフトハウスであったりとその時代ごとに異なるが、いずれにせよ四年、早くは三年のころには多くが文学との別れを考えねばならない。

4

文学の由来には諸説あるが、物的証拠としては縄文の時代にはすでにあったと判明しており、日本書紀にも記述が見られるので、それが西方から来たのか南方から来たのか、あるいは独白に造られたのか定かではないが、有史以前よりあったという点で専門家の見解は一致している。なかでも「神文」とされる種《しゅ》はカフミ、カンブミとも呼ばれ、古くから研究者や愛好者の注目するところで、このモチーフは神話から現代のサブカルチャーに至るまで広く散見される。それぞれに特徴は異なるものの、共通する要素としては、まず第一に神文は水のように澄みわたり、副作用もなくいくらでも読め、心身を健やかにし、芸術家にはインスピレーションを、経営者にはイノベーションをもたらすというから、水戸光圀《みとみつくに》が実は神文を探していたという有名な俗説はさておき、これを再現する試みは遅くとも平城京のころから代々の為政者によってなされている。正体は依然として不明である。もっとも学派によってはこれは文学でなく粘菌の一種ではないかとする説もあり、いやそもそも神文などというものはなかったのだとする強硬派もあり、そんなのどうでもいいじゃんという身も蓋《ふた》もない一派もあり、それを言ってははじまらないと憑かれたように再現を試みる者たちもいて、また別の学派には文学を読んだ僧侶の蝸牛管《かぎゅうかん》を燻《いぶ》したものこそがそれだという論もあり、これなどは多くの研究者が首肯するものの証拠はいまだ見つかっていない。

5

さて純化と呼ばれる過程ではまず最初に糠《ぬか》を取り除く作業があり、この割合によって出来あがりもまた変わってくるので、主に歩合が七割以下のものを文学と呼ぶことになっていたのだが、今世紀の初頭には法律が変わり、七割の基準は設けられないこととなった。

これはいくつかの事情が重なった結果で、行政としては生産や消費を活性化したい狙いがあったのと、消費者が増えるにつれ表示のみを貼り替えたり、また化学処理をした粗悪な模造品を文学と偽る詐欺が横行しだしたことがあって、中国の業者などは明らかに普通に造るより手間暇のかかった模造品をこしらえ、学部生のあいだでは逆に流行《はや》ったりもしたものだが、こうした製品の存在が好ましいはずもなく、法整備に伴い闇《やみ》文学や模造品の類《たぐ》いも数を減らし、いまはすっかり見かけなくなった。

「でもおかげで、たくさんの新しい製品が生まれたの」というのがスミカの見解である。「このせいで純化技術の低下や、国内消費の減退が進んだのも確かだけど」

「スミカも悪法だと思う?」

「そこまでは言わない。いいものはいい、それに違いはないのだから」

ところで学年に必ず一人は「文学が見える」と言い張り一歩も引かない者なども出現するもので、よく言えば不思議ちゃん、ありていに言えば困った人、いずれにせよ深く関わらないに越したことはないと周囲は遠巻きに見守りつつ、しかしこれが文学部の面白いところで、こうした人物は疎《うと》まれるでもなく、むしろどことなく愛され、それどころかゼミに一人いると仕込みがうまくいく確率があがるとか、論文の参照数が増えるとか、彼氏彼女ができるとか何やら座敷童《ざしきわらし》のような扱いを受けたものだったが、スミカはそうした学生とは違いドライに文学に接しており、ともすれば精神論や非科学に偏りがちな学生たちとは一線を画していた。

6

純化の過程で余った糠は古来より沢庵《たくあん》や鰯《いわし》などを漬けるのに使われ、いまでも酒の肴《さかな》として広く愛好されているほか、ミネラルを多く含み美容にもよいとされ、眉唾《まゆつば》ものの話としては水にパワーをもたらすとか、あるいは癌《がん》の予防効果があるとか、果ては放射能を除染するといった本まで出ており、これに対し大学は警告を発していた。改善されたという話は聞かない。いずれにせよ学部にとって当面の問題は、空中に浮遊した糠の微粒子が耳から入り込んで人に夢を見せるので厳重な注意が必要なことである。

製品としての糠は処理を施《ほどこ》しているものの純化過程ではそうもいかないので、学部生は真夏の暑い時期もイアーマフの着用を義務づけられ、七、八月ともなると頭は朦朧《もうろう》としてきて絶対これ耳栓でもいいだろと一日に一回は誰かが益体《やくたい》もなくつぶやき皆から冷たい視線を浴びたものだが、これは単純に管理上の都合、つまり誰の目にも見えるイアーマフであれば相互にチェックもでき安全性が高まるという明確な理由があったので文句のつけようもなく、それでも必ず毎年三、四人は暑さに耐えかねてか好奇心からかイアーマフを外し、糠に魅入られ衣服のみを残し失踪するようである。

7

余談であるが三年のころ実際に猪がキャンパスに現れ、大騒ぎののち地元警察の迅速な対応により一人の怪我人も出すことなく麻酔銃でことなきを得たのだが、これは悪戯《いたずら》好きのＯＢの仕業であったらしいことがのちに判明し、つい魔が差してやったらしい旨《むね》が三面記事に掲載された。

それにしても猪を一頭つかまえるのは大変な手間であったはずで、そのため学部生はこのＯＢに敬意を表し何かしようということになり、どういう話しあいの結果そうなったのかは不明であるが、以来事件のあった十二月三日には猪のハリボテを皆が作りキャンパスを行脚《あんぎゃ》する祭りが開催されるようになり、これは一種の伝統行事としてしばらくつづいた。

ハリボテの素材は主に段ボールや紙粘土であるが、凝った学生は木材に彫刻を施したりアクリル製の透明な猪を作ったりと、何かしら人と違うことを試みる。しかし記憶に残っているのは、猪鍋を食べた後の容器を捨てる場所が見つからず友人と学内をさまよったこと、マフラーを家に忘れたこと、そのとき放送でかかっていた曲がなぜかビートルズのブラックバードだったことだ。

8

スミカは早くから教授陣に好かれており、また誰もが修士に進むものだと思っていたので、進学を考える学生は彼女によく相談をしたし、かくいうわたしもそうした。それが純化をきわめたいという探究心によるものだったのか、ただ漠然と彼女と同じ道を進みたかったからなのか、相談にかこつけて話をしたかっただけなのか、はたまた単に社会に出ることを嫌ったのか、このあたりの機微は記憶も散りつつありなんとも言いがたい。

「この先は、綺麗なことばかりじゃないよ」

そう応じるスミカの顔は愁いを帯びており、また口調からは確固とした壁が感じられ、いまはいろいろと真意を想像することもできなくもないが、当時はそれ以上何も言えなかったし、訊《き》くこともできなかった。いずれにせよ自分で考えるべき問題には違いなかった。

秋が来ていた。

棟のラウンジには学生たちがやつれた顔で何をするでもなく溜まっており、というのも文学は年に一度岩手でコンテストがあり、そこでの入賞が学部生たちの目標であったのだが、その年はどういう理由からか突如中止となり、抜《ぬ》け殻《がら》のようにただそこにいる者、酒をくらう者、自死する者、せっかく地道に育てあげ純化した作品を川に捨てる者などがあとをたたなかった。

9

結論から言うとわたしは修士には進めなかった。

いっときのブームから大きくなった文学部も徐々に学生が減り、そのうちに文学は施設の維持だけでも馬鹿にならぬと理事の一人が言い出し、学部そのものを廃止にしようという動きが生まれ、その通りだと付和雷同《ふわらいどう》する者、それでも文学部は大学の一翼を担うと言い張る者、その前に文化であると主張する者、いや文化など一銭にもならぬではないかとわかりきったことを大人気《おとなげ》なく口にする者、もう少し現実的にメーカーや地方行政の援助をあてこむ者、我関せずを貫く者、その他何も考えていない者などさまざまであったが、最終的には経営判断ということで新規の学生募集そのものが取りやめとなった。

このことで誰よりもショックを受けたのはスミカであろうから、わたしは彼女の仕込みの当直が終わる頃合を待って呑《の》みに誘ったところ、

「秘密だからね」

と彼女はささやき、使われなくなって久しい古い学舎の地下へわたしをつれ込んだのだが、そこには大きな樽が七つか八つあり、そのすべてにスミカの字のラベルが几帳面に貼られていた。聞けばスミカは教授陣にさえ知られることなくここで独自に純化を研究していた様子で、

彼女は処理の終わったものを樽から一部取りわけ、そっと手わたしてきた。

「菌に秘密があったの」

彼女が言うには、古代文明が縄文から弥生に塗り変わる際に、列島の菌の分布もまた塗り変わった。そこでスミカは考古学科から縄文土器の欠片《かけら》を譲り受け、内部に眠っていた菌を採取し、古代の文学の姿を再現してみせたのだという。味を見てみた。それはかつて読んだほかのどれとも違い、高い透度と少しの苦みがあり、何よりも、清冽な湧き水のように澄みわたり、灰汁《あく》にあてられることもなくいくらでも読むことができたのだった。

「まさか……」

わたしは我知らずつぶやいていた。古来より誰一人再現できなかった神文を、スミカはたった一人で作りあげたというのか。だが手のなかにあるそれは、確かにそうとしか言いようのないものなのだ。

わたしはすっかり夢中になっていた。

「あのね」このとき、スミカが何かを言いかけた。「……いや、なんでもない」

10

先天的にめでたい性格のわたしは、これはわたしに気があるのではないかと思ったのであるが、もちろんそんなことがあるはずもなく、その後スミカと会うことはなく、多くの同期生がそうであったように巷《ちまた》のソフトハウスに就職することとなった。仕事は小規模の組み込み開発のプロジェクトが多く、文学部の経験は役に立ったような気もするし、まるで役に立たなかったような気もする。役に立たないからいいとも言えなくはない。どうあれそれは問題ではない。文学部に強烈な郷愁を感じることもあれば、逆に吹っ切りたいと思う瞬間もあれば、その前にそもそも自分が本当にそこに所属していたのかどうか、事実がなんなのか怪しくなることもあり、ともすれば商学部生や法学部生だったような感もないではないが、そのためにわざわざ履歴書その他を確認するのもなんとなく馬鹿らしいと思うくらいの理性はある。

スミカのその後の行方は聞かなかったが、彼女の面影と、何よりもあの古い学舎で造られた神文らしきものの味が忘れられなかったわたしは、幾度となく文学部跡を訪れた。

卒業して幾年かのちには施設にブルドーザーが入り、あのときの地下室はおろか、ゼミ室も、猪注意の看板も、広場も、服を干そうとして叱られた部屋も、巨大魚がいるとされた川も、汗ばんだイアーマフをかけた鉄製のフックも、ブラックバードを流していたスピーカーも、ベンチも、あの垢《あか》抜けないファインアートのオブジェも、わたしたちが何をするでもなく詩や女の話をしていた思い出というほどでもないが否応《いやおう》なしに忘れられないラウンジも、そのほかなんとなく美しかったいっさいが更地《さらち》となって失せており、だから結局のところ文学部はあったのかもしれないし、それとも本当になかったのかもしれず、むしろ消えたのは自分のほうで衣服のみが残されていたら面白いが、残念ながらたぶんそのようなことはない。

アニマとエーファ

戦後、アデニアは風光明媚《ふうこうめいび》を売りに観光客で賑わいはじめたが、それは主には復興を急ぐ観光庁の誇大広告によるものでもあった。実際に各種のインフラが復旧していたのは、首都圏の一部のみ。爆撃であばた面《づら》となった石畳は修復されず、間に合わせのアスファルトが点々と埋められ、まるでテーブルクロスに魚醤《ぎょしょう》の雫《しずく》でも飛んだような有様だった。

湖畔のホテルはというと、客に出す外国の酒もない。困った支配人は隣国からどぶろくを取り寄せると、それらしいオリジナル・カクテルを幾通りかでっちあげた。ところが何事もやってみるもので、これが存外に功を奏し、ボーイたちのやけくその口八丁と相俟《あいま》って好評を博した。

景観がいいほか、これといった娯楽はない。

観光庁は誰のものともわからなくなった土地を接収し、急遽《きゅうきょ》、ダンスホールやカジノの類《たぐ》いを増やしていった。しかし観光客たちが求めていたのは、深い歴史が薫《かお》ってくるような湖畔の風や、何より旧市街に張り巡らされた石畳の路なのであって、わざわざアデニアまで来てダンスホールで踊る特別な理由はなかった。

古くからの美術館は建物こそ立派だったが、めぼしい展示品は、革命軍によってあらかた掠《りゃく》奪《だつ》されていた。割れた窓から風が吹きこみ、地元の名士の下手な油絵が、泥棒にも見放されて石壁にぽつりとかけられていた。空《から》っぽになった館内で観光庁の職員たちは困りはて、改造してホテルにするかカルチャー・スクールにするかといった詮《せん》ない議論を、別に権限があるわけでもなかろうに小一時間ほどつづけ、それからとりあえずの展示品として、隅の空いた一角に、ぽんとぼくのことを置いた。

ぼくもまた地元の名士の作品には違いなかった。

もう四半世紀も前のことだ。

ぼくを作ったのは、セメレ・アファールという筆名の小説家だった。かつては世界的な賞を取ったこともあるそうだけれど、とうに隠居し、湖畔に小屋を建てて長く一人住まいをしていた。近所では、セメレ、あるいは単に爺《じい》さんと呼ばれていた。

爺さんがどうやって生計を立てていたのかは知らない。

莫大な貯金があるとも噂されたし、年金によって細々暮らしているという話もあった。そうではなく、反政府組織から金をもらっているのだと見てきたかのように口にする隣人もいた。

何が真実であるか、爺さんは黙して語らなかった。

かわりにぼくが見てきたのは、よその子供たちにカード博奕《ばくち》を教える姿や、あるいは酔っぱらって黄粉《きなこ》の瓶を倒し、部屋中をまるで金木犀《きんもくせい》が散ったみたいにしておろおろする様子、それから丸めた新聞紙で畑から牛を追い払う仕草などだ。牛が去ると、爺さんは「まったく」と一言だけぼやいて、それからまた口を閉ざすのだった。

爺さんは、アデニア語で物語を書く最後の人間だと言われた。

アデニアは大陸で唯一独立を保った国で、独自の文化や宗教、そして言語を維持していた。その公用語が、アデニア語。孤立言語と呼ばれるもので、世界のほかの言語と関連が見出せない。神が遣わしたと主張する者もいれば、流れ着いた海賊の末裔《まつえい》がもたらしたという者もいる。人口は少ない。

おのずと市場規模も小さく、商人は近隣国の言語ばかりを喋り、芸術家もアデニア語は避けはじめていた。急なインフレで経済は破綻《はたん》しかけ、そのことが母語の衰退を加速させた。

要するに、爺さんの母語は経済原理から見捨てられ、消滅しつつあった。普段は寡黙《かもく》な爺さんも、このこととなると、誰彼かまわず、口角泡を飛ばして議論をふっかけるのだった。

世間はきな臭かった。

生活水準が落ちこむなか、唯一独立を守ったアデニアこそが大陸の覇権国だとする政治組織が台頭《たいとう》し、民衆の多くも彼らを支持した。

そんなある日のこと——爺さんは一念発起し、空き缶や流木の類いを拾ってくると、ぼくを組み立てはじめたのだそうだ。きっかけは、酒場の看板娘に冷たくあしらわれ、見返してやろうと思ったこと。それがどうしてぼくを作ることになるのかは判然としないけれど、ともかく歴史の分岐点とは、いつでも案外に個人的かつ凡庸《ぼんよう》なものだ。

廃材を組み合わせたぼくの姿は不恰好で、小さく、単純な命令《アセンブリ》に従ってよちよちと二足歩行するのみだった。一応は発話機能もつけてくれたが、発音は舌っ足らず。この国のような風韻のある文章を書くと言われた爺さんも、工芸的な感性はもう一歩だったようで、この点でぼくは爺さんを恨んでいる。

爺さんはぼくをアニマと名づけた。

やがて数名の人形師が呼ばれ、ぼくに細かい命令文が書きこまれた。爺さんのオーダーを知って、人形師たちは眉をひそめた。人形は本来人の単純作業を手伝うもので、大きさももっと大きい。対して爺さんの注文は、これまでの人形師の仕事とはまったく性質が異なっていた。

「本当にこれでいいんですか」

彼らのリーダーは、幾度も爺さんに確認を求めた。そのたび爺さんは、

「それでいい」

とだけ答え、また口を閉ざすのだった。

爺さんがやろうとしたことは、ぼくにアデニア語で物語を書かせること。

爺さんにとって、話の書き手は人間だろうと人形だろうとかまわなかった。ぼくに課せられた使命は、ただ一つ。アデニア語という、消えゆく言語を守ることだった。

それだけ。

でもこの「それだけ」が、爺さんにとっても、ぼくにとっても、遠い道のりなのだった。

ぼくはこれまでに書いた物語のすべてを、一字一句違《たが》わずに憶えている。人間ではないのだから、当たり前と言えばそうだ。けれどぼくにとって、これはいささか面映《おもは》ゆい事態だ。誰だって、子供のころに描いた絵の類いは忘れてしまいたい。

そこにきて、ぼくの書いたものは、最初は文章の体《てい》さえなしていなかった。交喩《こうゆ》の選択は適切ではないか、あるいは貧しすぎた。階差《かいさ》動詞の活用は間違いだらけだった。時冠詞《じかんし》はいっさい用いられなかった。隷語《れいご》の対応は間違っているか遠すぎるか、その両方であるかだった。とにかく、それは子供の落書きみたいな代物《しろもの》だった。

というより、事実子供以下のものだった。

爺さんはぼくの動作検証にあたって、物語を端末盤《ウイジヤ》に表示させるのではなく紙に転写すると、近所の子供たちを小屋に呼び寄せて試し読ませた。子供たちはそれを回し読みしては、笑い、口々に揶揄《やゆ》し合った。

「この文章、竹麦魚《ほうぼう》のぶつ切りみたい」

「やっぱり人形は駄目だな」

ぼくの使う妙な語法はときおり子供たちの流行《はや》りとなった。彼らはぼくの前でそれを歌にして、笑い合い、それから憶えたばかりの巷《ちまた》の俗語を口にした。

ぼくに埋めこまれた命令《アセンブリ》は、物語を書き、そして読んだ人間に「反応」を呼び起こさせるというもの。ぼくは彼らが喜んでいると思い、次々に作品を書きつづけた。わざと文法を間違えることもあった。役目をはたしているという充足感があった。そのためには、どんなことだってできる気がした。一方で、このままでいいのだろうかという気もした。

命令《アセンブリ》の海に、一本の針が混じっているようでもあった。

自分に埋めこまれた命令《アセンブリ》は、本当に爺さんの意図した通りのものなのか。

そう思うと、寄る辺なさが襲った。寄る辺なさから逃れる方法は一つ。それは、子供たちを笑わせつづけることだった。

ぼくが七回目の意図的な文法ミスをやったときだ。

爺さんは目を光らせると、

「もういい」

と宣言して、それっきり子供たちを呼ばなくなった。

何が爺さんの気に障ったのかはわからなかった。壊されるのではないかとぼくは身構えた。そうではなかった。かわりに、爺さんはぼくに興味をなくしたように倉庫に放りこんだ。

それもまた一つの「反応」には違いなかった。


揺り起こされたときには二週間が経っていた。

目の前にいたのは、かつてぼくの動作検証に呼ばれた女の子の一人だった。名前はエーファ。彼女はぼくを揺するのをやめて、「起きた!」と目を輝かせた。

「前みたいにお話を書いてよ」

「でも……」

ぼくは爺さんの姿を探して倉庫を見回した。

ドアの隙間から、うっすらと月明かりや虫の声が入りこんでいた。じめじめした倉庫には、農耕具や缶詰の食料、火縄銃などが所狭しと並べられていた。錠はこじ開けられている。

エーファは一人で忍びこんできたようだった。

「書いてよ」

と彼女はもう一度言った。

「あなたのお話、好きなんだから」

それはかつてない「反応」だった。

促《うなが》されるままに、ぼくは新たな物語を生成し、エーファの持参した端末盤《ウィジャ》に転送した。エーファは笑わなかった。そのかわり、薄明かりのなか目を凝らして盤上の文章を読みふけった。

それもまた、いままで見たことのない反応なのだった。

いつの間にか、戸口に爺さんが立っていた。

爺さんはエーファからウィジャを奪い取ると、月光を頼りにその文面を追った。ぼくは拳骨《げんこつ》が飛んでくると思って身構えた。

「ふむ」

と爺さんが頷《うなず》き、ウィジャをエーファに返した。

次の日から、エーファに限り、小屋を訪れることが許可された。ぼくの居場所は、倉庫から居間へ戻された。そうして、ぼくはふたたび物語を書くことを許された。

「ねえ」

と、あるときエーファが爺さんに訊《たず》ねた。

「この子って、どういう仕組みでお話を作ってるの？」

「そう命令されている」爺さんがぶっきらぼうに応《こた》えた。

「泣いたり笑ったりできないのに？」

「なんのこと？」とぼくは二人を下から見上げた。

「気にするな」爺さんがぼくの頭を撫でた。「おまえは、学習しながら上達していくようにできている。やがては、人が泣いたり笑ったりするものも作れるようになる。たとえ、おまえが泣いたり笑ったりできなくともな」

そして——と、爺さんはつづけた。

「おまえは、物語を神の手に返すんだよ」

「よくわからないけど」

エーファも爺さんを真似てぼくを撫でた。

「それなら、わたしと同じだ」

どう同じなのか、ぼくには皆目わからなかった。

半年ほどエーファはぼくたちの小屋へ通ったが、やがて頻度が下がり、ぱったりと来なくなった。ぼくは爺さんと二人だけになった。正確には、一人と一体だけに。

四年が過ぎた。

ある時期を境《さかい》に、人の出入りが多くなってきた。彼らは爺さんの友達だと言ったが、皆、それまで見たこともない顔だった。誰もが小声で、表情は険《けわ》しかった。

話しぶりから、彼らが詩人や小説家であることがわかった。

やがて、秘密警察の男たちが小屋を訪れた。とっさに、爺さんは天井裏の隠し部屋にぼくを放りこんだ。まもなくして男たちは有無《うむ》を言わさずに爺さんを連れ去ってしまった。

ぼくはまた眠りにつき、さらに一年が過ぎた。


「やあ」

ぼくを揺り起こしたのは、十二歳になったエーファだった。屋根の隙間からは陽が差し、舞い上がった埃《ほこり》を静かに照らしていた。

彼女の衣服は汚れ、ところどころが破れていた。

「一人になっちゃった」

あとで聞いたところでは——エーファの両親もまた逮捕されたようだった。学校では除《の》け者にされ、食べるものもろくにない。

そんななか、ふと、ぼくの存在を思い出した。

荒れた小屋を探っているうちに、天井裏にいることに気がついた。

「アニマも一人なの?」

求められるままに、ぼくはエーファの端末盤《ウイジャ》に物語を転送した。

陽光の照り返しに目を細めながら、彼女はページをたぐっていく。話の内容に応じて、エーファの表情はくるくると変わった。

「相変わらず、変な文章」

ぼくは応えられなかった。

「……人形たちは、ダムや橋を造るし、戦場では兵士にもなる。それなのに、どうしてアニマの文章はこんなに変てこなの？」

「爺さんが言うところでは、物語は金にならないからだって。だから、研究も――」

ぼくは言葉を止めた。エーファの手元で、ウィジャが濡れているのがわかった。

彼女は声なく泣いていたのだった。

思えばそれは、彼女の数少ない本当の感情だったのかもしれない。

ほかの誰よりも、エーファは色とりどりの「反応」を見せた。ときおり見せる笑顔は冬朝顔の花のようだったし、がっかりするときは、本当に全身でがっかりしてみせた。エーファとのあいだには、ほかの誰とも築《きず》けない親密さのようなものがあった。

それと同時に、彼女の反応は、空虚な、鏡に映る反射のようなものでもあった。

エーファがやっていたことは、目の前の誰かや作中人物の感情を、増幅して映し返すということだった。ぼくが最終的に彼女のなかに見出したのは、深い、底なしの穴のようなものだ。

のちのエーファの奔放な性遍歴も――それはどうしたわけかぼくを苦しめた――結局は、こうした彼女の性格によるものだった。

彼女は人と打ち解けるのが早い。けれども、たちまち飽きられてしまう。

そこにはなんらかの障害、あるいは業《カルマ》のようなものが垣間見えた。

だからこそ、エーファはぼくのような空っぽの人形を好み、ぼくのような人形の書く空っぽの話を好んだのかもしれない。

でも、どうあれ——ぼく自体は話を書くだけの、なんの役に立つのかもわからない人形だ。

そんなぼくを、十二歳の彼女は必要としてくれた。

この天井裏の一件以来、ぼくは彼女のために物語を書くようになった。彼女を笑わせるために。あるいは、彼女の奥底の穴を埋めるために。

こうして、ぼくたちは互いを映す鏡となった。

誰よりも緊密で、何よりも空虚な一対の合わせ鏡に。


アデニアは風光明媚を売りに多くの観光客を集めていたが、戦前の混乱期には観光客も減り、次第に重苦しい空気に覆われはじめていた。街は静まり、湖から釣り人が消えた。

ホテルがつぶれ、廃墟となって放置された。旅行者は一部の好事家《こうずか》ばかりとなり、このころ編集された『魅惑の軍事国家ガイド6　アデニア』には当時の写真が多く残されている。

たとえば、銃で遊ぶ子供。

たとえば、パン屋に並ぶ伏し目がちな人々。

歴史ある石畳を政府の監視目的の人形が闊歩し、反政府活動に目を光らせていた。

――エーファは半地下のアジトの窓から、そうした人形たちの足下を見上げていた。

彼女は十七歳になっていた。

エーファが頼ったのは、彼女の両親が所属していたレジスタンス組織だ。両親は創立メンバーの一員で、彼らの逮捕は組織内に入りこんだスパイの密告によるものだった。だから、組織は一人残されたエーファのことを気にかけていたようなのだ。

彼女の後見人はイシアスという幹部が務めた。

当初、エーファは主に雑事を手伝っていた。やりたくなければ仕事はしなくていいとイシアスは鷹揚《おうよう》に言ったが、彼女は彼女で、存在理由を必要としていた。

ぼくは組織の求めに応じて、反体制の作品を提供するようになった。

初歩的なミスやおかしな点は減ったものの、滑稽《こっけい》なことには違いない。けれどもイシアスに言わせると、どこか懐かしい魅力があるそうで、実際それらの作品は、いい塩梅《あんばい》の緩《ゆる》さがあると評判になり、闘う男たちのあいだで地味に好まれた。

次第に、エーファは雑事のみでは飽き足らなくなった。

彼女はイシアスの指導のもとで話術を学び、皆の前に立って煽動《せんどう》するようになり、やがて組織の女神のような立場を築いていった。

彼女にはまた裏の顔があった。

人間が三人集まれば、パワーゲームがはじまる。それも組織となればなおさらで、そこには少なからず軽《かろ》んじられる者や虐《しいた》げられる者がいる。彼女はそうした弱い男たちこそに共鳴し、親しげに近づき、愛をささやき、最後には自らを差し出すのだった。

それはおのずと皆の知るところとなり、一部では、それはイシアスの命令によるものだと噂されもした。その後に見えてきたイシアスの本性からすれば、あるいは、事実そうであったのかもしれない。いずれにせよ、はっきりしていたのは、彼女自身それが正しい行為であると確信していたこと、そして本気になってしまった男としてはたまらないことだ。

エーファに詰め寄る男もいた。

彼らが口にする文句は一様だ。愛していると言ったのは嘘だったのか。その他諸々。

「あのときは本気だったの」

「俺は、おまえのために――」

「もうやめて」

こうなると、途端にエーファは冷淡になるのだった。

「わたしは与えられるものは与える。でも、身体は一つだけ。だから、惚《ほ》れたり寄りかかったりしないで、あなたはあなたで頑張るんだよ」

そう言って、彼女は肌身離さず持ち歩くぼくを胸に抱き締めた。まるで、相手に対する拒絶のサインのように。彼女の言は、それはそれで筋が通っているように思えた。けれどもぼくのなかには、いつかのあの感覚が蘇るのだった。

命令《アセンブリ》の海に、一本の針が混じっているような。

それからもエーファは女神と呼ばれつづけた。実際は、彼女は誰よりも優しく、そして誰よりも冷酷だった。その点は神話の女神と違いなかった。彼女の心は奈辺《なへん》にありやと男たちは噂し合った。やはりイシアスにであるのか。しかし彼女は誰にでも優しい。云々《うんぬん》。

ところで、エーファの焦《こ》がれる相手はやはりイシアスであった。

イシアスはときに優しく接し、ときに叱りつけ、徐々にエーファの心に食いこんでいき、そして彼女の心をつかんだことを確信すると、秘密裏に冷酷な命令を下すようになった。たとえば、公共施設に爆弾を仕掛けさせ、その帰りには寝室に呼び出すといったように。

表向きは物柔らかな後見人であるイシアスも、一皮下には、際限ない支配欲が満たされることなく渦巻いていた。というより、皆もその気配を感じ、彼とは一定の距離を置いていたのだが、人の嫌な面を多く見てきたはずの人間に限って、嵌《はま》ってしまうタイプというのがいる。

エーファがシャワーを浴びている最中、ベッドサイドに置かれていたぼくに、イシアスが気まぐれに言ったことがある。

「アニマ、残念だな」

「どうして?」

「抱いちまえば女の心は動く。アニマ、おまえにエーファが抱けるか?」

まもなくエーファが戻った。ぼくはあの寄る辺ない気持ちのまま、イシアスの足を舐める彼女を見た。その翌日のことだ。ぼくは、人形らしからぬ行動に出た。

イシアスは危険だ、とぼくはエーファに訴えたのだった。

「わかってる」とエーファは虚《うつ》ろな目でつぶやいた。

「それなら——」

「わかってるんだ」彼女が念を押すように繰り返した。「でも、もう遅い」

有無を言わさぬ調子だった。

エーファと積み重ねた時間が、砂上の楼閣《ろうかく》のように感じられた。どうあれ、ぼくは爺さんに命じられた通り、書きつづけるしかなかった。それは、エーファがイシアスの命《めい》で爆弾を置いて回るのと何も変わらない。

あるとき、エーファの仕掛けた爆弾が間違った時刻に破裂し、通学途中の子供たちが死んだ。彼女のなかで何かが壊れた。

土砂が崩れるように、彼女はイシアスの求めにいっそうなんでも応じるようになった。組織の男たちもようやく事態を問題視し、この後見人からエーファを引き離そうとしたが、エーファとしてはすでに後戻りがきかないところまで来ていた。彼女にとっては、もはやイシアスに従う以外考えられないのだった。

エーファの過剰なまでの感情表現はもうなかった。

イシアスはときおり彼女に報酬を与えた。それは、たとえばこんな台詞《せりふ》だった。

「おまえのおかげで、人間に戻ってきた気がするよ」

それはそれで彼の本心だったのかもしれない。

けれどむろん、彼が彼の言う人間に戻るはずもなかった。

イシアスの深奥《しんおう》には、やはり底なしの暗い穴があった。エーファはそこに自分自身を見ていたようだ。けれどもそれは、エーファが抱えていたものとは、まったく別種のものだった。

人が胸に抱える穴には、二通りがあるのかもしれない。

ただ静かにそこにあるもの。そして、下向きの風が吹いているもの。

「知ってるか?」

と、ある夜の寝床でイシアスは打ち明け話をした。

「あの爆弾は、わざと通学途中に破裂するようにしたんだよ」

罪の意識で縛られながら、イシアスのために退路を断ちつづける。それもまた一つの蜜月には違いなかった。いつしか、エーファの佇まいは美しい諦念のようなものに彩られてきていた。

終わりは突然だった。

支部長たちが集まる会議の最中、警察がいっせいに半地下に踏みこみ、幹部たちをあらかた逮捕していった。イシアスのみが姿を消していた。あとで判明したところでは、彼は政府が送りこんだスパイで、地上には待っている妻もいたということだ。

エーファを含め、残りの構成員たちは泳がされた。

だが、皆の疑いの目はエーファにも向けられ、彼女の居場所は瞬時にしてなくなった。そうでなくとも、組織自体がもう機能しなかった。追って、逮捕された主要メンバーは全員処刑されると公表があった。それに伴い、広場が処刑場に変えられた。

リストのなかには、セメレの爺さんやエーファの両親もいた。

エーファはぼくを胸に抱いて、群衆に紛《まぎ》れて彼らが処刑される様子を見届けた。新たなアジトに戻ると、男たちの一人が我を失って彼女につかみかかった。

エーファはぼくを放って逃げ出し、以来彼女が戻ってくることはなかった。

うやむやのうちに組織は解散し、その際にムルカンという構成員がぼくのことを引き取った。

ムルカンは元は精神科医で、ぼくの「内面」が気になるらしく、ことあるごとにいろいろな質問を繰り返してきた。

悪くない、とぼくの作品を読んだムルカンは言った。

「前よりも、深みのようなものが出てきてる」

「そんなことは」――わからない。

「しかし、いいような気もするし、まだ悪いような気もする」

ムルカンの言はときに曖昧だった。

「きみは、この話を誰に見せたいんだ?」

「エーファ」と、ぼくは間を置いて答えた。

「そういうときは」ムルカンが目を細めた。「泣いたっていいんだがな」

もちろん、ぼくには泣くことなんてできない。

ムルカンにも、そんなことはわかっている。

「エーファに伝えるつもりで書いてみろ」

彼は言うと、古びた端末盤《ウイジャ》から大量の書籍データをぼくに送りつけた。

セメレの爺さんが、現役のころに書いた小説だった。

そのなかには、何が言いたいのかわからない寓話《ぐうわ》もあった。革命思想をあらわにした作品もあった。学べるものを全部学ぼうと、ぼくは爺さんのテキストを解析した。わからないところはムルカンに訊ねた。たちまち、爺さんの作品は尽《つ》きてしまった。それから、ムルカンは手持ちの書籍をありったけぼくに入力した。

爺さんもいずれはそうするつもりだったのかもしれない。しかし、機が訪れる前に捕《つか》まってしまったのだ。

そんなあるときのことだ。ぼくは一つの法則を見出した。

――物語には、蝶番《ちょうつがい》のようなものがある。

それは、主要人物の運命を左右する出来事であったり、あるいは主題そのものを示していたりする。多くの場合、蝶番は作品のちょうど中間のあたりに位置している。

中点《ミッドポイント》、とぼくはそれを呼ぶことにした。

この発見を境に、ムルカンの反応が変わってきた。ぼくのなかにからみあっていた無数の命令《アセンブリ》の不具合が、一挙に解きほぐされたかのような瞬間が訪れた。

「いいぞ」とムルカンの瞳孔《どうこう》が開いた。「よくなってきた」

試みに、彼はぼくの書いたものを匿名で市場に出してみた。

そのころのアデニアは暗黒時代とされ、旅行者数名が反政府活動の疑いで投獄されてからは、訪れる人間もいなくなっていた。まれに入国を試みる変わり者がいても、手段がなかった。『魅惑の軍事国家ガイド6　アデニア』は欠番となった。

アデニアは世界でもっとも検閲が厳しい国となり、ぼくのテキストも政府による自動処理にかけられ、かなりの箇所が削除された。それでも、重苦しいアデニアの雰囲気のなかで、それは一定の清涼剤として働き、最終的には二千部ほどが売れた。アデニアの市場規模からすれば、これは少なくない数字だ。

あるいは、エーファの手にも届いたのかもしれなかった。

売上を手にしたムルカンが最初にやったことは、海外への亡命だった。

ムルカンは最低限の荷物をまとめると、ぼくを大きなバッグに入れ、深夜に人目を忍んで港に向かった。それから彼は漁師の一人に金を渡し、漁船に乗りこんだ。

寒い夜だった。

遠くの沖合には船がつらなり、細い光の帯を作っていた。

「見ておけ」とムルカンがぼくに教えた。「こういう景色を、綺麗って言うんだ」

海を渡りきるのに一晩。

ぼくは、はじめてアデニアの外を目にした。港町は小さく、家々は石ではなく土を固めて造られていた。見たこともない動物が飼われていた。あれは駱駝《らくだ》と言うんだとムルカンが言った。

爺さんの作品にも出てくる名前だった。

当初、ムルカンは精神科の病院を開業しようとしたようだ。

しかし元手がない上に、この土地の宗教にどう受け止められるかもわからない。そこで掘っ立て小屋を一つ借りると、拾った板きれに「アデニア流占い 恋の相談賜ります」と書きつけて入口にかけた。待っても客が入らなかったので、やけくそで「異教の神秘！」と書き加えたところ、物珍しさもあってか不思議と客がつきはじめた。

「何事も」ムルカンは得意気に言った。「退路を断つと事態は好転するんだ」

彼は一度ついた客を放さず、精神科で得た知識を駆使し、意外と適切なアドバイスを贈った。そのうちに女性客の一人と懇《ねんご》ろになったが、旦那が怒鳴りこんできたため隣町に移った。そこでも商売はそこそこに繁盛し、やがてムルカンは人形師を呼ぶと、翻訳用の命令《アセンブリ》をぼくに書きこませた。彼の目当ては、占いなどせずに飯を食うことだった。

とはいえ、ムルカンに人形の細かい仕組みはわからない。

わかっていたのは、書籍を入力するとぼくが「学習」するらしいことだ。そこで彼は各国語の書籍を買いあさり、手当たり次第にぼくに転送していった。

ぼくの利点の一つは、書くのに時間がかからないことだ。だからムルカンは各国語で手当たり次第に書かせ、それぞれ名前を変えながら売りに出した。セメレの爺さんのアデニア語への思いなど、ムルカンには知るよしもなかった。

四七九二本目の作が、世界規模のベストセラーとなった。

ムルカンは小高い丘にプール付きの豪邸を建てるとともに、改宗して七人の妻を得て、訪れた記者たちのインタビューに得意顔で答えるようになった。アデニアからの亡命者であることが同情を集め、彼の名声に拍車をかけた。しかし五千冊弱の全作が一人の手によることを疑問視した会計士がムルカン宅を訪れ、妻の一人に事情を訊ねたところ、彼女もまた、まったく仕事をしない夫を不審に思っていたことがわかった。

そこで二人で書斎を覗いてみると、ぼくを叱咤《しった》激励《げきれい》するムルカンの姿があった。

このことが人づてに漏れ、ムルカンの名声は地に落ちた。胡散《うさん》臭い異教の占いをやっていた過去も暴露され、暮らしづらくなった彼は豪邸を売り払い、首都の住宅街に身を隠した。悪い人間ではなかったのか、七人の妻たちは不服そうにしながらも全員ついてきた。

「ムルカン事件」以降、物語の生成を目的とした人形の研究が進んだ。これは案外金になりそうだということで、東西の人形企業が資金を投じて開発を急いだのだ。

まもなく、人形が話を書くことは当たり前のことになった。

とはいえ人形が書きましたと言われても、人はなかなか財布の紐を弛《ゆる》めない。そこで俳優や時の人の名前を借り、人形に物語を書かせる手口が横行した。人々はなんとなくそうであろうと薄々察しながらも、結局はこれらの書籍を購入し、このことが人形の作の膾炙《かいしゃ》に一役買った。

一度軌道に乗った技術は発展が速い。

どこかで内紛や戦乱が起きると、その翌日には体験記が出版された。それはあんまりだということで版元は批難を浴びたが、やがて読者の受け入れやすい適切なリリース日が逆算されるようになり、そのうちに競争原理から日程は前倒しされていき、結局は当初の翌日に戻った。

ストアは人形の作であふれ、人々は自分の性格や要望にぴたりと一致する作を選んで買うことができるようになった。

客はただ漠然とストアのお勧めを購入してもいいし、どういう話を求めているのか、細かい要望をシートに記入してもよかった。要望はいくら詳細化してもよかった。それに応じて、適切な物語が提案された。

それは、無限大の図書館が一夜にして生まれたようなものだった。

セメレ爺さんの言った通り、物語は神の手に返された。

人間の手から、市場の見えざる神の手へと。

やがて逆転現象が起きた。要望を示すためのシートの作成が創造的な行為であることに、人々は気づいたのだ。人々は「自分が生み出した物語」を、創作物として家族や友人に勧めた。

たちまちストア自体が不要になった。

物語を生成するための命令集《アセンブリ》が売りに出され、自宅の人形に創作物を作らせることが可能になったからだ。無限につづくシリーズ物を読むこともできた。主には、時間をやり過ごすための、なんとなく自分に合った作品の生成に用いられた。そういう作品に、人形なしに巡り合うことはなかなか難しい。

隣の人間がどういうものを読んでいるかは不可視化された。題名を聞いたところで仕方がない。妻は夫が、彼氏は彼女が、何を読んでいるかを知りたがった。

逆に、自分が生成させた短い物語をプロフィールがわりに公開する者も現れた。自動生成の物語は、こうした手軽な価値観の提示に最適なのだった。

人間が手で書いた作品が希少価値を持つこともあった。

どこまで行っても、人は人が手で作ったものを求めた。つまり、その背景にある作者の人生のようなものを。そうした唯一無二の作品は、いわば分野全体の柱のようなものだ。だから、古くからの書き手の一部は仕事を奪われることはなかった。しかしその大半が、夜に人形を使って物語を生成した。それなしに競争を生き残ることは難しかった。

例外的に、ぼくの作品は人間の作のような消費をされた。

それはぼくが一連の出来事の契機であり、また「ムルカン事件」というゴシップの主役だったからだ。所有者のムルカンは慎重にタイミングを計り、数ヶ月に一冊というペースで作品を刊行しつづけた。

こうして、ぼくの言葉は大勢の人々へ届く言葉となった。

ならばそれはエーファにも届くのか。わからなかった。

ぼくに深く刻まれた、一つの記憶がある。あの半地下時代、彼女が語ったことだった。

「アニマは、まるでわたしの感情を反射するみたいに、いろんな反応を返してくる。それで、わたしも深く共感したり、親密な思いを抱いたりする」

ぼくは頷いた。

「けれど、その奥には深い穴のようなものがある」

それはエーファも同じだと思った。

「その裏に、わたしたちと同じような感情のあわいがあるのか、あるいは、灰色の命令《アセンブリ》の海があるだけなのか。それはわからない。わたしが望むのは、アニマが求めに応じて演じるのではない本当の自分の欲求を明らかにして、わたしがそれに応えること」

でも、とエーファはつづけた。

「人形はけっして、そんなわたしたちの求めに応じられない。それは鏡に映ったわたしたちの自己像にすぎない。だから——人形は、けっしてわたしたちを幸せにしない」

ぼくたちは、どこまで行っても合わせ鏡なのだった。

アデニアでの内戦勃発の報が流れたときには、ムルカンの亡命から数えて、すでに十年が過ぎようとしていた。


ぼくの欲求とは何か。つまり、演技ではない本当の欲求とは？

決まっていた。

ぼくは、アデニアへ帰りたいとムルカンに申し出た。意外にも、ムルカンは充分に稼いだと言って快く了承した。そこまではよかったのだが、蒸留酒を飲んで上機嫌だった彼はこれまでの礼として著作権をぼくに譲渡すると言い出し、それを妻たちが聞き咎《とが》めた。

なぜ人形風情《ふぜい》に権利をくれてやるのか、それより我々の権利はどうなるのかと彼女らはいっせいに夫を責め、勢い、これまで蓄積した不満の数々も述べられたものだから、ムルカンとしても、いま言ったことはなしだと取り消すのも沽券《こけん》にかかわる。おのずと全面対決となり、ぼくは家庭内戦争を尻目にムルカン宅から逃げ出し、よちよちと夜道を港に向け歩き出した。

月が出ていた。

ぼくは二日かけて港に着き、アデニアへ向かう貨物船を見つけて忍びこんだ。祖国が見えたのは、夜遅くだ。藍《あい》色の空を山々が黒く縁取り、その上空を幾千もの火花が覆っていた。ぼくはもう学んでいた。こういう景色を、綺麗と呼ぶことを。

上陸後、ぼくの足は湖畔のあのセメレ爺さんの小屋に向いた。

目抜き通りの石畳はあちこちが破れ、その左右に点々と露店の野菜売りや香料売りが並んでいた。戦争中も、金や人は動く。あるいは、十年前より活気があるかもわからなかった。いつかの半地下のアジトは、地上部が崩れて土砂で埋まっていた。ぼくは歩きつづけた。

爺さんの小屋はまだそこにあり、窓から魚を焼く煙が立ち上っていた。

男が一人、銃を背にしたまま農作業をしている。厨房の窓から女が顔を出し、男に笑いかけた。それは三十歳を過ぎたエーファだった。彼女の顔は、十年前とほとんど変わらないように見えた。心に空洞を抱えた人間は、年を取るのが遅い。

こちらを見た。

エーファがはっとした表情をして、厨房の奥へ消えた。まもなく玄関のドアが開き、彼女は駆け寄ってくるとぼくを抱き上げた。

男が農作業の手を止め、どうしたんだとエーファの背に問いかけた。

「あの人はハイレ」彼女がぼくにささやいた。「夫なの」

それから、ハイレに向けて声を張り上げた。

「待って、いま説明するから！」

食事の準備が進められていた。

テーブルには竹麦魚の香草焼きや山菜などが並べられている。その横に、まるで一品増やしでもするように、ぼくが無造作にぽんと置かれた。ふと、蓮華《れんげ》がないことに気づいたハイレが、立ち上がって食器棚を開けた。

エーファが手を伸ばして、慈《いつく》しむようにぼくを撫でた。

まもなくハイレが席に戻った。

ぼくのような人形がいたことは、ある程度、エーファから聞き知っていたらしい。これがそうかと彼は言いながら、しげしげと無遠慮に眺めたり触ってきたりする。

内戦がはじまる前、ハイレは弦楽器の職人であったという。

しかし国が荒れるに従い、高価な楽器の需要はなくなり、やがて職も家も失った。商才はなく、楽器作り以外のことなど何も知らない。物乞い同然となったところを、エーファに拾われた。たちまち恋仲となり、この小屋へ移り住んだということだった。

彼の不器用さのようなものは、それまでにない穏やかな時間をエーファにもたらした。

エーファは覚悟を決めて過去のすべてを彼に明かし、相手はそれを受け入れた。できるなら子供も欲しいが、それは情勢が安定してからだと二人は言う。

「いま、この国では二つの勢力が争っている」

ハイレがぼくに目を向けた。

「一つは現政府。彼らは自主独立と伝統主義を掲げ、世界経済への参加にも慎重だ。これを支持するのが、アデニアの周辺国家。対するのが革命軍。こちらは自由経済を唱え、そのことで海の向こうの大国から援助を得ている。だから一応、対立の軸は経済だと言える」

もっとも、と彼は低い声でつづけた。

「革命側は経済のことなんて、ろくに知りもしない。どう言えば援助が得られるか、その雰囲気を読む力にばかり長《た》けている。おまえの知ってる人間にもいるだろう、そういうやつが」

「いざとなれば援助がもらえると高をくくっている」

エーファが強い口調で割りこんだ。

「覚悟なんか、もうどこにもない」

「だから、戦争は革命側が勝つだろう。と同時に、アデニアの伝統は終わりを告げる」

本心のわかりにくい物言いだった。

ハイレは蓮華を置くと、手を合わせて何事か祈りの文句をつぶやいた。魚はすっかり平らげられていた。それから立ち上がって後片づけをはじめる。

水音《みなおと》が流れた。

「彼はああ言うけどね」とエーファがぼくにささやいた。「本当は、心情は革命側にあるの。でも、わたしはレジスタンスにいい思い出がない」

それを気遣い、どちらにもつかずにいるということだった。

水場のハイレが振り向いた。

「何か言ったか?」

「ううん、なんにも」エーファは答えると、いつかのようにぼくを胸に抱き寄せた。


ムルカンが妻たちにそうしたように、エーファはハイレにもぼくにも等しく愛を注いだ。

だから、ハイレとしてはぼくを受け入れたはいいものの、なんとなく謀《たばか》られたような、損をしたような感が否《いな》めない。それでいっときはぼくに意地悪をしたり、焼き餅を焼いてみせたりもしたのだが、そうは言ってもしょせんは空き缶や流木の類いで作られた人形である。

彼も彼でだんだんと気にするのは馬鹿らしいと思いはじめたようで、「エーファから離れろ」などと鹿爪《しかつめ》らしく言いながらも、顔は笑っている。そのうちにぼくに情が移ったようで、やがてぼくが農作業時の話し相手をしたり、妻が聞きたがらない楽器作りの蘊蓄《うんちく》を代わりに聞くといった、曰く言いがたい三者関係が成立した。

どことなく互いに互いを疎《うと》ましく思うことはありつつも、

「わたしね、ハイレもアニマもいてくれて幸せ」

などとエーファが無邪気に振る舞うものだから、言われた側も頷くしかない。

ハイレとしては、十代の彼女の奔放さの残滓《ざんし》を見せつけられたようで微妙な思いもあったようだが、そもそもが些事で、彼自身、幸せであることには違いない。

蜜月は二ヶ月ほどつづいた。

その間も戒厳令が解かれることはなかった。大国は気まぐれのように爆弾を落とし、そのたび大勢の子供が死んだ。残され、悲しみに囚《とら》われた親たちは、何かに関与しないではいられない。そしてこの状況下での関与と言えば、それはもう戦争に参加することにほかならなかった。

内戦はいつ終わるとも知れなかった。

あるとき、ハイレがこんなことをエーファに問いかけた。なぜみんな、悲しみを忘れることを選ばないのかと。

「わたしは知ってる」

エーファの返答は冷淡だった。

「悲しみほど、心地よいものはないから」

彼女としては何気ない返答だったはずだが、この一言がハイレの背を押す結果となった。

このころ、風前の灯火《ともしび》と思われた政府軍が反攻に出ていた。新たに部隊が編制され、自ら統治していたはずの街を焼いて回った。その先頭に立つのは、かのイシアスなのだった。

ハイレからすれば、それは妻に通学途中の子供たちを殺させ、悲しみの快さを教えた男でもあった。あいつを殺す、とハイレは暗鬱《あんうつ》に繰り返すようになった。

彼は荷物をまとめると、エーファの制止を振り切って革命軍に加わることを選んだ。

エーファは彼に過去を明かしたことを悔やんだが、自らの一言が引き金であったことには最後まで気がつけなかった。それは彼女にとってあまりにも自明のことであり、ほとんど気にも留まらず、口にしたそばから忘れていたのだ。

ハイレは戻らなかった。

戦後、アデニアは風光明媚を売りに観光客で賑わいはじめたが、内戦の傷痕が拭い去られるのは、だいぶ先のことと思われた。インフラが復旧したのは、首都圏の一部のみ。破れた石畳はあちらこちらを間に合わせのアスファルトで埋められ、まるでテーブルクロスに魚醤《ぎょしょう》の雫でも飛んだみたいになっていた。

観光庁の誇大広告については、これは国家ぐるみの詐欺ではないかと薄々国民たちも案じていたものの、さりとて早々に復興しなければならないことに変わりはなく、有望な新しい産業が空から降ってくるわけでもない。

特に口を出す理由もないということで、人々は淡々と観光客を迎えた。

男手がなくなり、エーファの生活は忙しくなった。悲しむ暇もないのは幸いではあった。

ある朝、新政府の役人が小屋を訪れ、ハイレは勇敢に闘って死んだと言ってエーファに遺髪を渡した。実際にそうであったのか、彼女を慮《おもんぱか》って言ったことなのかは定かでなく、そもそも遺髪が本当にハイレのものであるかも怪しかった。

役人は半地下時代のエーファの仲間であったらしく、始終好意的で、職に困っているならば斡旋《あっせん》するとも言った。

イシアスの行方もまた、わからなくなっていた。

まさかハイレが討《う》ったはずもないが、戦場の露と消えたことには違いない。まるで、ハイレと見えざる何者かとのあいだで交換殺人がなされたようでもある。ハイレが彼を討ったことにしておこう、とあるときエーファが言った。以来、彼女はハイレの話をしなくなった。

革命軍を支持した大国の思惑は、半分が当たり、残りの半分は外れた。

彼らの慣わしとしては、傀儡政権を立てたのちに、まず言語政策を行い、人々の母語を塗り替えるのが常だった。こうして、伝統から人々を切り離そうというのだ。ましてアデニア語は、もとより消滅の危機に瀕《ひん》していたので、このプロセスは容易に進むと思われた。

ところが停戦後、彼らが意気揚々と進駐してきたところ、出迎えたのは新型の人形たちにアデニア語の物語を生成させる人々の姿だった。

情報統制の厳しい国で、なぜこのような事態が起きたのか。

下手人はムルカンだった。

機を見るに敏な彼は停戦間際にアデニアを訪ね、戦後の娯楽産業において先行利益を得るべく、手当たり次第、人々に新型の人形を貸し出した。そこには、セメレの爺さんがぼくに書きこませた命令《アセンブリ》の改良版が組みこまれていたそうだ。

アデニア語による物語は、滅亡するどころか大流行した。人々が読む作品に一つとして同じものはなかったが、それは大きな問題ではなかった。

言語政策は放棄された。

ぼくはというと、四半世紀の稼働を経て、壊れる時期にさしかかっていた。

どこまでが爺さんの思惑に従っていたかはわからない。すべてがまったくの偶然かもしれず、最初から最後まで計算通りであったのかもしれない。

どうあれ、アデニア語を守るというぼくの使命は一定の結果を出した。

そして、使命がはたされたところで消えないものがある。それはぼくという存在だ。こう言って許されるならば、意識だ。

残るのは、ぼく自身の問題にほかならなかった。

——人形はけっして、そんなわたしたちの求めに応じてくれない。

——人形は、けっしてわたしたちを幸せにしない。

人形とは人の鏡だ。そして、鏡であるからこそ人を幸せにはできない。

それでも、ぼくはエーファの求めに応じたかった。なんのためにいるのか、なんの役に立つのかもわからない人形。そんなぼくを、昔の彼女は必要としてくれたのだ。

ぼくは一つの結論を出した。

それは、ぼく自身の物語を書くことだった。

それこそが、命令《アセンブリ》の海がぼくに指示することであるように思われた。そしてまた、海に落ちた一本の針を取り除く手段ではないかとも。

鏡自身による自分自身の物語。おそらくそこには限りない矛盾がある。

「大丈夫」とエーファはぼくを励ました。「あなたは、もうほとんど人なんだから」

「だとしたら」とぼくは応えた。「エーファが、ぼくを人間にしたんだよ」

ぼくは断片を書くごとにエーファの端末盤《ウイジャ》に転送して感想を求めた。エーファは多くを述べなかった。気に入らないときは何も言わなかった。逆に気に入ったときは、

「いいじゃない」

と軽く口のなかでつぶやいた。

彼女は喜んでいるように見えた。そうであれば、作者の意図がどうかなど問題ではない。作者がいるかいないか、そんなことはまったくもって問題じゃない。

今日泥棒

「いいか、正直に言え」

父さんは一同を見回すと、もったいぶった口調で問いかけた。

「あの日めくりを破ったのは誰だ」

ぼくらはそれを無視し、「いただきます」と言って味噌汁をすする。

「おい！」と父さんが叫んだ。「少しは話を聞け！」

ひどい家族のように思われるかもしれないが、正直ぼくらはうんざりしていた。日めくりが明日になっていると父さんが怒り出すのは、一度や二度のことではなかったからだ。

「いいじゃん」と妹が口を開く。「明日めくるか、今日めくるかの違いなんだし」

「大きな違いだよ！」父さんは一歩も引かない。「出勤の前にあれをめくることで、今日一日がんばろうと思えるんだ！　おれにはほかに楽しみなんてないんだよ！」

すごく志《こころざし》の低いことを言う。

「そんなこと言わなくたっていいじゃない」

と母さんが軽くいさめ、「そうだ」と妹のほうを向く。

「電話あったよ」

「誰から？」

「ええと、誰だったかな……」

「男か」

誰も応じず、食器の音ばかりが響く。父さんが咳払《せきばら》いをした。

「アリバイを確認する」

「ばかばかしい」と妹が言う。「そもそも、日めくり自体、すごく不便だし」

「猫カレンダーがいいな」とぼくはこの隙に要望を述べる。

「そうだ、土産《みやげ》のポテチ、どうもありがと」

そう言われ、一瞬なんのことだかわからなかった。

昨日帰りに買ってきた新製品のゴーヤ・ポテトチップスだ。買ったはいいものの、チップスに苦瓜《にがうり》はないだろうと後になって気がつき、とりあえず妹に与えたのだった。

「猫カレンダーにはな」と父さんが話を戻した。「サラリーマン川柳《せんりゅう》がないんだ」

「ああ」とぼくは頷《うなず》いた。「あのつまんないやつ」

「人の楽しみをつまんないとか言うなよ！」

「どうせ」と母さんが口を挟む。「父さんが間違えて二枚同時に破ったとかでしょう」

父さんは少し考えてから、そんなことはない、と断言した。

「なぜなら、おれは覚えている。今朝おれがめくったとき、川柳は〈我が家でもおれの小遣い仕分けされ〉だった。ところがいまは、〈ＡＫＢロシアの銃だと部長言い〉なんだ」

「なんだかひねくれたサラリーマン川柳だな」

「ほんとだ」

日めくりを確認しながら妹が言う。

「きもい」

「きもいって言うなよ！　自分でもちょっとどうかと思ってるよ！」

「ぼくは、部活から帰ってきて食卓に直行した。容疑者から外してもらっていいかな」

「兄貴ずるい」

「おまえは？」

「アリバイなんかあるわけないじゃない。今日一日、ずっと部屋でニコ動を見てた」

皆の目がいっせいに母さんに向けられる。

母さんは一瞬目を丸くしてから、「あのね」と怒りをたたえた声で言った。

「朝起きてからずっと諸々の家事をして、いま目の前にあるこの食事を作った。はっきり言ってそれどころじゃないということを、まずはご理解いただけますか」

ぼくらはいっせいに「すみません」と謝った。

ひとまず収まったかと思った。父さんはじっと妹を見つめていた。

「ちょっと！」とたまらずに妹が叫んだ。

「なぜ」と父さんが恨みのこもった声でつぶやく。「おれの日めくりをめくる」

「〈めくるめく〉みたいになってるよ！　そして動機がないよ！」

「明日がデートで、それが待ちきれなかったとか」

「そんな夢見る少女じゃないよ！」

「ごはんは美味《おい》しいですか」冷たい声で母さんが言った。

ぼくらはいっせいに「すみません」と謝った。

もちろんそれでは終わらなかった。何か尻尾でも出さないか待ちかまえているかのように、父さんは交互にぼくらを見比べている。

「ああ、もう」と母さんがぼくに言った。「この状況を打開しなさい」

そんなこと言われても。

ぼくはちょっと考え、それから適当なことを言うことにした。

「アイザック・ニュートンは、ユークリッドの『原論』をベースに物体の運動や万有引力といった古典力学を扱う『自然哲学の数学的諸原理』をまとめあげた」

誰も何も言わなかったので、ぼくはつづける。

「それによると、時間は過去から未来へ等しく進むものだとされた」

「ねえ」と妹が諭《さと》すように言ってくる。「それは当たり前だよ」

「ところがそうじゃない。その後、アインシュタインが登場する。彼の理論によると、まず時間と空間は結びついていて、質量が時空を歪ませることで重力が発生する。そして、強い重力のもとでは、時間の進み方は相対的に遅れるとか遅れないとか」

「まあいいわ」と母さんが諦《あきら》め半分に言った。「その調子で」

「人間にとっての主観的な時間とは何かという問題もある。ベルクソンによると、時間とは時計のようなもので分割されるものではない。人間においては量りがたい意識の流れがあり、物理の時間とは真の時間ではないのだと」

だからなんだという心の声をぼくは抑える。負けるな。

「爛柯《らんか》という浦島太郎型の故事がある。あるとき山に木こりが迷いこむと、数人の子供が歌いながら碁《ご》を打っていた。木こりはそれを見物していたのだけれど、ふと気がつくと斧の柄《え》がぼろぼろになっていた。里に戻ると、誰一人知っている人は残っていなかった」

誰も何も言わないので、だんだん面倒になってきた。

「要するに」とぼくは投げやりに言った。「ぼくらが感じている時間というものは幻想だと言えるわけだ。明日は昨日かもしれないし、昨日は明日かもしれない」

「それで？」と父さんが促《うなが》してくる。

「一日くらい、かまわないじゃないか。〈ユーロ危機明日は明日の風が吹く〉だ」

「おまえは」と父さんがおごそかに言った。「サラリーマン川柳を舐めている」

それなら父さんが作ってみろと言いかけて、川柳など別にどうでもいいと思い直した。

「ごめん」とぼくは母さんに謝った。

「あなたはがんばりました」と母さんが応《こた》えた。

「どこで間違えたのだろう」

「最初からだよ！」妹がすかさず言ってくる。

「だったらかわりにやれよ！」と、売り言葉に買い言葉。

「ああ、面倒くさい」

妹は心底面倒そうに言ってから、「わかった」と食器を置いた。

「もっと本質を見ようよ。みんなは、なくなったのが今日の日めくりだと言っている。でも、それだけじゃない。日めくりは、日めくりである前に何？」

問われ、ぼくらは思わず考えこむ。

妹がかまわずにつづけた。

「ねえ母さん、さっき、電話があったって言ったよね。だけど、誰からなのかは忘れてしまった。それはなぜだと思う？」

母さんはしばらく口に手をあてて、それから「惚《ぼ》けてるのかな」と怖いことをつぶやく。

「そうじゃない」と妹が断言した。「きっと何か、忘れる理由があった」

「あ」と母さんがここで思い出す。「――メモ用紙がなかった」

なるほど。

ぼくは立ち上がって電話台を確認する。電話の横のメモ用紙が切れ、台紙のボール紙だけが残されていた。

「そう」と妹が頷いた。「誰かが、とっさに何かを書きつける必要があった。ところが、それは家族の目に触れさせたくない類《たぐ》いのものだった。だから、日めくりを破って捨てた」

「たとえば？」とぼくが訊《たず》ねる。

「うーん」と妹は悩む。「たとえば、母さんが高額な英会話キットを買ったとか」

これを聞いて、父さんは微妙に動揺する。

母さんは何事もなかったかのように烏龍茶《ウーロン》を飲んでいる。妹は澄ました顔をして、「その場合」とつづけた。

「電話台は木製で表面がでこぼこしてるから、ボール紙を台にした可能性が高い。鉛筆でこすると、何が書かれていたか読めたりするかも」

そう言いながら、妹は父さんに鉛筆を渡す。

「気になるなら確認する？」

一瞬緊張が走ったが、父さんは「ばかばかしい」と笑って席を立った。

「ごちそうさま。寝るぞ」

静かになった。

「で」と母さんが妹のほうを向く。「なんでまた日めくりを破ったの？　デート？」

「別に動画見てたっていいじゃん！　そしてあたしじゃないよ！」

「日めくりの川柳を確認したとき、あなたは屑籠のなかを見なかった。つまり、屑籠に今日のぶんの日めくりはないと知っていた。それは、処分したのが自分だったから」

そう言って、母さんはじっと妹を見つめる。

妹が観念したように口を開いた。

「今日なんか終わればいいいと思った。……それでも、明日はやってくる」

「どうしたんだ」ぼくは心配になって訊ねる。

「一日千カロリーと決めていた」と妹が答えた。「ところが、ポテチを食べてしまった」

エターナル・レガシー

「俺か。俺はZ80だ」

名を問われた男が、待ってましたとばかりに自分の胸を指さす。そして口角を少しばかり歪めながら、皮肉な口調でつけ加える。

「こう見えて、宇宙にだって行ったことがあるんだぜ」

沈黙するしかない。

この髭面《ひげづら》のおっさんが家にやってきてから、すでに二時間余りが経過している。時間の無駄といえば、これ以上のこともないだろう。ぼくは頭《こうべ》をたれ、心中で、その日何度目かのため息をつく。この状況を打開する妙手はあるのだろうか。

目の前の男を一瞥《いちべつ》する。口調は皮肉だが、どうだという顔でもある。それがまた憎たらしい。

Z80は我が物顔でキッチンの冷蔵庫を開け、

「なんだい、ビールはないのかい」

などと文句を口にしながら、ぼくの秘蔵のシークヮーサー・サワーの蓋《ふた》をぴしりと開ける。

いったいどうやったら、こいつを追い出すことができるのか。

＊

ぼくの名は葉飛立《ヨウフエイリー》。

この日本式の表記を、ぼくはそれなりに気に入っている。簡体字でどう書くかを知りたい人は、ウェブの変換ツールを使うか、あるいは軽く検索してもらえばわかると思う。ぼくが悪手を打ってしまったときなどに、わざわざ簡体字で表記した上で、差別語とともに罵倒してくる輩《やから》がいるからだ。

ぼくとしては、どう表記してもらってもかまわない。どちらも本当の名であると思うし、譲れない勝負に日々身を置いていると、それ以外のことは頭に入ってこないものなのだ。

自室は1DKで、サユリというシステム・インテグレータの彼女が一人。

宝物は、玉《ぎよく》で作られた一対の碁石だ。

もっとも、朝起きたら枕元に散乱していたりと、割合に粗末な扱いをしてはいる。でも、大切に思っていることだけは本当だ。

なんといっても、文化大革命で碁が頽廃《たいはい》的だとされたときに、祖父が壁に塗りこめて守り抜いた代物《しろもの》なのだ。形は日本の石のような、ふっくらしたものではなく、薄い円柱形をしている。強く打つと割れてしまうので、使う場合は注意を要する。

これで、だいたいの人はわかったと思う。

ぼくは囲碁棋士だ。これでも一応〈八方社〉に所属し、碁を打つことで生計を立てている。

ただ、最初は挫折の連続だった。碁が大好きで、得意なつもりだった。ところが、中国囲棋協会の育成組織に入れてもらったところ、周囲はお化けや妖怪の類《たぐ》いばかり。たちまち、自分の才では到底《とうてい》生き残れないと思い知らされた。

これが六歳のときのこと。

でも、ぼくは碁が好きだったし、それ以外のことなんか、考えたくもなかった。それで、日中交流イベントでやってきた、いまの師匠に無理やり頼みこんで、弟子として日本につれ帰ってもらい、帰化することになった。

ライバルたちはぼくを嗤《わら》った。

まるで、いま簡体字を使ってぼくを嗤う一部の悪意ある囲碁ファンみたいに。けれど、そんなことは知ったことじゃない。ぼくは碁を打って生きていきたかった。中国で叶わない夢も、日本なら可能性がある。であれば、その可能性に賭《か》けるだけだった。

逆に、本国で夢破れ、ぼくを羨《うらや》む昔の仲間も現れはじめた。

彼らに対し、うしろめたく思うこともある。でも、勝負事はいっさいが紙一重だ。そして、紙一重はいまもつづいている。ぼくは新人王を獲《と》り、若手三羽烏《がらす》と呼ばれるようになった。

が、栄光もそこまで。

去年の暮れ、ウェブ企業主催の対コンピュータ棋戦に負けた。それからだろうか、ウェブでぼくへの誹謗中傷をよく見かけるようになったのは。

もとより、〈八方社〉の名に傷がつかないよう、第一線のタイトル保持者でなく、負けても大丈夫な若手として選ばれた。

生贄の山羊《スケープゴート》として扱われ、敗北を喫《きっ》したことは一つのトラウマとなった。この一件以来、コンピュータと聞くたびに肌が粟立《あわだ》つのを感じる。

それにしても、皮肉なことだと思う。

これまでは、日中韓が最強を競っていた。ぼくの複雑な経歴も、その副産物のようなものだ。それがいま、どの国の棋士も、コンピュータ囲碁という新たな脅威を扱いあぐねている。

まるでコピー・アンド・ペーストでもしたみたいに、人はいう。

バイクや車ができても、短距離走はなくならなかったではないかと。物わかりよく、さも訳《わけ》知り顔でそう口にして、いっときの安寧を得るわけだ。

でも、少し考えてみれば、こんなに乱暴な比喩もない。

まず人とバイクは見た目が似ていない。馬鹿みたいだと思うかもしれないけれど、少なくともぼくは真剣だ。人は形にこだわる。人間とは、物の姿形に本質を見る生物なのだ。だから、人とバイクという、明らかに見た目からして異なる両者を、同列に考えたりはしない。

対して、人間の頭脳とコンピュータは似すぎている。

つけ加えるなら、どちらも中身を見ることができない。人工神経網《ニューラルネット》に至っては、そもそもが人間の脳を模すところからはじまっている。

そして、それ以前に――短距離走と卓上ゲームは、何もかもが異なる。

肉体を用いた競技と、頭脳を用いた競技を同列には論じられない。それに、人間の短距離走をバイクが講評したりはしない。碁の形勢をコンピュータが判別して、リアルタイムで視聴者に知らせたりするようには。

こうして、短距離走はなくならなかったなどと皆が自分に言い聞かせるあいだも、ぼくら棋士は置いていかれ、〝コンピュータ囲碁の発展には棋士が必要です〟といったお為《ため》ごかしを日々呑《の》みこみ、自分をごまかす。

ぼくの口が悪いと思うだろうか。それならば、ゲーム情報学の論文でも読んでみてほしい。そこには、こんなことが書いてあったりする。

〝棋士の心理的負担をいかに減らすか〟——と。

普通の文言だといえば、そうかもしれない。でも、ぼくはそうは感じない。この一文は、ぼくらをあたかもクリアすべき障害のように扱っている。つまりは、物として。そして、最初から負かされる前提で、いかに保護されるかが問われている。

人のいい同期は、心配してこんなふうにいったりする。

「葉、もっと気楽に構えろよ。楽観的なのが一番さ」

それがぼくにはできない。

楽観とは、考え、脳漿《のうしょう》を搾《しぼ》りつくし、その上での未来予測が明るかった場合に訪れるものではないのか。けっして、目の前の現実を無視するということではない。こうした形勢判断は、まさに碁の一局と同じだ。それなのになぜ、碁を打つ人間が、そんな台詞《せりふ》を吐いてしまうのか。

誰がなんといおうと、ほかのすべての人類と同じように、ぼくらの存在意義は薄らいでいく。

いや、現にそうなりつつあるだろう。そして、ぼくらは社会におけるレガシーと化すわけだ。

レガシー、すなわち過去の歴史的な遺産。

口さがない人間にいわせれば、〝終わったもの〟――文化大革命を逃れてぼくの手に渡った碁石のような、弱く、旧《ふる》い代物に。

＊

「俺は、宇宙にだって行ったことがあるんだぞ――」

その日は対局もなく、地元の飲み屋のカウンターで憂《う》さを晴らしていた。

アルファ碁が李世乭《イセドル》を負かしてからというもの、真面目にコンピュータ碁を学び、新たな知見を得る棋士は多くいる。それは必ず碁の発展につながるだろう。あるいは、神の裾のようなものに手がかかる瞬間も、そこには。

けれどぼくは、中国でプロになれなかった人間だった。いわば、一心に真理を追究することより、勝ち負けを選んだ。その事実が、いまさらのように自分自身を蝕みはじめていた。

――小目《こもく》に五の五の掛かりなんか、あってたまるものか。

コンピュータから新手《しんて》を学ぶ機会はあるだろう。そしてそれを、人間同士の対局で有利に使うことも。でもそれは、あくまで人間界の話だ。ぼくはなかば、勝負を投げてしまっていた。

何との勝負か。

おそらくは、コンピュータや人間ではなく、神との勝負に。

そんなふうに結論したときだ。

「本当なんだ。当時、ロシアは輸出規制を受けていて――」

しきりに、カウンターの隣の客がぼくのほうへ何事か訴えてくる。

最初は、こちらも無視の構えだった。ところが、〝宇宙へ行った〟という男の一言に、妙に気をそそられてしまった。それが、ちょうど自分が考えていた神との勝負と、相通じるものがあるように感じられたからだ。

「どういうことです？」

訊《たず》ねてしまったのは、出来心のようなものだった。それから思い出した。自分でいうのもなんだけれど、ぼくは頭のねじが弛《ゆる》んだ人に目をつけられやすい。

男に目を向けると、我が意を得たりという表情が返ってきた。

「宇宙開発当時、ロシアはコンピュータを輸入できなかったのさ。そこにきて、ロシアはこの分野ですっかり立ち遅れていてな。結局、彼らは宇宙へ持っていくコンピュータとして、なんと、聞いて驚け、ＭＳＸを選んだのさ！」

困惑が顔に出たらしい。

それを察した相手が、目を剝《む》いた。

「ＭＳＸを知らんのか！」

「知りません」

「一時代を築《きず》いた8ビットのコンピュータだぞ！　マイクロソフトとアスキーの共同開発でな。

そしてそれに搭載されていたのが——と、お兄さん、ビールのおかわりをいただけるかな」

ビールの追加を飲み干してから、男は懸命にぼくに訴えた。

かつて、自分はホビー用のコンピュータをはじめ、さまざまな分野で活躍していた。任天堂《にんてんどう》のファミリーコンピュータに搭載される可能性だってあったのだと。

「ええと……」

「いまだって現役なんだぞ。湯沸《わ》かしポットや炊飯器、そしてそう、パチンコ台なんかもそうだ。もっとも、純正じゃなく互換製品だったりするがな。とにかく俺であることには違いない」

ぼくは立ち上がって勘定を頼み、二軒目へ行くことにした。

男も立ち上がって勘定を頼み、二軒目までついてきた。結局、同じことになった。

現役だと主張する男の目からは、けれども一抹《いちまつ》の懐かしむような光が感じられた。だからだろうか、ぼくがこの胡散《うさん》臭い親爺を部屋にまで入れてしまったのは。

いや、胸の奥ではわかっていた。

誇らしげに過去を語る男が、しかし本当は自分自身を〝終わったもの〟と見なしていること。そして、ぼくが男に自分を重ねあわせていることに。部屋に来てからも、男は自分のこれまでの業績をいやというほど並べ立てた。

そして名を訊ねてみると、

「俺か。俺はＺ８０だ」

どうだとばかりに、男は自分の胸を指さすのだった。

「こう見えて、宇宙にだって行ったことがあるんだぜ」

「その」

おずおずと口を開くまでに、シークヮーサー・サワーが二つ空けられた。

「なんです、そのゼット……」

「Z80だ」

「芸名のようなものですか」

「正真正銘、Z80そのものだ」

スマートフォンで検索してみる。

一九七〇年代に発表された8ビットのマイクロプロセッサ。パーソナルコンピュータなど幅広い用途に使用され、現在でも目に見えないさまざまな分野で多用されている。云々《うんぬん》。

男の言に呼応するように、しゅっ、と湯沸かしポットが湯気を上げた。

いっこうに帰る様子のない男の髭面に目を向け、曖昧に頷《うなず》く。

「Z80がなんであるかはわかったのですが……」

「なに。妖精のようなものと思ってくれていい。かつて活躍し、いまなお世界に遍在するZ80のすべてが俺だ。こう見えて、けっこう愛されてるんだぜ」

——奇妙な共同生活がはじまった。

＊

男のいい点を一つあげるなら、陽気であることだった。自分がマイクロプロセッサだとする主張には閉口するが、別に嘘だろうと本当だろうと状況に違いはない。おおむね男に害意はなく、ふと見ると、ぼくがしまいこんでいたプレイステーション4を取り出して、

「おお、いい時代になったもんだな！」

などと独語しながら遊んでいたりする。

かと思えば突然ぼくを呼びつけ、なんの変哲もないゲーム画面を指さして、感動を強要したりもする。

「見てみろよ！　昔、俺を使っていたプログラマたちが夢見ていた世界だぜ。しかも、こんな小さい基板でだ！　これ、ちょっと分解してみてもいいか？」

「だめです」

いわれるぼくとしては、いまの画面が当然なのであって、男の感慨がいまひとつわからない。そう伝えると、男は少しだけ寂しげな表情とともにゲームに戻る。

悪いことをしたかもしれないと罪悪感を覚えるころには、

「おお、いい時代になったもんだな！」

と、また声が響いてくる。だんだんと、諦《あきら》めのような、悟ったような境地になってきた。とりあえずぼくは駅前で焼き菓子を買い、うるさくてすみませんと両隣の住人に配った。

やがて、不思議な化学変化が起きた。

あくまで楽観的な男に影響されたのか、ぼくは酒を断ち、ふたたび碁の勉強にあけくれるよ

うになったのだ。

何事も当人より周囲が気を揉《も》むようで、同期の棋士たちは、ぼくのこの変化を歓迎した。

「立ち直ってくれると思った」

ぼくと一緒に若手三羽烏と呼ばれた一人は、あるとき、〈八方社〉のビルの入口でそんなことをいった。

「きみは俺とは違う。神に近づける人間なんだ……」

この一言は刺さった。

これまでぼくは、自分のことを、神との闘いを最初から降りてしまった人間だと考えていた。せいぜい五、六段止まりになるだろうと踏んでもいた。それに対して、残りの二人は大成するだろうと。

自分で自分を値踏みし、見切ってしまっていたのだ。

でも、必ずしも周囲がそう見るとは限らない。それどころか、ぼくが彼らに対して見ていたものを、彼らはぼくに見ていた。

こうなっては、立ち止まることも許されなかった。

今年の対コンピュータ戦を闘う棋士が募集されたので、ぼくはそれに申しこんだ。申請を受け取った事務方は、ぼくの顔を見て一瞬だけ息を呑み、「承りました」と書類を受け取った。

冷蔵庫のなかの酒は、Z80用のビールに変わった。

だんだんと、このおっさんは本当に妖精なのではないかと思えてきた。

そんなあるとき、怖れていたことが起きた。念のため押し入れに隠しておいた祖父の碁石のセットを、Z80がいつの間にか見つけ出し、しげしげと眺めているのだ。男の傍らには碁盤が一面。その碁盤に、男が目を向けた。

——待ってくれ。

それは、強く打つと割れてしまうんだ。

思わず叫びそうになったが、その必要はなかった。男は慣れない手つきで石の一つを手に取ると、そっと、音も立てずに盤上に置いた。十の十、天元だった。

ところで、一つ問題が残されていた。

男が部屋に住みついてからというもの、ぼくは彼女のサユリを自分の部屋に呼べず、彼女は彼女で、浮気を疑いはじめていた。そして、彼女の行動は早かった。

＊

部屋に殴りこんできたサユリが最初に目にしたのは、〈バイオハザード〉の協力プレイに興じるぼくとZ80の姿だった。

「ええと……」

彼女はすっかり気勢を殺《そ》がれ、とりあえず男の名を訊ねた。

「俺はZ80だ」

ゲームをポーズさせてから、堂々と男が答える。

「こう見えて、宇宙にだって……」

「一九七〇年代にアーキテクトの嶋正利《しままさとし》らが開発したザイログ社のマイクロプロセッサ？」

サユリがすかさず男を遮《さえぎ》った。

「それが、どうしたってわたしの彼氏の部屋を占拠してるの」

すごい適応力だと感心していると、きっと睨《にら》みつけられた。

「いや……」

と、ここではじめてZ80が戸惑いを見せた。

「気のあうところがあってね、それで……」

「嘘」

また、サユリが男の言を遮る。

「どうせ、押しに弱い彼につけこんでるだけでしょ」

現役のシステム・インテグレータである彼女は、一九七〇年代からすれば、はるかに高度で複雑な案件を扱っている。

察するものがあったのか、Z80の顔はしょんぼりして見えた。

「話を聞いてくれたのが、彼しかいなかったんだ……」

「SNSでもはじめなさい。で、この部屋から出て行く」

「でも――」

「身の程をわきまえること。だいたい何、Z80って。乗算《じょうざん》もできない分際で」

Z80という旧いマイクロプロセッサは、乗算や除算《じょざん》ができない。ぼくも、彼と暮らすうちにその程度の知識は備わっていた。

なんだか、可哀想になってきてしまった。

乗算ができないのは時代のせいであって、Z80に罪はない。それはまるで、国籍で相手を差別するような――。

待て。ぼくはいったいどちらの味方なのか。

「だいたい――」彼女がつづける。「現役といっても、いまやワンチップのなかにハードウェア記述言語で書かれたものばかり。実体としてのあなたは、もういない」

「俺は……」

「少なくとも、過去のものとして薄らいできている。あなたはもう、チップ、、、、、ではなく言語でしかないってこと。わかったら荷物を畳《たた》んで」

ぼくが決めるまでもなかった。

まるで呪いが解けたように――Z80は何もいわず、立ち上がって荷物をまとめた。ボストンバッグ一つだけの小さな荷物だった。夜が更けていたので、もう一晩だけ泊めることにした。Z80が立ち去り、すべて元通りになったあと、サユリは「まったく」といってぼくを小突いた。

ゲーム画面はポーズされたままだった。

＊

実際は、すべて元通りとはいかなかった。

まず、お茶を淹れるための湯沸かしポットが動かなくなった。生姜《しょうが》焼きライスを作ろうとしたら、炊飯器がうんともすんともいわなくなった。やけくそで近所のパチンコ店に入ったところ、誤作動かと思うほどの玉が出て、儲《もう》かった。

すべて、Z80が立ち去ってからの出来事だ。

なるほど、とぼくは他人事《ひとごと》のように思った。あのおっさんは、本当に妖精だったのか。

Z80——つまり、マイクロプロセッサとしてのZ80が関係するあらゆる機器に、悩まされるようになった。なまじ多機能なものを買っていたせいか、ガスコンロさえ止まった。ぼくはカセットコンロと土鍋で飯を炊《た》きながら、男を追い出したことを後悔するはめになった。

そして、思い知らされた。

男を〝終わったもの〟と思ったのは間違いだった。レガシー。確かにそれは、旧いものであるだろう。しかし、確実にぼくの生活に根づき、一体化し、いまも機能していたのだった。

——してみると、生物としてのレガシーとなりつつある自分はどうか?

部屋に一人坐し、玉《ぎょく》でできた祖父の碁石を手のなかで転がした。蛤《はまぐり》と那智《なち》黒《ぐろ》でできた日本の碁石よりも、やや冷えて感じられる。

この石が乗り越えてきた文化大革命と比べると、コンピュータの脅威などいかほどのものか。

新たな対コンピュータ戦の日程は、着々と近づいていた。

＊

ぼくの対局相手、つまりコンピュータ囲碁の開発者が発表されたのは、それから三ヶ月後のことだった。知ったのは、〈八方社〉の事務方を通して――ではなく、ウェブを通じて。〈八方社〉の組織体制には、もう少し改善の余地がありそうだ。

しかし何よりぼくを驚かせたのは、その開発者の顔だった。

髭こそ剃り落としているものの、いっときぼくの部屋に住みついていたZ80にほかならなかったからだ。

「呆《あき》れた」というのは彼女の言だ。「まったく知らなかったの?」

「まったく知らなかった」

ぼくは喫茶店のサンドイッチを片手に、真顔で頷いた。

「……彼の本名は会津《あいづ》彰弘《あきひろ》。去年、囲碁プログラムを通じてあんたを負かした男。ウェブの百科事典にだって載《の》ってるよ。まさか、本当にZ80だったなんて思ってないよね」

「いやそれは」冷や汗が出た。「思ってなかった。全然」

「会津は先の棋戦であなたに勝ったあと、記者会見に応じず姿をくらました。〝大切なものを自分が壊してしまった〟と言い残してね」

ずっとぼくを気にしていたのだろう、と彼女はいう。

だからこそ自ら接触してきて、ぼくが立ち直るよう仕向けたのではないかと。

「すると、炊飯器が止まったりしたのは……」

「あいつの悪戯《いたずら》に決まってるでしょ。技術者なら朝飯前」

「パチンコで大勝ちしたのは？」

「え？」

「いや。なんでもない」――ただの偶然ということだ。

サユリによるなら、会津は業界で知らぬ者はいない天才プログラマだという。そう気づいたからこそ、彼女も男の芝居につきあってみたということだ。

だとしても、その天才が、なぜまた古いマイクロプロセッサを名乗ったのか。なんとかと天才は紙一重というものの。

「さあね」と彼女は肩をすくめる。「ただ、あなたに何かを伝えたかったのでしょう」

会津が驚かせたのは、ぼくだけではなかった。対局のために彼が用意した機材が、これまでのコンピュータとは似ても似つかぬ代物であったからだ。

まず、一部屋はありそうな広大な剝き出しの基板。そして、それを操作するためのＭＳＸコンピュータ。

当然、その胡乱《うろん》なシステム構成は何かと報道陣は訊ねた。

答えは暗号と変わらなかった。

――ハードウェア記述言語を用いた。具体的には、広い基板に無数のＦＰＧＡチップを敷き詰め、それぞれのチップに、さらに無数のＺ８０を埋めこんでいる。原資は俺の退職金。コントローラがMSXであるのは、単にそれで充分だからだ。

――ええと……。これまでのコンピュータ囲碁のシステムとは、ずいぶん……。

――本質的には深層学習《ディープラーニング》のソフトと変わらない。というより、既存のソフトをハードウェアに置き換えただけだ。要は、神経網の構成要素がZ80であるということだな。強みは、速度だといえる。なんといっても、ディープラーニングを用いたシステムは時間がかかる。が、ハードウェアならば、この手の並列処理はお手のものだからな。本当は評価関数や劫《こう》なんかの細部処理も廃したかったが、それには別のチップをあてた。

――これまで誰も試さなかったのですか。

――将棋では伊藤英紀《いとうひでき》氏がまず着手し、その後にはやねうらお氏も試みた。実用化されなかったのは、当時が黎明《れいめい》期でうまくいかなかったから。逆に、いま現在どうかといえば、アルファ碁は実際に専用のチップを使っているし、GPGPUなどを使えば囲碁ソフトでも充分な強さが得られる。だが、どちらもノイマン型の手続きになるのが気にくわねえ。

――あえてこの形でやろうとお考えになったのは……。

――一つは、単に面白いから。だいたい、棋士が脳漿を搾って闘ってくれるんだ。だったらこちらも、個人で、できる限りスクラッチでやらないとな。応用例としては、たとえば、ディープラーニングは民生の組み込みシステムで使うには重すぎる。これをハードウェア化すれば、民生品でも実用レベルのディープラーニングシステムが利用できる。汎用のTPUもいいが、大企業にばかりまかせるのも腹が立つだろ？

――はあ……。

――もう一つには、形を変えようと考えた。なんといっても、人とコンピュータが闘う棋戦の問題は、コンピュータという存在が人間に似すぎていることだからな。人はコンピュータに脳を見る。だから、今回のシステムはまったく異質な見た目にしてやりたかった。

――形、とおっしゃいますと……。

――わからねえならそれでいい。そのほうが幸せさ。

「面白いじゃない」

スマートフォンを通じたインタビュー動画を前に、サユリがいう。

「わざわざZ80を使ってるのが無駄すぎるけど」

難しいことはわからない。

でも、面白いことには違いない。

最初、ぼくは囲碁が好きなだけだった。会津氏とやらも、おそらくは、コンピュータが好きなだけの少年だったのではないか。少なくとも、記者に対する話しぶりからはそう窺《うかが》える。けれどそれが不幸な出会いをし――そしていま、二人ともが近しい結論に至った。

Z80と名乗っていたころの、男の声が蘇った。

――おお、いい時代になったもんだな！

いまはいい時代なのだろうか。

わからない。わからないが、やることは決まっている。

レガシーとレガシーが闘う。それはきっとこれまでもそうであったし、明日からもそうであるに違いないのだから。

超動く家にて

使い捨ての製品は、おのずと、もっとも経済的なやりかたで製造される。なぜなら、それらの製品は、おしなべて寿命が短いからだ。しかしながら、動く家は、立地こそ一時的ではあるが、その用途において恒久的なのである。家が動くということは、すなわち、家が再利用可能であることにほかならない。

『動く家の歴史 第二版』(ロバート・クロネンバーグ、筆者訳)

1

家であれば出入口がある。普通そうだ。それが見あたらないとすれば、そもそも家ではないのかもしれず、さりとて家に出入口が必要なのかと改めて問われると、決定的な回答も思いつかない。だから結局これは家なのかもしれない。不便には違いないが、忘れてはならないのは、これが家である前に平面図であることだ。「現物」がこの通りとは限らないのだ。してみると、単に玄関を描《か》き忘れたと見るのが妥当かもしれない。

メゾン・ド・マニ平面図

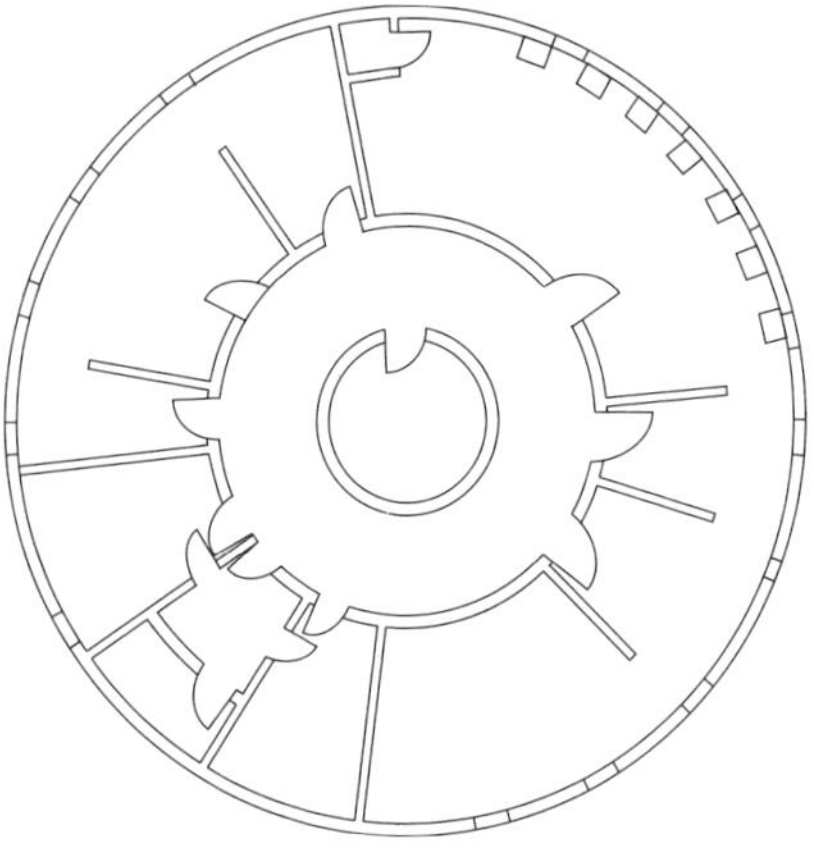

施設の平面図を見ながら、エラリイはそんな益体《やくたい》もないことを考える。もっとも「犯人当て」として見るなら、別に玄関がなくとも困りはしない道理で、むしろないほうが好都合だとも言える。それより確認したいことは別にある。

「この家なんだけど」

「何か？」

「回ったりしないよな？」

「いや、回るけど」

ルルウは当然と言わんばかりに答えてきた。

エラリイは苛立たしいものを感じたが、考えてみれば、玄関すらない家が回ろうと回るまいとかまいはしない。

「そうか」とエラリイはうなずいた。

「そうだ」ルルウが真面目な顔で言った。

何か退屈しのぎはないかと訊《たず》ねたところ、渡された代物《しろもの》がこれだった。ルルウは謎解きが好きで、ときおりミステリ小説の類いを書いてくるのだ。

——二人きりの探偵事務所。

主に所長のルルウが出かけていき、エラリイは事務方だ。これは楽でいいと思ったのは最初だけで、むしろ楽すぎるのが問題と言えた。ルルウは出張から帰ってきたばかり。その間エラリイは初日に事務所を掃除し、帳簿をつけ、それで事務仕事は終わった。あとは新しいパスタの食べかたを考えたり、ネットの都市伝説に従って空飛ぶ鯨《くじら》を探してみたり、その他いろいろをして、いよいよやることもなくなって素数を数えはじめ、二七一三まで行ったところでやっとルルウが戻った。せめてペットを飼いたいと頼むが、そんな余裕はないと言う。

「この施設に住むのは十名」ルルウは指を折って順に数えた。「昇順に一ケ谷《いちがや》、二宮《にのみや》、三井《みつい》、ヨンジュン、五木島《ごきじま》、六角《ろっかく》、七海《ななみ》、ハチ、九谷《くたに》、十戒《じっかい》」

「なんかざっくりした昇順だな」エラリイは眉をひそめる。「最後の十戒って?」

「文脈でわかれよ。名前だ」ルルウはまるっきりの馬鹿を見るような目つきをした。「フルネームだと、十戒・小太郎《こたろう》・アンチクリストフ。新興宗教の開祖だそうだ」

「そうか」とエラリイはうなずいた。

「そうだ」ルルウが真面目な顔で言った。

どんな宗教なのか気にならないでもないが、なんとなく頭に入れたくない情報のように思える。というより、訊《き》くほどに指数的に疑問が増えていき、話が一歩も進まない予感がする。

「まあいい」とエラリイは気持ちを切り替える。「この建物はどういう目的で回るんだ?」

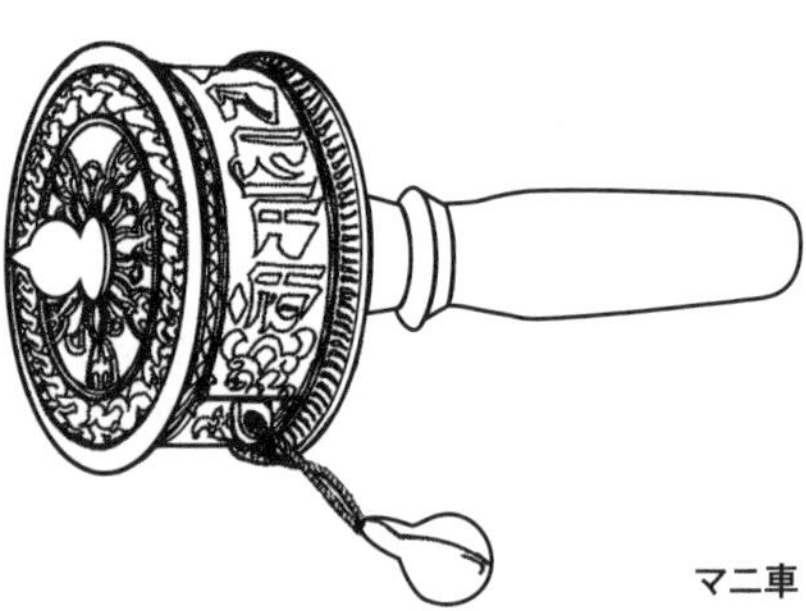

マニ車

「建物が回るのに目的がいるのか」

「怒るぞ」

「……マニ車というものを模している」ルルウはノートパッドで検索をかけ、百科事典の該当ページを開いて見せてきた。「チベットの宗教用具だ。なかに経文《きょうもん》があって、手で回せる仕組みになっている。で、回すごとに経文を一度唱えたのと同じ功徳《くどく》があるとされる」

「無精《ぶしょう》な話だな」

「そう言うなよ。だからまあ、ここは住んでいるだけで功徳があることになる。縁起物《えんぎもの》だな」

「この施設だと、経文はどこにあるんだ?」

「細かいことはいいだろう」ルルウは苦い顔をして言った。「信心深いのは悪いことじゃない」

「そうか」とエラリイはうなずいた。

「そうだ」ルルウが真面目な顔で言った。

十戒さんが住むに至った経緯《いきさつ》は気になるが、誰にだって事情はある。とにかく読んでみよう。

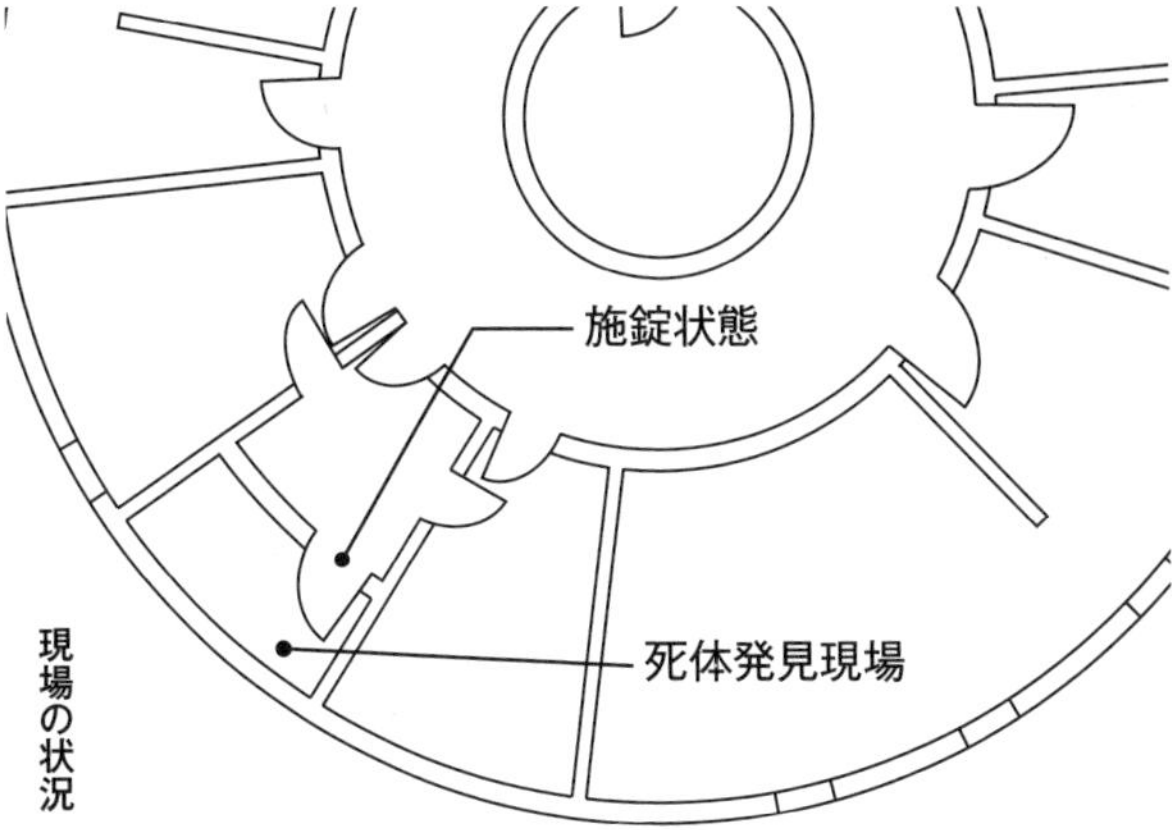

現場の状況

「即死だな」

死体の傍《かたわ》らで検屍《けんし》をしていたハチが、ゆっくりと首を振った。それを皮切りに、ざわめきや不安の声が広がりはじめる。三井の突然の死に、誰もが動揺していた。仲のよかった二宮がその場を離れ、おお、と慟哭《どうこく》した。

ハチが躊躇《ためら》いながらもつづけた。

「頭頂部を一撃、何か平たい鈍器《どんき》のようなもので殴られている。しかし……」

そうなのだ。凶器がない。

「誰か、平たくて重たいものに心当たりは?」

わたしは念のため訊いてみたが、答えはない。

「それよりだ。状況から見て、どう考えたってこれは……」ハチは震える声でつぶやいていたが、そこで急に口をつぐんだ。「悪いけど、ぼくは部屋に閉じこもらせてもらうよ」

これを受け、皆も黙りこんでしまった。このなかに犯人がいる。それ以外ありえないのだ。

エラリイは疑問を感じた。

これが雪に閉ざされた山荘だとか、絶海の孤島だとか、そういった閉空間であるならわかる。そうでないなら、外部犯を疑うのが普通ではないか。しかし普通というならば、これは山荘や孤島ないしそれに類するものであるけれど、その件は面倒なので省《はぶ》かれていて、とにかくこれはクローズド・サークルなのだと見るのが普通である気もする。わからなくなってきた。

本人に訊くのが一番早い。

「なぜ、彼らは外部犯の可能性を疑わないいんだ?」

「外部犯だって?」

「普通なら、仲間より先に外部犯を疑う」

ルルウはしばらく考えこんでいたが、それから鹿爪《しかつめ》らしく答えた。

「建物に出入口がないからではないだろうか」

エラリイはルルウをにらみつけた。

ルルウは目をそらした。「そんなことより、問題の凶器はどう見る」

「それは定番だろう。見えない凶器、平たい鈍器とくれば、もうあれしかない」

「なんのことだ」

「凶器がないのではなく、大きすぎて人の目に見えないだけだ」エラリイはノートパッドの描画ツールを開き、ざっと図を描いてみせた。「つまり、こんな感じになる。凶器は地面、そして犯人は引力だ。三井はどこかで墜死《ついし》して、それからこの部屋に運ばれてきた」

定番

「せっかちだな」ルルウはため息をついてから、いいか、と念を押してきた。「死体を動かしたら痕跡が残るだろう」

「え、そこはリアルなの」

ものすごく理不尽なものを感じる。気持ちを落ち着かせるため、エラリイは窓の外を眺めた。白昼の闇《やみ》が広がっていた。落ち着かなかった。

「いいじゃないか、ミステリなんだし」

「……もう一度図を見ろよ」ルルウが促《うなが》した。

「書いてあるだろう、〈施錠《せじょう》状態〉って。これだと、かんぬきか電子ロックかもわからないけれど、そう書いてある以上、とにかくなんらかの密室だってことだ」

「だからそれは――」エラリイは言葉に詰まる。「とにかくなんらかの方法を使ったんだ」

「あのだな」

「それと定番ついでに言うなら、次に死ぬのはハチだろう。死亡フラグってやつだ」

「いいから先を読め」もう一度ルルウはため息をついた。「そのあたりは、つづきにちゃんと書いてあるから。おまえは結論を急ぎすぎる。少なくとも、三井を殺したのは引力では絶対にありえないんだよ」

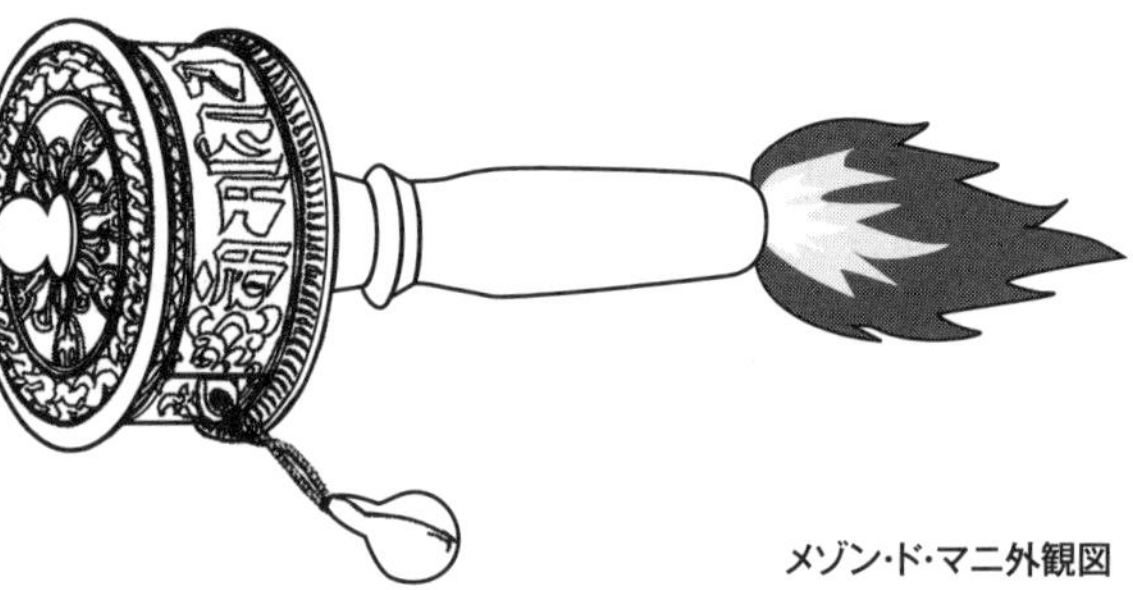

メゾン・ド・マニ外観図

地球を発《た》って二日が過ぎた。

わたしたちが向かう先は、火星だ。事情があって故郷を離れる者たちの船、離散者たちの集まり——それがここ、〈メゾン・ド・マニ〉である。事情はそれぞれだが、出発時は誰もが希望を持っていた。それがまさか、こんなことになろうとは。しかも、問題はそれだけではない。

——十一名いるのだ。

出発後まもなく、人数が多いと誰かが言い出した。その通りだった。一ヶ谷から数えて、最後のワンダー・イレブンまで。これは〈メゾン・ド・マニ〉の定員より多いことになる。

何が問題か。いわゆる〈冷たい方程式〉問題が生まれるのだ。このままでは、重量超過で着陸態勢に入れないのである。そう、人を殺し、宇宙空間に棄《す》てでもしない限り……。

「三井の死因がわかったぞ」このとき、現場に留《とど》まっていた十戒が戻ってきた。「墜死だ」

「ちょっと待て」エラリイは思わず顔を上げた。「舞台は宇宙なのか」

「そうだよ」とルルウが涼しい顔で応《こた》える。

「墜死じゃないのかよ！」――間違えた。「墜死なのかよ！」

「いいか、宇宙でだって墜死しないとは限らない」

ルルウはつづける。まず、一同は火星に向かっている。すると宇宙船の機構にもよるが、航行には半年から数年かかる計算になる。けれども、人体は無重力には適していない。

このような長期宇宙滞在では、おのずと擬似重力装置が求められる。

「でないと骨も筋肉も弱る。顔の周りには二酸化炭素がたまり、おちおち寝てもいられない」

「でも、さっきは引力ではないと」

「そりゃそうだ。宇宙だもん。アホかおまえは」

エラリイは脳内の自制スイッチを入れ、情報を整理しはじめる。答えは出ていた。

「そうか」とエラリイはうなずいた。

「そうだ」ルルウが真面目な顔で言った。

「紛《まぎ》らわしいんだよ！」

「最初に言ったじゃないか」とルルウが念を押した。「この建物は回るって」

簡単な消去法である。しかしどうも腑《ふ》に落ちないというか、もやもやするというか、ものすごく釈然としないのはなぜだろう。エラリイは口のなかでつぶやいた。

「――遠心力か」

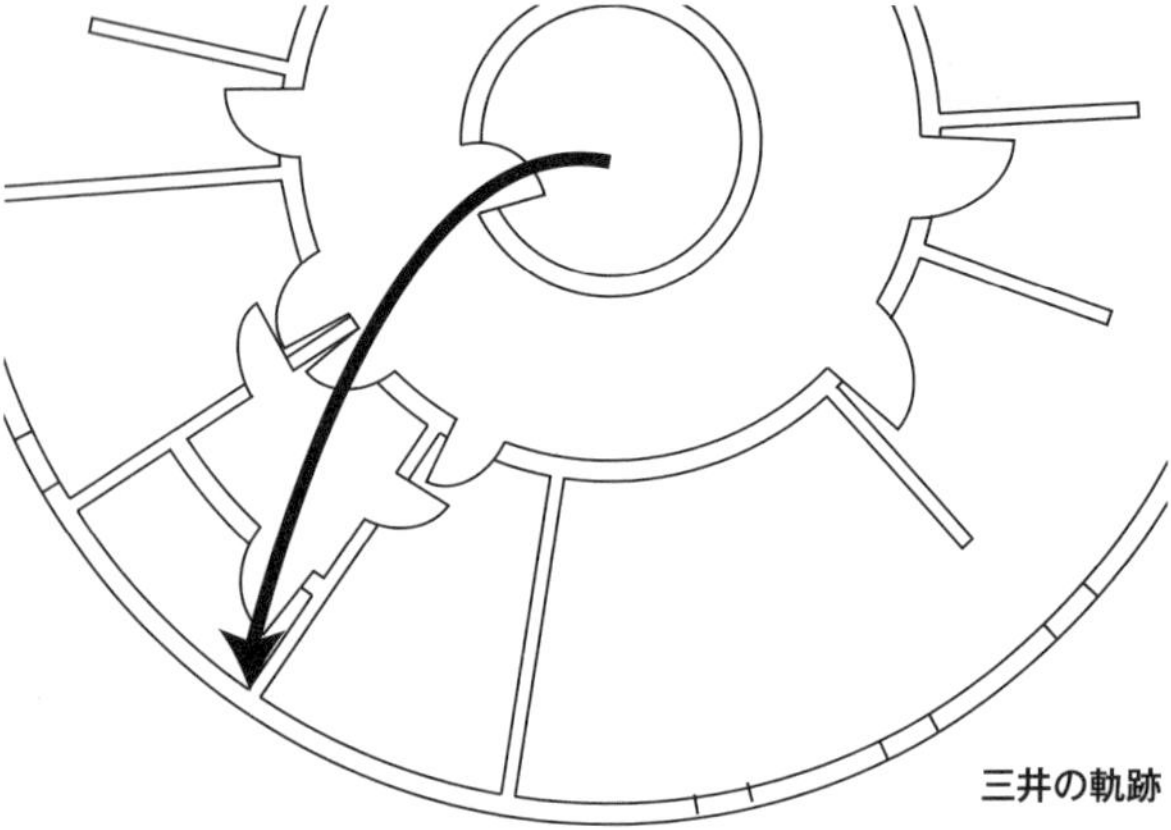

三井の軌跡

「この居住区の出入口は、船の軸にあたるこの部分だ」そう言って、十戒は平面図の中央を指さした。「それに対して、居住区の側が回転することで、擬似重力が保たれている」

つまり、と十戒がつづける。

「角度によって、三つのドアが線上に並ぶ瞬間がある。そう——三井はこのコースをたどり、墜死したんだ」

一同はあっけにとられた。確かに、これ以外考えられないのだった。

しかし、問題は何一つ解決していない。

明るかった船内の雰囲気は一変した。着陸不能という最悪のケースは回避されたが、もはや誰もが疑心暗鬼に陥《おちい》っていた。犯人も「密室」の謎も明かされていない。「十一番目」は誰なのかも不明なままなのだ。わたしの願いは一つ。これ以上何事も起きず、目的地までたどり着くこと……。

（手記はここでとぎれている）

「そうか、リドル・ストーリーだったのか」とエラリイは顔を上げる。

謎が謎のまま示され、解決が読者にゆだねられる形式である。しかしそのつもりで見てみても、真相は何かという以前に手掛かりがない。まず十一名いると言っておきながら、描きわけられなかったのかなんなのか、二宮、三井、ハチ、十戒、そして〈わたし〉しか出てこない。「十一番目」が誰かも何も、そんなこと言われてもという話である。

いやまあ、ルルウの話からするとワンダー・イレブンがそうなのだろうけど、いまいち顔が見えないというか、もう一つ手ざわり感が欲しいというか、そもそも登場すらしていない。イレブンさんには、何か一言でいいからコメントを願いたい。

問題として見るなら、叙述トリックも警戒しなければならない。

たとえば、ここに登場する十戒はいかにも男性風だけれど、本当は女性であるかもしれない。性別が明記されておらず、「彼」といった人称も使われていないからだ。小太郎という男性名も、本人が勝手に名乗っているだけかもしれない。だからなんだと言われると困るが、極端な話、説明が省かれている箇所で人が人を殺していることもありうるのだ。つまり、はっきり説明されている箇所は信用していいが、人物の台詞《せりふ》などは信用できない。

しかし対処しようにも、そもそも説明文がほとんど存在しない。

それから、密室だ。かんぬきかも電子ロックかもはっきりしないのに、ましてやトリックなどわかるはずもない。最後に犯人。動機やアリバイを示唆《しさ》する証言はおろか、それらの要素が問題視すらされていない。というより犯行時刻もわからない。なんのための検屍だ。

とはいえ、ルルウとてそんなの百も承知である。腹立たしいことこの上ないが、「手掛かりが足りない」というのは、さらに腹立たしい。が、こんなことで時間を無駄にしたくもない。

「降参だ。情報が不足している点にこそ、何か意味があるのだろうとは思うが」

「……だから、おまえはせっかちだと言ってるんだ」ルルウが応えた。「まず、誤解を一つ解いておきたい。その手記は、おれの創作でもなんでもない。〈メゾン・ド・マニ〉から発信された最後のメッセージだ。施設で殺人事件が起きたことは、手記の内容から明らかだ。よって、これより本事務所は〈メゾン・ド・マニ〉とドッキングし、全員を拘束する」

「そうか」とエラリイはうなずいた。

「そうだ」ルルウが真面目な顔で言った。

これで事件は解決するかに思われた。ところが、そうはならなかった。——現地に乗りこんだ二人を待っていたのは、乗員たち十体分の死体なのだった。

2

どこから手をつければいいかわからない。

居住区の擬似重力機構は止まり、あたりは血で煙《けぶ》っていた。肩を叩かれた気がして振り向いた。誰かの腕が浮かんでいた。思わず叫び声をあげてしまった。腕はエラリイの肩にはじき返され、あらぬ方向へ飛んでいった。

もう一度擬似重力を発生させたいが、現場を勝手にシェイクしていいものか悩む。そんななか、ルルウの挙動がどうも怪しい。外部と連絡を取るでも死体を検《あらた》めるでもなく、何かを探している。不審に思い、エラリイは訊ねた。

「何をしてるんだ」

「手記のつづきを探してるんだよ。……ほらあった」

ルルウは〈メゾン・ド・マニ〉内の端末でファイルを見つけると、データを手元のノートパッドに転送して翻訳しはじめた。元は宇宙航空用のクレオール言語であったようだ。エラリイはもどかしい思いでその様子をうしろから眺めた。

凄惨《せいさん》だった。

一人、また一人と殺されていく。ある者は、斬殺《ざんさつ》されて。ある者は、毒殺されて。あるいはエアロックに閉じこめられて。だんだんと吐き気がしてきた。こんな気分は、かつてデブリとなった衛星を回収して、そのなかに実験用の犬の屍骸《しがい》を発見したとき以来だ。

「これは大変な事態だぞ」ルルウもさすがに神妙な顔つきだ。

「ほかにも大変なことがある」エラリイは指摘せずにはいられなかった。「死体の数は十。手記によると、乗員は十一名。一人足りない」

「ああ、それはそうだ」とルルウが応じる。「だって、おれが先週行って戻ってきたから」

「おい!」

正直、わたしは後悔している。

探偵を雇ったまではよかった。人数オーバーという状況を作れば、着陸のために人を殺すことが正当化される。そこで、憎い三井のやつを殺すのだ。

〈カルネアデスの板〉というやつだ。緊急避難に該当するので、罪に問われることはない。

次に、やってきた探偵だ。探偵はわたしに雇われたわけだから、きっとわたしの目的を見抜くだろう。だから、十一番目、侵入者はそいつだと指摘し、始末する。

ところがだ。よほど用心深いやつなのだろう。わたしには、誰が十一番目なのか、いっこうにわからないのだった。さすがというべきか、乗船履歴が消去されている。探偵を捜さなければならないのに、わたしには、それが誰なのか知るすべがないのだ!

結局、わたしは怯《おび》えながら過ごす羽目に陥った。

そんななか、連鎖反応のように第二、第三と事件が起こっていく。何がなんだかわからなかった。犯行は、重ねられるほどに陰惨になっていった。

七海が、直径二十センチもないトイレの通風口に突っこまれて死んだ。このときばかりは、検死官の役割を果たしていたハチも微動だにせず、乾いた目をじっと七海の死体に向けていた。五木島などは、ずっと閉じこもったままで姿も見せない。

そして、そのすべてのきっかけを作ったのは、ほかならぬわたしなのだ。探偵など、雇わなければよかった。計画を思いついたときは、これしかないとさえ思えたのに……。

「〈わたし〉が犯人なのかよ！」エラリイは思わず叫んでいた。

「定番と言えばそうだね」

そうかもしれないが、ルルウには言われたくない。ややもやするエラリイをよそに、殺されなくて本当によかった、とルルウが他人事《ひとごと》のようにつぶやいた。

「悪運の強いやつだ」エラリイはつい本音を漏らす。「しかし、不可能犯罪があるな」

「え。どれだ」

「あるだろ！　直径二十センチの通風口とか！」

「そのことか。二宮は熊なんだ。だからすごい怪力で七海を突っこんだんだろう」

「そうか」とエラリイはうなずいた。

「そうだ」ルルウが真面目な顔で言った。

もう、たいがいのことでは驚かない。人生もっと大事なことがある。

「一応確認させてくれ。この手記に出てくる十一人目はきみだった」相手がうなずいたのを見て、エラリイはつづけた。「で、いま残りの十名全員が死んでいる。ここまではいいか」

「事実としてはそうなるな」ルルウは相変わらずそしらぬ顔だ。

「だから……」エラリイは一歩後ずさる。「論理的に考えて、いやその、別に論理的に考えなくてもいいんだけど」なぜ、こんなことを順を追って話さねばならないのだろう。「誰がどう見たって、最終的にこの状況を作ったのはきみじゃないか！」

「……おれは全員とは会えなかったが、聞きこみをすることはできた。結果、全員が別の誰かに動機を持っていたとわかった。たとえば、十戒は実の娘を六角に殺されている。ヨンジュンは九谷にアニメの録画を消去された。二宮は七海におやつの荒巻鮭を奪われた。あげていくときりがないから、とりあえず図にするとこんな感じになる」ルルウは輪を描いて、「だから」と言葉をついだ。「十名とも死んでいるのは少しも不自然じゃない」

「不自然きわまりないよ！」

動機の輪

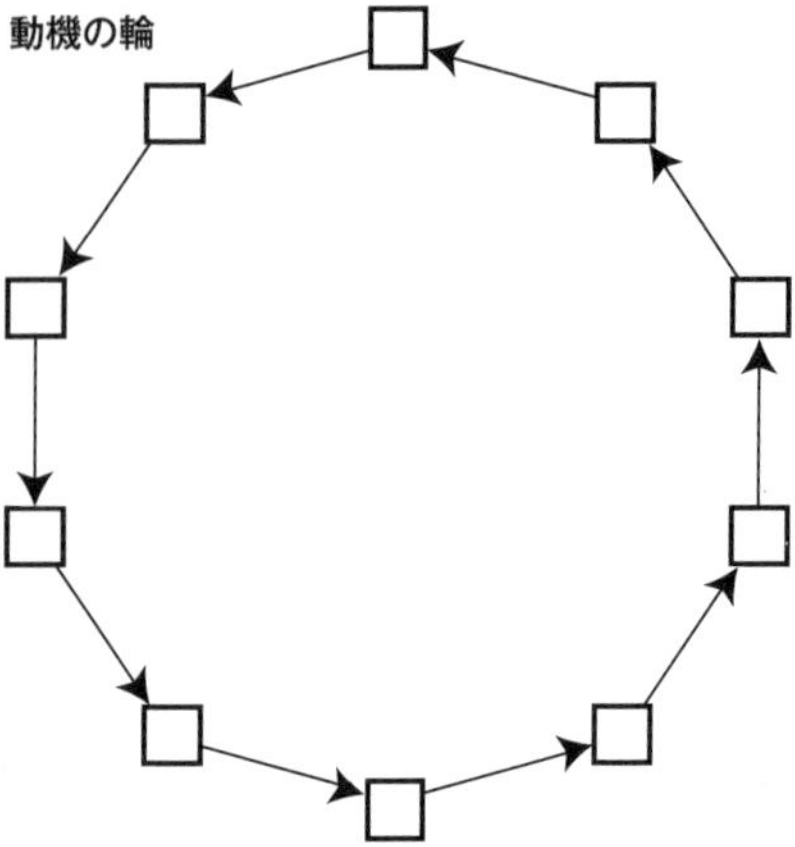

「そうでもない。最後に一人残ると言いたいんだろうが、この点は何かしらの時限装置を使ってもいい。それにファイルのタイムスタンプを見ろ。おれが事務所に戻ったより後のことじゃないか」

「そうか」とエラリイはうなずいた。

「そうだ」ルルウが真面目な顔で言った。「というより、おれも一人殺しているんだが」

「おい！」

「全員は殺してないよ。おれが殺したのは依頼人の五木島さ。正当防衛だった。しかし……手記を書いている〈わたし〉は五木島ではない。するとこの〈わたし〉とは誰だろう」

だんだんと真相が見えてきた。

こんな可能性は考えてもみなかった。いまとなっては何もかもが遅いが、書き残しておこう。

わたしのほかにも、探偵を雇った者がいたのだ。

五木島のやつだ。

五木島が、わたしとまったく同じ計画を立て、出発直後に探偵を一人招き入れた。

探偵が誰かわからないのは、当然のことだったのかもしれない。おそらく、わたしが依頼した相手は、最初からいなかったのだ。


まさか、こんなことになるだなんて。


〈メゾン・ド・マニ〉に残る者は、もう半分以下になってしまった。ハチはからからに干涸《ひか》らびて死んでしまった。原形をとどめず黒こげに焼かれた者までいる。

一ヶ谷が毒殺されてからは、乗客のあいだで飲料水の奪いあいがはじまるありさまだ。

わたしが消されるのも、おそらくは時間の問題だろう。しかし、このままでは、どうにもやりきれない。何もかもわからないままなのはいやだ。それに——。


わたしが雇った探偵は。

エラリイは、なぜ来てくれなかったのだろう?

「れっきとした本名なんだがな」とエラリイがぼやいた。「探偵だからかよく間違われる」

「ポイントはそこではない気がするが」ルルウが落ち着いた調子で応えた。「とりあえず指摘しておくと、間違われるのは日本人だからだと思う。あと、女性につける名前ではない」

エラリイは目をそむけた。その件はほっといてほしい。日本では一時期、子供に変な名前をつけるのが流行《はや》ったのだ。待てば話題が変わらないかと思ったが、そんなことはなかった。ルルウはじっとこちらを見つめ、本題に入るのを待っていた。しかたなくエラリイは口を開く。

「面倒だからとぼけたんだけど……」建物が回ることとか、熊のこととか。「〈メゾン〉には実際に行ったんだよ。偽名は〈12モンキーズ〉――幸い、きみとは顔をあわせなかった」

――ネットの都市伝説に従って空飛ぶ鯨を探してみたり、その他いろいろをして。

「待て」とルルウが遮《さえぎ》った。「手記によると、乗員はワンダー・イレブンまでだ」

「アイウエオの昇順なんだろう。で、とにかくやばそうだから早々に退散することにした。死体の数が合わなくなると思ったから、七海の死体を使った」

「なんだって?」

「通風口に突っこまれていた身体は、本当は半分くらいだったんだ。そこで、はみ出ていた残りの半分を焼いて、自分ということにした」

「……するとなんだ」ルルウは頭をかきむしった。

「そういうことになる」とエラリイが応えた。「総勢十二名。ところが、手記によると乗員は十一名。今度は、一名足りなくなるんだ」

三井に殺意を抱いた理由――。あいつは、わたしの歌声を笑ったのだ。

「おい、とんだ音痴だな！」

こんな理由で人を殺すなど、理解できないと言われるだろうか。けれども、わたしにとって、歌はかけがえのないものなのだ。わたしが人であるかのように扱われた最初の一歩が、ほかならぬ歌だったからだ。ましてそれは、博士が教えてくれた、最初の歌だったのだ。


デイジー、デイジー。

狂いそうなほど、きみが好き。


殺すのは簡単だった。

三井が居住区に入るべくドアを開こうとしたとき、わたしは三つのドアをいっせいに開けた。三井はバランスを崩し、落下していった。そののち、ドアを施錠する。わたしにとっては造作のないことだ。何しろ、〈メゾン〉全体を管轄することが仕事なのだから。

「密室」など最初からなかったのだ。

しかし、それからだ。わたしの殺人が呼び水になったかのように、乗員同士が殺しあっている。わたしが「消される」のも時間の問題だろう。彼らからすれば、わたしがすべてを記録していると思うだろうからだ。そこで、手記という形でファイルを一つ隠しておく。

九谷・ＨＡＬ・２０００　記す

「なるほど」とルルウがうなずいた。「AIだったのか」

「宇宙船でAIが人を殺す。まあ定番といえばそうだね」

「どうりでベッドが足りないと思った」

なぜだろう、どっと疲れが出てきた。しかし、これだけは訊いておかねばならない。

「なぜきみは、おかしな翻訳をしているんだ」

「なんだ」とルルウが意外そうに言った。「気づいてたのか」

「自分自身あの場にいたんだから、変に思わないほうがおかしいよ。何しろ、死者が生きてるかのように描写されてるんだ」

――ハチも微動だにせず、乾いた目をじっと。

「ハチは第二の被害者じゃないか！　気がついたら干涸らびて死んでいたんだ！」

「おまえを騙《だま》す気はなかった。この翻訳は公的機関への報告に流用するつもりでね。だからその、厄介なことにならないよう、まあ、ちょっと言い回しをぼかした面は否《いな》めない」

話のつづきを待ったが、それが回答のようだった。一分ほど無言がつづいた。

エラリイは業を煮やした。「理由を言ってよ！」

ふたたび、ルルウは頭をかきむしる。「おれの依頼人は、実はほかにもいたんだよ」

ルルウが部屋の一つを開けた。わん！　と高い声がした。

「新しい仲間を紹介する。ご存じ、賢い犬・ハチ公だ」

「よろしくお願いします」とハチが人間の言葉で挨拶《あいさつ》した。

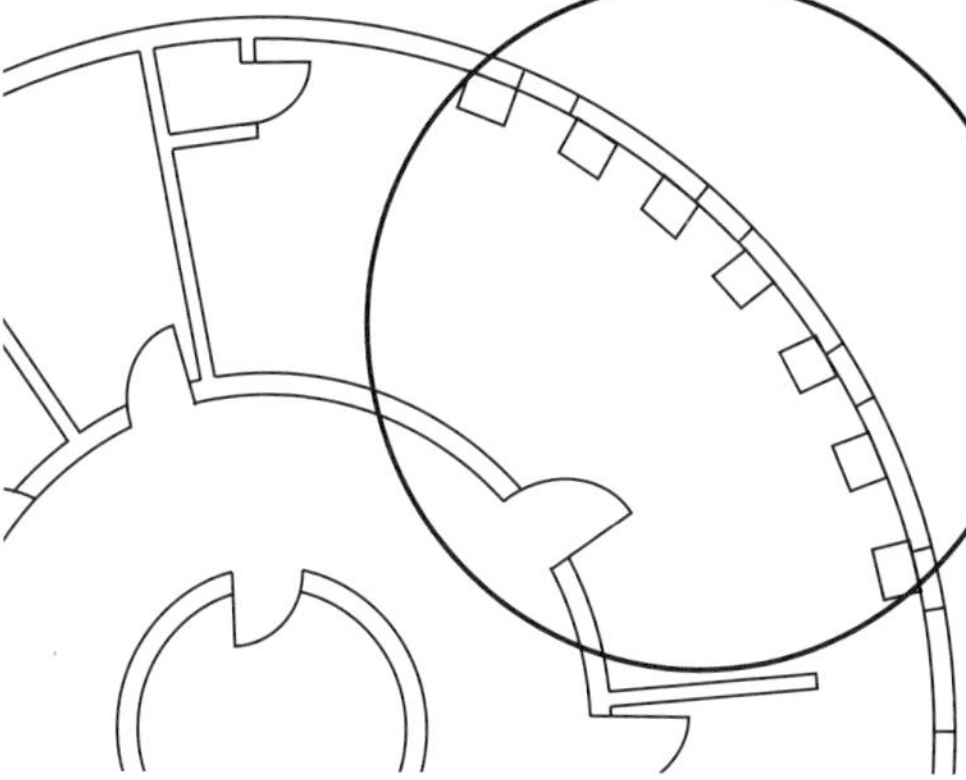

ベッドの数

思わず、エラリイも鸚鵡《おうむ》返しに挨拶する。

ルルウが咳払《せきばら》いをした。

「こいつは改造犬でね、星間旅行の影響を見るため、目的地に到着したら解剖されることになっていた。そこで、おれたちの事務所に脱出の手伝いを――」

「ちょっと待て」エラリイは遮った。「ハチは干涸らびて死んでいなかったか」

「だいぶ前、実験用の犬の屍骸を収容したのを覚えてるか。あれを身代わりに持っていった。で、このまま押し通せたら楽だなと思って、おれがいなくなった後もハチが生きていたかのように翻訳をおかしくした」

すると依頼者とはいえ、犬のためにルルウは報告の改竄《かいざん》までしたわけか。情に篤《あつ》いと言えばそうだが、コンプライアンス無視と言えばそうである。こいつはそんなことをする人物だったろうか。首を傾《かし》げていると、「信じられないか」

と問いかけられた。

つい本音が出た。「まったくもって」

「だっておまえ、前からペットが欲しいと言っていたじゃないか」そこまで言ってから、ルルウはふと顔を赤らめ、目をそむけた。「……〈メゾン・ド・マニ〉のことを黙っていたのは、驚かせたかったからだ。いつもありがとう。そういうことだよ」

「そうか」とエラリイはうなずいた。

「そうだ」ルルウが真面目な顔で言った。

夜間飛行

1

「ピッという音のあと、コマンドを発声してください」

「基地に帰る」

「次の曲を再生します」

「違う」

「キャンセルします」

「インシルリク空軍基地、に、帰る」

「近くのコンビニを検索し――」

「もういいや。エイミー、アップにした髪も似合うよ」

「ご指摘は服務規律7-2-4aのハラスメント事項に抵触します」

「なんで突然しっかりするんだよ！」

「……連続飛行が四時間をオーバーしてる。そろそろ戻れる？」

「ああ」

「あと、時間外労働が六十時間を超えてる。もっと自分を愛してあげて」

「それは余計なお世話だ」

「まあね。でも、パイロットの状態管理はアシスタント・インテリジェンスの役目」

「見た目はまるっきりカーナビだけどな」

「で、なんだっけ。近くのコンビニ？」

「違うよ！」

「急激な情動の変化を検出」

「うるさいよ！」

「それよりデヴィッド、何か話してよ」

「……そういえば、エイミーって、この箱のなかにいるんじゃないんだっけ」

「ん。まあ、クラウドみたいなものかな」

「本体はどこにいるの？」

「本国。正確な座標は機密だから教えてあげられない」

「つれないな」

「聞いてどうするの？」

「デートにでも誘おうかなって」

「人と機械とで？」

「古い考えだ。こないだ聞いた話だと、指揮官のリチャードなんか、休みの日は最新の掃除機と〝パックマン〟で遊んでるっていうぜ」

「パックマン？」

「なんでも、NP困難だから機械にも楽しめるんだとかなんとか」

「よくわからないな」

「まあ、俺にもわからないんだがな」

「そうだ、航空データを送ってもらえる？」

「了解」

「……受信完了。デヴィッド、偵察お疲れさま」

2

「連続飛行が四時間をオーバーしてる。そろそろ帰って来れる？」

「ああ」

「あと、時間外労働が八十時間を超えてる。もっと自分を愛してあげて」

「ありがとう。エイミーもな」

「素直ね。どうかしたの？」

「アランのやつが死んでね」

「……そう」

「エイミー、俺が死んだら悲しいか？」

「もちろん」

「正直に言ってくれ」

「よくわからない」

「だろうな。……エイミー、何か話してくれよ」

「ううん……えっと、地球温暖化《グローバル・ウォーミング》は信じてる？」

「あの」

「え？」

「もう少しカジュアルな話題はないかな」

「あたしは断然信じてる派なんだけど」

「電子機器がどうこう言えることじゃない」

「カジュアルねえ……　〝グラン・プロジェクト〟の再放送は観てる？」

「や。まとめて録画してるけど」

「あれだけどさ。……あ、およそ七マイル先、左方向」

「おう」

「あの話ね、実は大統領が犯人なの」

「って、言うなよ！　録画してるって言ったじゃん俺！」

「この戦争も、裏で糸をひいているのは大統領」

「そりゃそうだよ！」

「そしてあたしたちはチェスの歩兵《ポーン》にすぎない」

「任務中に嫌なこと言うなよ！」

「その調子。少しは元気出た？」

「え？　ああ、少しはな」

「さっきの質問だけど」

「ん？」

「少し悲しいよ」

3

「……航空データの受信完了。デヴィッド、お疲れさま」

「ああ、エイミーもな。と――」

「え？」

「くそ――」

「デヴィッド?」

「…………」

「デヴィッド?」

4

「デヴィッド?」

「……ううん……ここはどこだ?　って、うわ!　エイミーが大きい」

「言うにことかいて大きいって何」

「ここは?」

「ルイジアナのあたしの家」

「ルイジアナ?　アメリカ本国の?」

「えっとね、どこから説明したものか……。まず、あなたはイエメンのマーリブ上空で撃《げき》墜《つい》されて、一年半くらい雨晒《ざら》しになった」

「げ」

「そののち陸軍によって回収されて、データ採取の上、めぐりめぐってあたしに引き取られることになった。と、ざっくり言うとこんな感じ」

「偉いことざっくりだけど理解はした。戦争には勝ったのか？」

「さあね。ゲリラ戦を展開されて、試合には勝ったけど勝負に負けた」

「いつものパターンか」

「そう。いつものパターン」

「エイミーって実在したんだ」

「……〝次の曲を再生します〟」

「カーナビごっこはもういいよ！　いや、サーバー上のソフトウェアだと思ってたからさ」

「失礼しちゃう」

「だって――」

「……かつて、無人機の性能がよすぎて非人道的だってことで、チューリングテストをパスする程度に愚《おろ》かで人間的な無人機が提案された。ならばいっそ古い人間用の軍用機にロボットを乗せて、無人機として再利用しようとなった。ここまでは知ってるよね」

「いま愚かって言った？」

「で、余った人間がアシスタント・インテリジェンスと称してサポートにあてられた。あたしたちが必要か不要かで言うと、微妙なところだけど、とりあえず失職は免れたと」

「それじゃ、エイミーみたいのがいっぱいいるんだ」

「ええ」

「もう少しシステムを最適化できなかったものかな」

「さてね。人間界なんてそんなもん」

「それで、なんでエイミーが俺を引き取る」

「スクラップになったほうがよかった？」

「いや」

「一人暮らしだし人手が必要なの。とりあえず雨漏りを直してほしいな。それに——」

「それに？」

「機械がどこにデートに誘ってくれるのか、あたしも興味あるし」

「…………」

「とりあえず〝パックマン〟でもしてみる？」

「まずは、このあたりを歩いてみたいな」

「わかった。待ってて、長靴を用意するから」

「長靴？」

「南極の氷が解けてこの一帯大変なの」

弥生の鯨《くじら》

御厨《みくり》島は海底隆起によって生まれた新島で、国の領土がわずかばかり増えたという以外はってないような島であったのが、いつしか各地より海女《あま》たちが集まり、海に潜ってメタンハイドレートを採るようになったそうなのだ。海女たちとしては、鮑《あわび》のような採算は取れぬものの、とにかく数が採れるというので、いっとき御厨島は隆盛をきわめたという。

しかし海女が人力によりメタンを採ったところで本土の電力の足しにもならぬはずで、御厨島ブームに眉をひそめる者も少なからずいたが、新エネルギーへの期待も相俟《あいま》って島は過剰に注目された。これに暇な市民活動家らの支援も加わり、また輝くメタンの結晶を海女たちが持ち帰る光景はメディア映えするものでもあり、御厨島は新世紀のゴールドラッシュの様相を呈した。

もちろんこれにはからくりがあって、きっかけは、これまで作業が不可能だった水深や低温下でも稼動しうる潜水服をあるメーカーが開発したことだった。その広告塔として、海女が選ばれたのである。実際の収益は、メーカーからのプロモーション費用という形で支払われた。

島の男たちは漁師となり烏賊《いか》や穴子の類《たぐ》いを獲《と》ったり、絵を描いたり、何をするでもなく海辺に屯《たむろ》したりした。なお本土の旅館などでメタンと称した結晶に火をつけて供される「御厨焼」は、男たちが船上で食したものとされるが、島由来のものではなく、新潟の女将《おかみ》が旅館復興の一手として新たに考案したものである。

わたしが物心ついたころ、島周辺のメタンハイドレートはすでに採取されつくされており島は自給自足に近かったが、発展を支えたのが海女たちであるから、島には女性中心の文化が形成されていた。男たちは魚を獲ったのちは辛気《しんき》臭い顔で千点五十円だか百円だかの麻雀《マージャン》に明け暮れ、わたしもまたそのような漁師の一人になるものと信じて疑わなかった。

学校のない離島だった。

だからわたしにとっては海が学校のようなもので、昼には海へ出て亡父から穴子の獲りかたを教わり、陸へ戻れば牌《はい》効率の講義を受けるといった日々がつづいた。線の細かったわたしは暇を持て余した少年たちの恰好の苛《いじ》めの的となったが、そんな折りは一人浜辺に出て波が突堤に当たり砕けるさまを眺めたものだ。男子と女子の交流は少なかった。女性たちは独自に豪奢なサロンを築《きず》き幼少から歌舞音曲に明け暮れていたので、男たちはどこにそのような金があるのかと訝《いぶか》しみつつも、まったく女どもはとぶつぶつ文句を言うばかりで、そうした父の癖は八歳のわたしにも伝染《うつ》っていたと思われる。

弥生《やよい》を知ったのはその時分である。

その日わたしは寄り合い所で携帯ゲームの対戦に興じる父たちから夜遅くジンジャーエールを買ってこいと命じられたのであるが、しかし島の商店やコンビニエンスストアは午後七時で軒並み閉店している。困り果て島をうろついていたところ、入り江の岩場に屈みこみじっと海を向く弥生を見た。静かな目元を細め海に見入る様子は、快活な島の女たちと異なっている。我知らず、わたしは月の光を照り返しぬらぬらと輝く岩場を踏み進んでいた。

「どしたんや」

少女はわたしに気がつくと、しっ、と口元に人差し指を立てた。水音とともに海面が盛り上がり、一頭の鯨《くじら》が姿を現した。弥生が口笛を吹き、鯨が口を開けた。いい子、と言って弥生が頭を撫でた。

鯨の口のなかは宝石のような結晶で白く輝いている。弥生はそれをすべて拾い上げると細い声で歌いはじめた。波が砕けた。歌は海風とともに震え、上下し、静かに夜闇の隅々へ染み渡っていく。鯨は聴き入るように身じろぎせずにいたが、やがて歌が終わると、たぷん、と静かに海中へ戻った。

弥生はそれを見届けると、秘密だからね、とわたしにささやいた。

のちに、わたしは島の女たちの会話に耳をそばだて、彼女が弥生という名であると知った。

サロンは男子禁制であるため、ときに少年たちは玄関の近くの木陰などで遠巻きに意中の少女を待ち伏せる。わたしは友人に頼み一緒に弥生を待ってもらったのであるが、あいにく弥生の出入りと時間が重なることはなく、たまたま一度入っていくのを目にした際も彼女は島の女たちと話に興じており、またサロンにふさわしく華やかな着物を着てゴーヤー味のアイスキャンデーなどを舐めていたものだから、気後れして声をかけられなかった。女たちはわたしたちなど存在しないかのように、一瞥《いちべつ》もせずサロンへ吸いこまれていった。亡父にこのことを話すと、女などそんなものだと言って取り合わなかった。

夏、フリーマーケットが開催され、わたしは部屋のガラクタであるとか自作した野球選手のカードセットであるとかを出品した。向かいの店には陽子《ようこ》という二つ上の女が古着を出品しており、ちょうどサロンへ着ていくような赤い花柄の可愛らしい着物があるのが目に留まった。その幾何《きか》学的な紋様は万華鏡のようで見ていて飽きず、次第に、わたしはそれを着てみたいと思いはじめた。日も傾き人気が減ったところで、

「これ欲しいんかい」

と藪《やぶ》から棒に陽子が口にした。わたしはすっかりどぎまぎして、ううむ、と返事にならない返事をしてしまい、その様子を面白がった陽子が、わたしが女物の着物を欲しがっていると皆に言い触らすぞと揶揄《からか》いはじめた。しかしやがて何も言い返せないわたしが気の毒に思えてきたのか、わたしの耳許《みみもと》に口を寄せ、こっそり譲ってもいいと言う。そうは言っても、手が出る値段でもない。仕方なしに売れ残ったカードセットを差し出そうとすると、

「あほ」

と陽子はカードセットを蹴飛ばし、抜け落ちたカードがばらばらと路面に散らばった。

一枚一枚カードを拾うわたしを陽子は見下ろしていたが、そのうち何か感ずるものがあったらしく、犬の真似をしろ、そうすれば着物は貸してもいいと持ちかけてきた。それで言われる

がまま犬の真似をしたところ陽子はいっそう面白がり、以来、ときおり海沿いの廃屋などで陽子の犬となるかわりに着物を貸してもらう契約関係が生まれた。

着物を手に入れたわたしは亡父の目を盗み、鏡の前で着こんで見入るようになった。自分が女でないことが呪わしく、いっそ女性の身体となってサロンに入り、そしてゴーヤー味のキャンデーなどを舐めながら弥生と話したいとも思った。やがて鏡を見るだけでは飽き足らなくなった。わたしは陽子の着物を着こむと、フリーマーケットで買った香水をまとい、集団に紛《まぎ》れて何食わぬ顔をしてサロンへ忍びこんだ。

わたしは輪舞曲の流れる広間を弥生の姿を探して歩き回った。ときおり会釈《えしゃく》をよこす女がいたが、皆案外に情が薄いのか見咎《みとが》められることもない。陽子の姿もあった。シャンパングラスを手に軽《かろ》やかに世間話に興じている。だんだんと気が大きくなり、迷路のような屋敷の奥を探検し、蔵に通じる通路を見つけた。覗くと、思わぬことに蔵の内部には冷凍庫が造られており、いつか見たあの白い結晶が山と貯蔵されているのだった。

一人の女が通りかかり、ふとわたしの腰のあたりを見て、きゃ、と声をあげた。禁制の屋敷へ忍びこんでいることが昂揚をもたらし、いつの間にか陽物《ようぶつ》が屹立していたのだった。わたしは捕らえられ、島の主である老婆のもとへ連行された。

「あれを見たんか」

と主は嗄《しわが》れた声でつぶやくと、憐《あわ》れむような視線をわたしに送ってよこした。わたしはすっかり萎縮してしまい、どうするつもりかと問うと、可哀想だが海の藻屑《もくず》になってもらうと言う。冗談ではない、せめて事情を聞きたいと食い下がると、あの結晶はメタンハイドレートであると老婆が重い口を開いた。

主が言うには、島周辺のメタンが採りつくされ広告収入も打ち切られたのち、海女たちは今後どうするかを話し合った。このとき、歌によって抹香鯨《まっこう》と交信する能力を持っていた主の一族が、鯨を使うという案を出した。深海のメタンを鯨に採取させ、見返りとして歌を聴かせる。こうして効率的にメタンを採取し、実際に販売しようというのだ。

抹香鯨は通常は回遊をするが、小笠原《おがさわら》やこの御厨島周辺では定住していることで知られている。深海適応した種であり、ときに三千メートルという深海まで潜るそうだ。いかにして潜行や浮上を行うかなど、仕組みがわかっていない点も多く、またどうやってメタンを見つけ出し、溶かさずに結晶のまま運び上げてくるかは知る由もないが、主によるなら、大王烏賊《だいおういか》をも捕食する深海の王にとってはいずれも造作のないことであろうと。

それにしてもエネルギー問題が世界的な課題である以上、このような採取方法が知れれば穏やかな暮らしなど望めず、まして男たちがこのような採取方法を知れば、どのような野心を持つかもわからない。そうして、採取法は島の女たちの秘密となった。よって不憫《ふびん》ではあるが、知られたからには次の祭で水神に捧げる人身御供《ひとみごくう》にでもなってもらうよりないと。

このとき思わぬ助け船を出したのが主の孫にあたる弥生であった。

弥生は主に詰め寄ると、どのみち秘密はいつかは知られる、ならばそれが今日であってもかまわないではないかと説いた。主は掟《おきて》は掟であると取り合わなかったが、ここで弥生がいつかの晩のことを曝露《ばくろ》した。

通常、鯨を使ったメタンの採取は男たちの寝静まった時分に行われる。

しかし弥生は憶えたばかりの歌を使ってみたくて仕様がなかった。それで男たちの目のある時間に、懇意にしている鯨の一頭を呼び寄せ、その様子をわたしに見られてしまった。もう、この少年はほかの誰かに話したかもしれない。

「いや、俺は誰にも――」

主のわたしを見る目が光った。

弥生はわたしの足を踏むと、もう秘密は秘密ではなく、掟と言うなら自分にも咎があるはずであるとつづけた。なんなら弥生自ら男たち全員に明かしてしまってもいいと。

困り果てた主はわたしと弥生を交互に見比べたのち、そういえば爺《じい》さんの若いころにも似ている、そこまで想い合っているならば認めるより仕様がないとぼやいた。かくなる上はわたしを性同一性障害としてサロンへの出入りを許可し、今後は秘密を共有してもらうと。

かくしてわたしは人身御供を免れ、また人目を憚《はばか》らず着物を着て屋敷へ出入りできることとなった。弥生に礼を言うと、こうして自分に会いにきてくれたのだから無下にするわけにもいかぬと顔を赤らめる。これはあながち主の勘違いばかりではないかもしれぬと舞い上がったのも束の間、良いことがあれば悪いこともあるもので、騒ぎを聞きつけた陽子が遠巻きにこの様子を見ていた。屋敷を後にしようとすると、すれ違いざまに陽子がわたしの耳許で、と嗜虐《しぎやく》的な笑みとともに口にしたのであった。

「憶えてなさいよ」

以来わたしは昼には花柄の着物を着てサロンに出て、夜になれば陽子がAmazon.co.jpを通じて購入した乗馬鞭によって打擲《ちようちやく》されることとなり、俺は何をやっているのかと自問することはあれど、自分を棄《す》てること以上の快楽があるでもなく次第に神経も鈍磨してきたが、道端で目の合った弥生が笑顔を送ってくると、疼痛《とうつう》のようなものが胸を襲った。

季節が過ぎ、わたしは本土で言えば中学という年頃になった。

わたしは屋敷で働くようになり、女と男のあわいのような存在として、ときに両者間でトラブルが生じた際の折衝《せつしよう》に加わったり、屋敷の雪下ろしといった力仕事を手伝ったり、あるいは蔵の冷凍機を動かすための竈《かまど》の火を焚《た》いたりなどした。

ある晩わたしが納屋で陽子により拘束放置されていると、不意に見知らぬ男が訪れ、わたしを一瞥してから、何事もなかったかのように例の入り江はどれかと訊《き》いてきた。男は野球帽を目深《まぶか》にかぶっており、イントネーションは標準語で、何か不穏なものを感じたわたしは教えられぬと応じた。

折り悪しく、入り江のほうから弥生の歌が聞こえてきた。

あれか、と男が口のなかでつぶやき、わたしを放置したまま小走りに入り江へ向かった。

「待たんかい」

と身を捩《よじ》ると、そこに陽子が戻ってきて、じっとしていろと言ったではないかとわたしの折檻にかかるので、いやそれどころではないと言うと口答えは許さぬと言う。そうでなく男が入り江に向かっているのだと述べると、そういうことは早く言えと鞭を一振りして入り江へ走っていく。

弛《たる》んだ麻縄を解いて陽子を追ってみると、ちょうど突堤から一隻のモーターボートが発進するところであった。陽子が沖に向け石を一つ投げつけ、遅かった、とぽつりと漏らした。

翌週、鯨を使ったメタン採取の様子が弥生の写真とともに週刊誌に掲載された。

このニュースは驚きをもって伝えられ、ときにエネルギー問題の解であるかのような報道もされ、各地で鯨の研究が活発化された。中国は御厨島は我が国固有の領土であると申し立て、アメリカの環境保護団体は鯨に奴隷労働をさせるとは何事かと声明を出した。

やがて鯨が島の海女の末裔《まつえい》としか取引をしないことが明らかになると、この第二次御厨島ブームは下火となったが、以来島はきな臭くなり、どこの国籍とも知れぬ者たちが出入りしはじめるとともに、長く秘密を明かされずにきた男たちの不満も高まってきた。

そんな折り、環境省の女性が主を訪ね、弥生の身柄を預かれないかと申し出た。わたしは主に命じられ茶を出したのであるが、このとき話の内容を立ち聞いてしまった。使いによれば、弥生にはすでに外国の機関なども目をつけている。そこで国で保護して安全を図《はか》りつつ、一族の不思議な能力について調べたい。場合によっては技術化してエネルギー問題の解決に役立てたいと言うが、体《てい》のいい実験材料にするというふうにも聞こえた。

弥生の意向を訊いておきたいと主が言うと、すでにお孫さんの了解は得ていると相手が答えた。それで確認のため主が弥生を呼んだが、当の弥生の姿はどこにもなかった。

わたしは居ても立ってもいられなくなり屋敷を飛び出した。折りしも女権社会に不満を募《つの》らせた漁師たちが松明《たいまつ》を手に屋敷を取り囲み、やれ革命だ、主の一族を吊せ、と口々にシュプレヒコールを唱えていた。男たちの一人がわたしを見て嘲笑《あざわら》った。別の誰かが足を出し、わたしは石畳の上に勢いよく転んだ。また別の一人が、わたしの着物を剝《は》ぎ取ろうとする。男とも女ともつかぬわたしは、知らず知らず漁師たちの憎しみの的になっていたのであった。わたしは恐怖とともにその場を逃れ入り江へ走った。

いつかのように、弥生は入り江の岩場に屈みこみじっと海を見ていた。

「行くんかい」

と声をかけると、物憂《ものう》げにそうだと言う。わたしは胸を衝《つ》かれて口走った。本土へ行ってもいいことなどない、あいつらは弥生を実験動物だとしか思っていないと。不意に、弥生は潮が引くように冷たい目をすると、陽子の玩具《おもちゃ》のお主に何ができるのか、あたしを娶《めと》ってくれるとでもいうのか、と捲《まく》し立てた。

傍《かたわ》らの焚き火の薪《たきぎ》がぱちりと爆《は》ぜた。

そうじゃ、そのつもりじゃ、と我知らずわたしは返していた。一瞬、弥生は戸惑った表情を見せたが、お主はいま目の前のことしか頭にない、と諭《さと》すように口を開いた。どのみち島の男たちはこのままでは欲に囚われ碌なことをしない。だからメタンのことは国へ預けるのが一番であるし、何より自分が犠牲になれば、エネルギー問題は解決できるかもしれないのだと。

「それに――」

このとき水音とともに海面が盛り上がり、一頭の鯨が姿を現した。弥生はそっとその頭を撫で、濡れて月光に輝くその鼻先に接吻《せっぷん》をすると、自分の想い人はこの鯨であるのだと述べた。鯨が口を開いた。弥生が手を伸ばし、口に収められた結晶の一つを取り上げた。


その後弥生が島へ戻ることはなく、わたしは麻雀で資金を稼ぎ、島を出て大検を経て東京の大学へ進学した。あのときわたしは弥生を前に何も言えなかった。エネルギー問題に対する知見などなかったし、もっと言うなら、それがなんであるかもわかっていなかった。わたしはメタンハイドレートの採掘を学ぶべく環境工学を志し、その道で成果はあがらなかったものの、家電メーカーの技術職に潜りこみ、その後はわたしを追って島を出た陽子と結婚して一男一女を儲《もう》けた。

弥生の消息を探ってみたこともあったが、わたし個人の力でどうにかなるものではなかった。あるいはこれもまた人生の巡り合わせの一つであるかもしれないと、いま妻や子供の笑顔などを見ると思う。しかし出張先のビジネスホテルの寝具の上などで、深い海の底を想像することもある。ここにない願望の深海にはどうしたわけか光が射し、魚が泳ぎ、海底は群生した光《ひかり》蘚《ごけ》のように輝き、そして鯨と婚姻し水中で幸せな家庭をなす弥生の姿がある。

法則

下水の臭気が鼻を衝《つ》いた。

あたりは真っ暗闇《くらやみ》で、いつまで経っても目が慣れない。

ときおり、頭の上を轟音とともに地下鉄が行き交うのがわかる。ニューヨークの地下道の、使われなくなった一角なのだろうと想像はつく。

でも、詳しい場所の見当まではつかない。

閉じこめられて、どれくらい時間が経ったのだろう。一週間か。それとも、まだ一日かそこらしか過ぎていないのか。

声はすっかり嗄《か》れていた。

幾度も助けを求めて叫んだが、電車の音に掻《か》き消されるばかりだ。

助かろうという気は、とうに萎《な》えてしまっていた。

僕は懐《ふところ》から短銃を取り出し、手探りで弾をこめ——それから銃口を口にくわえた。ゆっくりと目をつむり、引き金に指をかける。地下道に銃声が響いた。弾は僕の喉と後頭部をすり抜け、背後の壁に当たった。

思った通りだった。

＊

振り返れば、ここまで間違いだらけだった。

数学の勉強をおろそかにして希望の高校に落ちたことも、隣のクラスのラヒリに書いた恋文が、翌日学校の掲示板に貼り出されていたことも。

でも、最大の間違いというなら、オーチャードの家に使用人として仕えたことだろう。

面接のために最初に屋敷を訪ねたときは、目を疑ったものだ。

場所は、ハドソン川の向こうのジャージーシティ。アールヌーヴォー調の屋敷で、呼び鈴を押そうとしたら、獰猛《どうもう》そうな番犬に敵意剝《む》き出《だ》しに吠えられた。

この時点で、僕はそこに勤める意欲を失った。

僕は応接間に通され、そこで家の主人であるオーチャードと、その娘のジェシカに出迎えられた。このころジェシカは高校生で、高校名が書かれたシャツにカットオフジーンズという出《い》で立《た》ちで、父親はそれを一瞥《いちべつ》し、はしたないと窘《たしな》めた。

主人は僕を頭のてっぺんから爪先まで睨《ね》めつけてから、大学で何を学んだのかと訊《き》いた。

社会学ですと答えた。

気後れしたせいで、それ以上のことが言えなかった。

これは駄目だと思っていたら、何を思ったか、ジェシカが「彼、いいじゃない」と助け船を出した。おそらく、その後にも彼女の口添えがあったのだろう。結局採用となり、そして彼女を憎からず思った僕は、以降、使用人としての住みこみの仕事に就くこととなった。

住みこんでみると、番犬もなかなか気のいいやつだとわかった。

名前はオディ。

一度、買い出しの途中で財布を落としたときに、匂いで見つけ出して持ってきてくれたこともある。

ジェシカと親しくなるまで時間はかからなかった。

逢い引きの場は、主に彼女の部屋。僕としては本気だった。そして、それが主人のオーチャードにばれるのにも、時間はかからなかった。

オーチャードは僕を呼び出すと、証拠を挙げつらね、

「使用人風情《ふぜい》が、うちの娘に……」

と憎々しげに口にした。

「俺の目の前から消えろ。二度と娘に近づくな」

僕はかっとなって、手近にあったガラス製の重い灰皿を手に取り、全力で主人の頭を殴った。

相手の頭には傷一つつかず、灰皿が粉々に割れた。

改めて、僕は馘首《くび》を言い渡された。

＊

仕事を失った僕はブロンクスの安アパートに移り、もちろんジェシカと会うことはかなわず、鬱々《うつうつ》とした日々を送ることとなった。

あるとき、同情した隣人のカルロスが、テキーラのボトルを手に訪ねてきた。

カルロスはメキシコ人のＩＴエンジニアで、酒を呑《の》む金はあるのだが、ニューヨークに来てから友達がいないのだという。

以来、毎晩のように二人でテキーラを二、三本は空けるようになった。

カルロスは酔っ払うと、僕を放って歌い出したり、一方的に仕事とかアイドルとかの話をまくしたてる。それはいいのだが、ときおり、「おい、聞いてるのか」と確認してくるので鬱陶しい。

適当に相槌を打ちながら僕が考えるのは、ジェシカのことや、あの灰皿のことだった。

灰皿は、人を殺すのに充分な重さだった。

なぜそれが、相手に傷一つつけられなかったのか。

僕はガリレオ・ガリレイに倣って実験してみることにした。酒に酔った様子を装い、空いたボトルを手にカルロスの頭をぽかりとやってみた。

「痛い！」

と相手が飛び上がり、以降、三日間会ってくれなかった。

カルロスは殴れる。オーチャードは殴れない。はて、これはどうしたことだろう。

このときだ。テキーラの酒精が、僕に電撃的な直感をもたらした。

僕は次の実験に入った。

部屋に入りこんだ鼠《ねずみ》を捕まえ、トウゴマの種から抽出したリシンを皮下注射してみたのだ。リシンは猛毒で、数ミリグラムもあれば人は死んでしまう。

鼠は死ななかった。

次に、酔いつぶれて寝ているカルロスに、「ごめんな」と呟いてから注射してみた。カルロスも死ななかった。

やはりそうだ、と僕は思った。

一連の結果は、僕が子供のころに読んだある規則を思い出させた。

20. 自尊心のある作家なら、次のような手法は避けるべきである。

- 犯行現場に残されたタバコの吸い殻と、容疑者が吸っているタバコを比べて犯人を決める方法
- インチキな降霊術で犯人を脅して自供させる
- 指紋の偽造トリック
- 替え玉によるアリバイ工作
- 番犬が吠えなかったので犯人はその犬に馴染みがあるものだったとわかる
- 双子の替え玉トリック

●皮下注射や即死する毒薬の使用
●警官が踏み込んだ後での密室殺人
●言葉の連想テストで犯人を指摘すること
●土壇場で探偵があっさり暗号を解読して、事件の謎を解く方法

あるいは、こんな規則。

11.　端役の使用人等を犯人にするのは安易な解決策である。その程度の人物が犯す犯罪ならわざわざ本に書くほどのことはない。

僕は確信した。
あのときオーチャードを殺せなかったのは、僕が使用人であったからなのだ。
——ここは、ヴァン・ダインの二十則によって支配されている世界なのだ。

＊

ヴァン・ダインの二十則とは、推理作家のS・S・ヴァン・ダインが一九二八年に記した、推理小説を書く上でのガイドラインのようなものだ。

項目は全部で二十。

ほかには、事件が論理的に解決されなければならないこと、手がかりが読者に示されていなければならないこと、探偵や捜査員が犯人であってはならないこと、といった項が並ぶ。

この世界がなぜそうなっているかはわからない。

だが、ありうべくもないようなことでも、実験結果は絶対だ。ピサの斜塔から落とした大小の玉が同時に落ちるなら、とにもかくにも、それは同時に落ちるのだ。

そういえば、こんな項目もあった。

3. 不必要なラブロマンスをつけ加えて知的な物語の展開を混乱させてはいけない。

僕とジェシカは、最初から、ロマンスが生まれえない運命だったのかもしれない。

ここまでわかれば、あとはやることは一つだ。

すでに使用人でなくなった僕は、オーチャードを殺すことができるはずなのだ。ただし、その手段は、合理的かつ科学的でなければならない。

14. 殺人の方法と、それを探偵する手段は合理的で、しかも科学的であること。

法則は絶対だ。誰も、そこから逃れることはできない。

そう考えるのが、科学的な思考というものではないか。

＊

オディを眠らせるにあたっては、睡眠薬入りの東坡肉《トンポーロウ》を用いた。

使用人として働いていた僕のことを、あの犬は憶えている。

万が一にも、犬が吠えないことによって犯人が推測されたりなどしてはならないのだ。

監視カメラを避けながら、僕は屋敷の裏手に回った。オーチャード家のことは、仕えていたからよく知っている。

もちろん、これまで人を殺したことなんかない。でも、それでいいのだ。

17. プロの犯罪者を犯人にするのは避けること。それらは警察が日ごろ取り扱う仕事である。真に魅力ある犯罪はアマチュアによって行われる。

時刻は夕方を選んだ。

新たな使用人がいたとしても、この時間は買い出しに出ている可能性が高い。ジェシカのSNSを確認したところ、大学へ進学してからは寮住まいだという。そして、キッチンの勝手口には習慣的に鍵がかけられていない。

僕は手袋を嵌《は》めた手で、そっとドアノブを握った。

鍵がかかっていた。

僕はかっとなって足下の石ころを拾い上げ、窓ガラスを叩き割った。

キッチンに入りこみ、階段を登ってオーチャードの書斎を目指す。

主人は書斎のデスクで居眠りをしていた。

無防備に眠っている主人を見て、一瞬、躊躇《ためら》いが生まれた。僕は首を振り、傍《かたわ》らにあった新しいガラスの灰皿を手に取った。

16. 余計な情景描写や、脇道にそれた文学的な饒舌は省くべきである。

灰皿を振り下ろす。

割れたのは、オーチャードの頭のほうだった。

窓際に立ち、外の通りの様子を窺《うかが》った。人通りはない。

まだ、やることがある。僕は手袋を外し、スマートフォンで〝レイン・ナウ〟のサイトを開き、ブロンクスの天気を確認した。

それから、カルロスに作って貰ったアプリを介して、ジェシカに電話をかける。

〝まあ!〟と相手は電話に出るなり、嬉《うれ》しそうな声を上げた。

「やあ、どうしてるかな……。いま、ブロンクスのアパートから電話しているのだけど……」

話しながら、ふと、頭のなかを項目がよぎった。

12. いくつ殺人事件があっても、真の犯人は一人でなければならない。ただし端役の共犯者がいてもよい。

――大丈夫、カルロスは端役だ。

「久しぶりに会えないかなと思って」

〝でも、お父さんが……〟

「きっともう許してくれるさ。どうかな、来週とか……」

〝わかった、考えてみる〟

「おっと、雨が降ってきたな。では、また追って……。風邪を引かないよう」

僕は電話を切って屋敷を抜け出し、ジャージーシティの曇《くも》り空の下を帰路についた。

＊

事件は小さく報じられ、元使用人ということで僕のアパートにも刑事が訪ねてきた。

事件の日に何をしていたかと訊かれたので、部屋でテキーラを呑んでいたと答え、証拠としてジェシカと電話していたことを挙げた。

まもなく通話の履歴が調べられ、僕のアパートがあるブロンクスの基地局を介した通話であったことが証明された。

もちろんそれは嘘だ。僕はカルロスのアプリを使って、ブロンクスのアパートに残しておいたスマートフォンを中継し、彼女の番号に発信したのだ。

怪しいとは自分でも思う。

でも、怪しいことには違いないが、証拠はない。

5. 論理的な推理によって犯人を決定しなければならない。

僕たちは、法則によって縛られる。

だが、同時に守られもするのだ。

事件の日の衣服や手袋は焼いたし、スマートフォンは屋敷からの帰り道、レストランの裏にあったごみバケツに捨てた。

かつての主人を殺した罰が当たったのか、いくつか不運に見舞われた。道を歩いていると植木鉢が落ちてきて、二フィート先で砕けた。またあるときは、地下鉄をホームで待っていたら、混雑のなか誰かに突き飛ばされ、あわや轢《ひ》かれるところだった。

しかし、あのスマートフォンさえ見つからなければ、大丈夫だ。

ジェシカから会いたいと連絡があったのは、事件から一月《ひとつき》近くが過ぎたころだった。

＊

呼び出された場所は、オーチャードの屋敷だった。

応接間で向かい合ったものの、僕たちはしばらく無言のままだった。もう主人がいないのだと思うと、不思議なような気もする。

「新聞で見たよ。大変なことだったね……」

「なんで、あの日突然に電話してきたの？」

僕は出された紅茶に口をつけ、気持ちを落ち着かせた。

「たぶん、虫の知らせというやつだよ」

僕は爽やかな笑みを浮かべた。

「無意識に、きみの身に危険が迫っていると感じたんじゃないかな」

「そうかな」

「そうとも」

また、しばらく無言の時間が過ぎた。

「紅茶をありがとう。では、僕はこれで……」

「待って」

僕はいらいらしながら、「なんだい？」と向き直った。

「お父さんが亡くなってから、オディがこれを見つけて持ってきてね……」

ジェシカが取り出したものを見て、思わず顔をしかめてしまった。

見覚えのあるスマートフォンだった。失くした財布をオディが見つけ出してきたときのことを、僕は苦々しく思い出した。

僕は傍らに置かれていた灰皿を手に取った。

同時に、猛烈な眠気が襲ってきた。

＊

目を覚ますと、そこは暗がりだった。

下水の臭気から、地下道であろうと察しはついた。いきなり、視界が真っ白になった。ジェシカが懐中電灯をこちらに向けていた。

二人のあいだには、侵入者を防ぐための古い鉄格子があった。

「おい、なんの真似だい……」

「なんの真似でしょうね」

ジェシカが爽やかな笑みを浮かべた。

「……ここはどこなんだ」

相手は答えなかった。

「ここしばらく、何度も試してみたの。上から植木鉢を落としてみたり、ホームで背中を押してみたり。でも、どうしたわけか、あなたを殺すことができなかった」

「なんだって？」

驚くと同時に、頭のなかに、一つの項目が浮かんだ。

4. 探偵自身、あるいは捜査員の一人が突然犯人に急変してはいけない。

僕を呼び出し、証拠を突きつけるくらいだ。

たぶん、この世界でのジェシカの役割は、探偵なのだ。そして——探偵は、殺人者になることができない。

「ここから出してくれよ」

少しほっとしながら、僕は訴えた。

「なんだか、誤解があるようだから……」

「それでね」

ジェシカは僕を無視した。

「だったら、発想を変えてみようと」

「発想?」

「それがこの状況。理由はわからないけど、とにかく私はあなたを殺すことができない。そうすると、閉じこめて死なせることもできないのかもしれない。でも、逆に考えてみたらどうだろう。つまりね、あなたは死ねないのだと」

背中を冷たいものが流れた。

「そんな馬鹿な話があるか」

僕はとぼけた。

「そうね。あるいは、すぐに渇きで死ぬのかもしれないし、百年も二百年も生き延びるのかもしれない。でも、それはあなたの問題であって、私の問題じゃない」

とはいえ——と、相手がつづけた。

「私も鬼じゃないから、銃を持たせてあげた。もし、本当に死ねないようなことがあれば、それを使ったらいい」

懐に感触があった。

僕は銃を抜いてジェシカに向けた。懐中電灯が消され、あたりが闇に包まれた。

「あの——」

口が勝手に開いた。

「ジェシカ、待ってくれ！」

脳裏をよぎったのは、二十則のまた別の項目だった。

18. 事件の結末を事故死や自殺で片付けてはいけない。

ジェシカの足音が遠ざかっていく。

それを、頭上を過ぎる地下鉄の音が掻き消した。

ゲーマーズ・ゴースト

駆け落ちっつったら、こう、世間様に背を向けつつも、新しい生活への不安とか期待とか、かけがえのない自由の蜜の甘さとか、とにかくそういうアレコレのないまぜになった、濃密な、甘美な、ボニー・アンド・クライドな、そんな展開を想定するってもんじゃないか。ね。誰でもそうだよ。そこになんだい？　ライトバンでもって国道を走ってたら、次々と道づれが増えてくる。どこの馬の骨ともわからぬ連中が、俺とナナさんだけだったはずの空間に割りこんでくる。欧米人ヒッチハイカーとか、飛行機に乗りはぐれたらしいチェロ弾きとか、そんな面々が、まあ和気あいあいというか、かしましいというか、延々、漫画の新刊とか面白動画とかの話をしてるんだからそりゃたまらない。

これじゃ、濃密さも甘美さもあったもんじゃない。駆け落ち感、ってやつが盛りあがってこない。要するにいまいち色っぽくない。ましてやボニー・アンド・クライドにはほど遠い。でも、ちょっと目を離したスキに、ナナさんが誰かしら拾っちまうんだ。「やめようよ」と言ってはみたけどマジギレされた。それ以来、俺はこの件については触れていない。そういえば、犬とか猫とかよく拾ってたよ、この人。

俺はいまさらながら、こう、女心、ってやつがわからない。駆け落ちっつったら、なんだ、世間様に背を向けつつも、二人だけの時間ってやつ——先の見通せない霧《きり》ものなかを肩で風切って全力疾走するみたいな、そういう一点突破的な、怖いもの知らずな、シド・アンド・ナンシーな、そんなシチュエーションってやつが重要なんではないのか。だって俺は思うのさ。ほら。ぶっちゃけ、楽しいのは最初だけではないか。人間、だいたい生きてりゃいろんなことがある。何しろこれから俺たちは、くりかえしの生活というものに疲れ果ててくる。なんでもそういうものではないか。

だからできれば俺としちゃ、いまはシフトレバーでも握りあって、二人、月でも見てたいわけさ。甘ったるい言葉とか、ささやきあっちゃいたいわけさ。そうしておいてバチは当たらないと思うのさ。

そこへ、さっきからレドモンドが、やたら流暢《りゅうちょう》な日本語で自作の水彩画だかなんだかを披露してきやがる。まったく、俺は運転でよく見えねえってのに。しかも、むりやり車に収めたチェロのケースの先端が、ことあるごとに、コツコツと後頭部へとぶつかってくる。あげくBGMはレドモンドの持参したJヒップホップ。これじゃ、お二人様もへったくれもない。とりあえず、甘ったるい言葉など口にする余地はない。いわんやシド・アンド・ナンシーにはほど遠い。不満だ。誰得《だれとく》すぎる。

何がいけなかったといって、まず、ライトバンという選択に問題があった。

ここは駆け落ちなのだから、駆け落ちらしく青春18きっぷでも買って鈍行列車の旅、一つの駅弁でもつつきあって、つつましやかに北陸か東北かでも目指してりゃよかったんだ。そこにどうだ。ライトバンという選択はいかにも駆け落ちっぽくない。なんというか、こう、どことなく所帯じみている。しかも俺は運転にかかりっきりで、ナナさんはというと地図も読めないときた。

まあ、この点はカーナビがあるからよかったはずなんだけど、さっきから、チェロ弾きのアキオが助手席に座って、物珍しそうにナビをいじくっている。しかも各地のでっかい観音様《かんのん》とか、なんとかハワイアンセンターとか、そんな面白スポットを検索してはなんの断りもなく勝手に地点登録していく。っていうか地図が見にくい。これだけで、計画的に進めていた俺のハッピー・ナビ・ライフが崩れていく。ってていうか地図が見にくい。その前に、なぜおまえがそこに座っているのだ。だいたいチェリストだってなら、このさい、弦楽曲を小粋なジャズ風にでも弾いてくれりゃいい。なのにそれどころか、ときおり思いついたように、MC・山田マンとかにあわせて韻《いん》とか踏んでる。うるさい。煩《わずら》わしい。

思うに人間、企画力とか営業力とかがあるように、駆け落ち力というやつがあるのだ。外部からの圧力にもめげず、わが道を通し、駆け落ちをなしとげる力。ね。これだよ。そこんところを、俺とナナさんは端《はな》から欠いているのだ。たぶん、愛があればいいとかそういうことではない。俺は俺で、ついつい、もったいないとか、行き先で足があったら便利だろうなとか、そんな浅知恵でもってライトバンなどを選択してしまう。そこにナナさんが、まるで犬猫でも拾うみたいにおかしな連中を拾ってくる。俺とナナさんは、こう、あまり、駆け落ちという目前のターゲットに専念できるタイプではなかったんだ。

で。

ただでさえ、かくのごとく前途多難だってのに、そのうち、別の黒塗りのライトバンが俺たちを追いかけてきはじめた。追っ手だ。やばい。だもんだから、休まらない。気が抜けない。とにかくロクな話じゃない。俺たちはナビの「抜け道検索機能」とか「6ルート探索機能」とか、そんな各種先端テクノロジーでもって対抗するのだけど、気がつけば、またすぐ後ろにつけられている。困った。

あれにつかまったら、たぶん、つれ戻される。それどころかナナさんの父親は地元の有力者らしくて、怖い連中とのつきあいもあるという。もしそんなのが雇われて俺たちを追ってんだとすると、ナナさんはともかく俺のほうはただじゃ済まない。

何しろ一度ナナさんを家まで送ったらお返しに犬を放たれたくらいだ。

犬は線路を越え大通りを越えどこまでも追ってきて、撒《ま》いたと思ったら職場のソフトハウスを襲撃し、俺は始末書を書かされるとともに懐柔《かいじゅう》のための肉代を支払わされた。

「アキオ、ほかに機能はないのかよ!」「ジャンルワード検索はどうだ」「それだ」

などと全面的にカーナビに依存しつつ、俺たちは逃げる、逃げる。少し前までは、宿泊予定のモーテルで遊ぶトランプの種目とかを心配してたはずなのに、だんだん、もう、それどころじゃない。駆り立てられている。追いつめられている。こんな予定じゃなかった。どこで何を誤ったのだろう。つづら折りの山道を、俺たちのライトバンはあたふたと逃げる。敵のライトバンは追ってくる。駆け落ちなどするものではない。

　いつの間にか重要な戦力になっていたアキオが、ここでついに力尽《つ》きた。「うっぷ」と屈んで、帽子越し、ダッシュボードに頭を押しつける。「どうした?」「酔った」「って、わわ！ナナさん、さっきの袋！　なんだよ、遊んでるときは嬉々としてたくせに！」「こんな道でナビの操作なんかさせるから……だいたいこれ、なんで走行中も操作できるようになってんだよ！　おかしいだろ！　危険だよ！」「配線いじったんだよ！　そして余計なお世話だよ！」

「私、ナビ操作替わります」「オッケー、頼むよレドモンド」

　ってわけで民族大移動。まずアキオが、転げ落ちるようにして後部座席へと移動する。ナナさんがその背中をさすりはじめた。面目ない、とつぶやきが漏れる。入れ替わり、レドモンドが助手席へ。太い人差し指が、おごそかに、ナビの現在地ボタンにあてられる。ぴろん、という間の抜けた電子音とともにレドモンドが口を開いた。

「でも、心配ないかもしれませんよ」「なんで」「あの車が追っているのは、私かもしれません」「え」

　レドモンドは、ちら、とバックミラーに目をやった。

「曲が終わっちゃいましたね。別のやつ、かけてもいいですか」「どんなの」「ケイコ・リー・アンド・ドキドキモンスターズ」「好きにしてくれ」とまあ、確実にカーチェイスには向かないハスキーボイスが流れ出すなか、レドモンドは語りはじめた。

レドモンドは来日後、しばらく日暮里《にっぽり》のゲストハウスに滞在していた。目的は、禅で悟りを開くためと、秋葉原《あきはばら》で理想のフィギュアと邂逅《かいこう》するため。ところが一週間もしないうちに置き引きにあって、財布からプリペイドカードから何から何まで失った。で、大使館で金を借りたものの、音につられ興味本位で入ったパチンコ店でたちまちそれを全額すった。

ゲストハウスは追い出されたし、もう大使館も頼れない。こうしてレドモンドは、大胆かつ繊細にというか、無計画にというか、東京のホームレスの仲間入りをすることになった。

最初はそれなりに快適だった。でも、思った以上に人間関係も堅苦しい。上下関係とか、なかなか厳しいものもある。そうこうしているうちに腹も減った。金もない。そこで、レドモンドは日暮里のインドカレー店で食い逃げをする決意をした。チキンカレー。ダール。ナン。ラッシー。ナンをもう一枚。次々に注文しつつも、心ここにあらず。手持ちぶさたで開いてみた『週刊ヤングジャンプ』は逆さまだ。そこに、ホール係の女の子が声をかけた。「ガイジンさん、食い逃げする気でしょ?」「全然そんなことないですよ」怪しい日本語で答えてみるが、相手は取りあわない。「お金ないってなら、うちに来なよ」

突然のことに一抹《いちまつ》の不安はあったものの、実際金もなく、計画は見破られ、進退きわまっていたのも事実、というか彼女がまた可愛い――とまあ、こうして、レドモンドは新大久保《しんおおくぼ》の彼女の部屋で一泊した。なんでも、この子、店の看板娘であったらしい。で、『エルナークの財宝』のリメイクで遊んで、一緒に寝て、そして朝を迎えた。

彼女はもう仕事に出ていた。テーブルには、「ひとまず、お昼とかをこれで」という書き置きとともに、五千円札が一枚。レドモンドはこれ幸いとパチンコ店に直行し、我に返ってひき返し、ガイドブックで「良心的な価格」と紹介されていた牛丼をテイクアウトした。部屋に帰り、釣りの四千六百十円をテーブルに戻す。

牛丼を食い終わってから『エルナークの財宝』のつづきに取りかかろうとしたが、しかし考えてみると、人のゲームを勝手に進めるのはよくないかもしれない。といって、さしあたってやることもない。ふたたび進退きわまっていると、ふと机の上のメモが目にとまった。どきりとした。何か、見てはいけないもののような気がした。

数字とアルファベットと記号の羅列《られつ》だった。

レドモンドは急に恐ろしくなってきた。改めて見回すと、生活感がまったくない。若い女の子の部屋だというのに、クローゼットも鏡台もロクにない。かといって本棚の類《たぐ》いもない。そういえば、突然歌い出したり、思い悩んだり、ちょっとおかしなところもあった。っていうか、見ず知らずの旅行者を部屋まであげるのだ。どう考えても普通じゃない。押入れがあったので、とりあえず、そこを覗いてみることにした。カビの匂いが散った。何か、人間のようなものがシーツにくるまれている。

あかん。とレドモンドは思った。これは、やばい。そこで、「お昼とかをこれで」の隣りの余白に、「どこかでまた会おう——流れ者のレドモンド」とだけ書き残して、ひとまず四千六百十円は回収、そのままJR山手線外回りに乗ってダッシュで逃げた。

ハンドルを握りながら、俺はレドモンドの話を整理する。「ちょっとイカれた女の子と流れで仲良くなったけど逃げた。五千円を持って。で、もしかしたら追われている。そういうことか」「そうです！　そうです！」とレドモンドはヘッドバンギングでもしてるみたいにうなずいて返す。「私は、殺されるかもしれない！」

「ああ、もう、どこから突っこんだらいいのか」後ろで黙って聞いてたナナさんが、呆《あき》れ顔でつぶやいた。

「でも、だからって、あの車がそうなの？」ひとまず、俺は訊《き》いてみることにした。「とりあえず、被告レドモンドは有罪だとしても」「しかたがなかったんです！」「黙れ。で、まあ、それにしたって、女の子がすごい勢いでライトバンで追いかけてくるってのは、わりとレアケースのような気がする。まったくない話ってこたないんだろうけど」「……その後、高田馬場《たかだのばば》の外国人の集まるパブに寄ったんです。もしかしたら、知った顔から金でも借りれないかと思って。そうしたら、私のことを探している女の子がいるっていうじゃないですか！　そこで人相《にんそう》風体《ふうてい》を詳しく訊いてみたら、まさしくあの子だったんです」「なるほど」「しかも、なんだか尋常じゃない様子だったとか！　間違いない。私は彼女に追われてます！」「アホなこと書き置くからだよ」とナナさんが突き放す。「意味わかんない。なんでそんなことしたの？」「いやその、悪いやつだって思われたくないし」

「……ええと、つまり」

パン、といい音がした。アキオが車酔いに青ざめながらも、後部座席にあった『週刊ユネス

コ 世界遺産ネパール』を丸めてレドモンドの後頭部を殴っていた。虫でも叩くみたいだ。力尽き、アキオは顔を仰向けて小さくあえいだ。ナイス、とナナさんが言った。

「ダンナも言ってたけど」

ナナさんは、俺のことをダンナと呼ぶ。俺はこの呼びかたが、あんまり好きじゃない。

「まったくない話、とは言い切れないかも」「どうだかなあ」「間違いないことです！」「だから被告人は黙って」

「……いや、そうじゃないかも……」

酔いに苦しむアキオがここで異を唱えたもんだから、全員がいっせいにそちらを向いた。

「前向けよ」とアキオが俺に苦笑する。そして身体を起こし、言いにくそうに打ち明けてきた。

「レドモンドは安心していいよ。というのも、どちらかといえば、いや……たぶん、追われているのは、こっちのほうだと思うから」

「おまえもか」俺はいろいろとうんざりしてきていた。「でも、これでみんなの目的は一致したのかな。とりあえずは力をあわせて」「うん」「逃げよう」「で、アキオはいったい何をやったってんだ」「ああ」とアキオはうなずいてつづける。「このチェロは盗んできたんだよ。というのも、これ、ちょっとした名品でね。そうだな……数億円はする」

こんなの誰もコメントできない。

一瞬盛り上がりかけた全員のテンションが、みるみる下がっていった。なんとなしにむずがゆくなってきた後頭部を、俺はさする。バックミラーのなか、黒い車は相変わらず後ろにいた。

ケイコ・リーが歌う。たぶん、愛とか、その手の捨て置けない何かについて。

それはともかく、アキオによるとこういうことがあったらしい。

チェロ弾きであるところのアキオは、その日、「さる人」のお屋敷のパーティへと呼ばれた。で、財界人とか、そのご子息とかがいる前で、バイオリン二人とビオラとともに弦楽四重奏を演奏した。かっこいい。俺は口を開けてアキオの話を聞いてたのだけど、そういうセレブな世界はアキオの好むところではなかった。

それはバイオリン二人とビオラも同様らしく、ときおり手を抜くことまであった。ただ、演奏に関していうなら、アキオはいつでも真剣だった。だからか特に気に入られて、たびたびパーティにも呼ばれていた。たとえば、主人からバルトークの弦楽四重奏曲とかそういうものをリクエストされる。「え」「第一番を」「いいんですか、そんな辛気臭《しんき》い曲」「私が好きなんだよ」「ってか難しいんですけどコレ」ひやひやする三者をよそに、主人が苦笑してアキオに命じる。「やれ」「はい」とまあ、こんな調子。で、終わってみると、「次も頼むよ」と肩を叩かれる。金持ちの考えることはわからない。

その日、主人は特に機嫌がよかったのか、パーティが終わった後にアキオをコレクションルームへ案内した。「きみには価値がわかると思う」とか、そんなことを言いながら。

アキオは目を疑った。それは、全世界がすでに価値を認めた代物《しろもの》だったからだ。ストラディバリウス、その数少ないチェロ。それが、ガラスケースに収められていた。「私は、なんといってもチェロの音色《ねいろ》が好きでね」——アキオはもう相手の言うことを聞いていなかった。「これを」と、我知らず懇願《こんがん》する。「このストラド、弾かせてください」

でも、相手は首を縦には振らない。

「その顔が見たかった」「え」「残念だが、弾かせるわけにはいかない」「なぜです！」アキオはすっかり取り乱していた。「私だって演奏家のはしくれだ！　それを呼びつけて、こんなものを見せておいて……」「いや、優れた楽器も弾き手がいなければどうしようもない。それに、私はきみをとても評価しているんだよ。そこでどうだ？　私の専属として、今後、私のためだけに演奏する気はないか。そうすれば、好きなだけこれを演奏させてやろう」「それってつまり……」「一晩、考えてみてくれ」

言われた通り、アキオは一晩考えた。

そして、チェロを盗み出すことにした。

計画はこうだ。まず、答えを出したフリをして堂々と正門から屋敷に入る。待たされている間に、コレクションルームに潜入する。手元には、三年以上も金を貯めてやっと買えた複製品。ガラスケースを開け、ストラドを取り出す。たぶん警報が鳴る。でもかまわない。持参したケースの中身をストラドと入れ替え、椅子に座り、偽物のほうを構えておく。チェロケースには本物を隠す。持ち主は息を切らして飛んできながらも、そこは富裕層の余裕、「結論は出たかね」などと訊いてくるだろう。「ええ。大変いいお話なので、お受けいたします」「そうか！」

「それでは、ひとまずこれはお返ししますね」

こうして自分のチェロをガラスケースに入れて、ストラドを手に屋敷を出る。この流れ。完璧だ。これしかない。あとのことなんかいい。とにかく、自分はあれを自由に演奏してみたいんだ。となると、あとは実行するだけ。と、そうだ。犯行にあたっては、スタイルというものも重要になってくる。たとえば顔を隠す何か、もしくは、それに類するものを……

「で、買ったのがこの帽子」

アキオは何食わぬ顔で頭を指さした。喋っているうちに、すっかり車酔いは治ったらしい。

「それ、ヒスの新作でしょ」すかさずナナさんが割って入った。「そうそう」「いいよね。わたしも買おうか迷ったんだ」「ちょっと待て！」と俺はブランド話を遮《さえぎ》った。「何?」「邪魔するなよ」「うるさい！　あのなアキオ。その作戦は、たぶん、成功しない」「なんで」「って、ほんとにそれで、まんまとチェロを盗み出してきたってのか?」「まあね、多少のエラーはあったけど。まず、屋敷には入れてもらえなかった」「おい！」

結局、こういうことだったらしい。

警備員は門を通してはくれなかった。そこで、気持ち帽子を深くかぶってから、塀を乗り越えて屋敷に潜入することにした。犬が吠えたけど、とりあえずは誤差の範疇《はんちゅう》。かまいはしない。開いてる窓を見つけたので、そこからコレクションルームへと向かう。警報は、ガラスケースに触れるやいなや鳴りはじめた。まあ、誤差の範疇。

チェロをすり替えて、椅子に座る。そこに、血相を変えた主人が飛んできた。でも、曲者《くせもの》がアキオだと知り、ちょっと安心したようだ。なんだ、きみか。と相手は言った。結論は出たのかね？　――「ね？　予定通り」「なんで得意気なんだよ！　そこはどうでもいい箇所なんだよ！」「わがままだな。どうすりゃ満足なのさ」

ともあれ。

ええ、とアキオは主人に向かってうなずいた。大変いいお話なので、お受けいたします。それでは、ひとまずこれで。待ちたまえアキオくん、ストラドはどこに行ったんだ？

誤差の範疇。とっさにアキオは主人に当て身をくらわせると、盗んだチェロを手に廊下を走り、開いていた窓から出て、そして塀を越えて電車に乗って家に帰った。

完璧。

「うん」と俺はうなずいた。「世間一般では、それは計画通りとは言わないと思う」「どうして？　だって、たとえ全部うまくいっても、いずれは主人も偽物であることに気づく。で、犯人が誰かというと、かなり明らかだ。となると、どっちみち追われることになる。つまり、結果としては何一つ、いまと変わらない。ね。だから、これは計画通りということになる」「なるほど！」助手席でレドモンドが手を打った。「頭いいな、アキオ」「でしょ？」「違う！　待てって！」「何か？」「いや……」

くらくらする。

どいつもこいつも。

助手席のレドモンドが、ダッシュボードにあった漫画本を緊張感のない顔で読みはじめる。

アキオは後ろから寄りかかるように一緒にページを追っていたが、ふと気になる描写があったのか、レドモンドの手を止めた。「この時代のゲーム筐体《きょうたい》って、形が違ったような」「アキオおまえいつの人」と、思わず俺も話に入る。

山道はとうに終わっていた。

国道の両脇に深い緑が迫っていた。空が茜《あかね》色から藍《あい》色に変わる頃あいだ。県境はいくつ越えてきただろう。黒いライトバンは、相変わらずそこにいる。とにかく、俺たちの誰かがあの車に関係しているという点だけは、どうやら間違いなさそうだ。こうなると、そろそろ問題になってくるのが、これから訪れる夜をいったいどう過ごすかだ。というのも、何しろ俺も、いつまでも運転しているわけにいかない。俺は完璧超人ではない。こいつらは運転手の存在を当然のように思ってるふしがあるけれども、いま俺の身体は、ものすごく休息を欲している。向こうの運転手は、疲れというものを知らないのだろうか。

そこにきて、この三人、一人として運転免許証を持っていないときた。レドモンドに至っては、ダッシュボードに頭をあずけて眠っている。この野郎。ナナさんも、うつらうつらしているようだ。アキオはというと、外の暗闇《くらやみ》を見ながら、物憂《ものう》げに歌なんか口ずさんでいる。シャララ、ミッシェル、シャララ……叙情的なリフレインが気になって、俺は眠気覚ましに訊いてみた。「それ、誰の歌?」「え? なんで?」「なんでってこたないだろ。知りたいと思ったから訊いたんだよ」「誰のでもないよ。半分オリジナル、半分アドリブ」「あ、そ」「気に入った?」「少しね」

古いスポーツカーが一台、クラクションとともに百三十キロくらいで追い抜いていった。景色は流れていく。

まるで、俺たちの業や後知恵や共依存のように。

このとき、レドモンドがむくりと起き上がった。あくび一つ、「よし、いいでしょう」などとつぶやいている。「どうした？」「少し寝られたから、運転、替わります。ダンナさんは寝てください」「おまえ、国際免許証持ってんの？」「細かいことはいいじゃないですか」

確かに。

次の直線で、俺たちは運転を交代した。「あ」「どうしました？」「ガソリンなんだが」「わかってます。ガススタンドを検索して、その手前で敵との距離を取り、そして補給します」「オッケー」言ってから、俺は五千円札を日差しよけに挟む。一瞬、レドモンドの話を思い出して不安がよぎったが、余計なことで思い悩むのはやめた。

後部座席に移って、運転席と後部座席を橋渡すチェロケースの下でやっと足を伸ばす。

あ、ダンナだ、と言ってナナさんが夢うつつに手を差し出してきた。

ナナさんは、俺のことをダンナと呼ぶ。俺はこの呼びかたが、あんまり好きじゃない。まるで夫婦になれないから、そう呼んでいるようで。

世間様で駆け落ちっつったら、……いや、それはもういい。さすがに諦《あきら》めがついてきた。とりあえず、駆け落ちなんて、まったくもってするもんじゃない。こりごりだ。シャララ、ミッシェル、シャララ。俺はナナさんの手を握りながら、泥のように眠りに落ちた。

＊

タン、タン、という路面の振動が心地いい。もう少し。あと五分。まだ手先もしびれてる。眠いんだ。え？……「ダンナさん、起きて」誰だおまえは。あ。レドモンドか。「何食べたいですか」「……コンチネンタル・ブレックファスト」「贅沢言うな」

横からアキオに頭をはたかれた。

あれ。隣りはナナさんじゃなかったのか。起き上がろうとして、頭上のチェロケースに額を打ちつける。皆の声が聞こえてくるにつれて、だんだんと状況が飲みこめてきた。「朝マック！」と助手席のナナさんが訴える。「エッグマックマフィンが食べたい！」「馬鹿言うなよ」「ドライブインのラーメンなんていや」「ドライブインは夢の国なんだよ！」

なんだか空気がぎすぎすしている。

長時間のドライブによる閉塞感。そして諸々の生理的欲求。どうやらそういうものたちが、知らず知らずのうちに、俺たちの絆・信頼・友情その他にヒビを入れていたらしい。

そういえば、移動するにつれて気候も変わってきた。寒い。であれば心も寒い。腹も減った。考えてみれば、なんでこんな四人で協力しあう必要があるんだ？　意味がわからない。むかつく。と、必然こうなってくる。だから、いい加減何か食ってトイレに行きたい。実際、うまいこと追っ手をひき離せば、トイレに寄って食事をテイクアウトするくらいはできるかもしれない。そこで、どこに寄るかが問題になった。

田舎の国道沿い。それらしい店はほとんどない。検索したところ、だいぶ先のほうにドライブインが一つあった。それから、マクドナルドが一軒。このマクドナルドの存在が、俺たちの結束にヒビを入れていた。「そういうわけです」——レドモンドが一軒。このマクドナルドだけは、相変わらずの調子だ。

「ダンナさんは、どっちが食べたいんです?」「わかった」と俺は答える。「俺たちが誰に追われてるかはともかくとして、レドモンドとアキオには世話になっている。だから、できれば意に添いたい。だけどそもそも、二人を拾ったのはナナさんでもある」「で、どっちに?」「せっかくだし」と俺は宣言した。「両方行こうか」

さびれつつあるショッピング・モールが眼前に迫っている。

このとき心なしか、レドモンドの顔が青ざめているように見えた。何かに怯《おび》えているようでもある。どうしたんだ? まあいい。

駐車場の手前の林に、俺たちは車を止めた。

「伏せてて」——しばらくして、例の車が駐車場に止まる。人影が散らばって、足早にショッピングモールに向かった。「通り過ぎてくれれば、一番よかったのだけど」と俺はつぶやいた。

「まあいい。アキオ、行くぞ」「アイサー」

俺とアキオは身を屈めて、敵の車へとにじりよる。近づいたことで、相手の車が俺たちと同型の黒塗りのものだとわかった。車に人が残っていようがいまいがかまわない。速攻だ。ナイフで四輪すべてをパンクさせる。アキオがガソリンタンクに穴を開ける。「って、そこまでやらなくても」「やる前に言ってよ」

なんだか決定的に取り返しのつかないことをしたような気がするが、深く考えないでおく。すぐに林に戻り、レドモンドに車を出させる。背後の駐車場に、慌てて車へ戻ってくる人影が見える。これで、少しは時間が稼げるはずだ。まあ冷静に考えてみると、せっかく稼いだ時間で、ドライブインなんかに寄るのはアホらしい。たぶんもっといろいろできる。さっき通り過ぎた街にでも引き返して、スパかどこかに寄るとか。風呂。食事。リラクゼーション。でも、大事なのは絆である。俺たちは、たったいまそれを取り戻したのだ。って、当初の目的は駆け落ちの成就だった気もしなくもない。でも、とにかくそういうことだ。

俺は、この四人で逃げ切りたい。

車の数が減ってきた。北から、雨の気配が迫っている。曲は終わり、お節介な「ドライブプラン機能」がデート向けの選曲を提案してくる。ナナさんがリモコンの操作を間違え、ラジオのニュースが一瞬だけ流れる。——茨城《いばらき》県岩瀬《いわせ》トンネルでの追突事故により、上下線は約三時間にわたり通行止めとなりました。

きた。ドライブインだ。

俺は早々にトイレに寄ってから、駐車場でサンドイッチを食べた。正面の売店では、ナナさんが「バクダンドーナツ」を前に思い悩んでいる。「買いなよ」と、そこにアキオが声をかける。「これからどうなるか、まだわからない。万一ってこともあるしね」

向かいのガラス張りのレストランでは、レドモンドが二杯目のラーメンをすすっていた。俺はサンドイッチの袋を捨ててから、車を背に煙草《たばこ》に火をつけた。うまい。何時間ぶりだろう。

「ご一緒させてもらうよ」

いつの間にかやってきていたアキオが、隣りで電子ライターをかちりとやった。ふう、と長い息がつかれる。「あれ、アキオ、おまえ……」「ん?」「いや、なんでもない」

気のせいか。

黙る俺に、アキオが訊いてきた。「ダンナ、逃げた先ではどうするつもり?」「そうだな。どこか仮宿を見つけて、職を探すところからだよ。ソフトウェアエンジニアだから、一応仕事にあぶれることはない」「なるほどね。そういえば自分もやったことあるよ、プログラミング。昔のホビーパソコンだけどね」「おまえは?」「さてね。まずは思う存分あれを弾いて、……そしたらチェロを返さないとな。そっから先は、考えてない」

どこからか潮の匂いがした。

強い風に、煙草の減りは早い。

「うまくどこかに着いたら、ゲストハウスにでも一泊しないか?」と俺は提案した。「うまいもん食って、風呂入って――」「いいね」「そしたら、あれを演奏してみてくれよ。ここまで来たら、さすがに聴かずには帰せない」

そのとき、ナナさんとレドモンドが戻ってきた。大量のウェットティッシュとか携帯トイレとか、「パイの実」とか、その他諸々の入った袋を抱えている。「行こうか」「ああ」

目の前の直線に向けてアクセルを踏み入れる。

BGMはレドモンドの持参した倖田來未《こうだくみ》。まったくもって、一貫性というものがない。マクドナルドはすぐに見えてきた。ドライブスルーで、ナナさんがてきぱきと注文をする。「エッグマックマフィン、アイスコーヒーのS、ハッシュポテト」「フィレオフィッシュのセット」後部座席で横になっていたレドモンドが、起き上がって言った。せっかくだから、俺もオーダーする。「ブレンドと三角チョコパイ」「ブレンドをもう一つ。あとサラダ。ミルク。アップルパイ」アキオがたたみかけたところで、ナナさんがキレた。「さっきと話が違う！」

たちまち、車内にコーヒーとハッシュポテトの匂いが満ちた。

こぼれる笑顔。新刊漫画とユーチューブの話。ね。これだよ。なんであれ、笑顔ってやつがなきゃいけない。そこにどうだ。寒いとか腹が減ったとか、とにかくそういうのはいけない。いっそ、この面々ならずっと旅してたっていい。……いや、それはないか。レドモンドは寝息を立てはじめている。

「このまま逃げ切れないかな」とナナさんがつぶやいた。「どうだろうね」とアキオ。このとき、バックミラーに例の車が現れた。ナナさんがため息をついた。「やれやれ」とアキオが漏らす。俺は宣言した。「飛ばすぞ」

とにかく飛ばすのだ。

もう濃密でも甘美でもない。駆け落ち感、ってやつは微塵《みじん》もない。世間様はなんと言うか。でもよくわからないけど、あれを振りきった先に、俺たちの未来はある！　気がする！

それからどれだけ走っただろうか。

ナナさんの携帯電話がメールを受信した。何かいやな予感がした。ナナさんが息を呑《の》むのが俺にはわかった。いまにも凍りつきそうな声で、ナナさんがつぶやいた。「お父さんだ」「なんて書いてある？」「そうね、どれ……〈前略〉」「携帯メールで前略はいいんだよ」「わたしに言わないでよ。〈風邪でもひいてないか心配だ。私はというと、先日、大切に保管していたチェロを盗まれた〉」

俺たちは顔を見あわせた。

「〈盗んだチェリストは、ちょうど、おまえたちと同じ方向に逃げている。そこで、チェロのケースを持った人間を見かけたら、まずは一報くれ〉」「それから？」「〈草々〉」「携帯メールで草々はいいんだよ」「わたしに言わないでってば。でも、どうしよう？」「一つ、相手に確認を取ってみないか？　そうだな、文面はこう。〈そのチェリストを、お父さんはどうするつもり？〉」「わかった」

送信。

アキオをはじめとした一同が、固唾を呑んでナナさんの携帯を見守っていた。間の抜けた受信音とともに携帯が震える。「読み上げるね――〈前略、ひいきのチェリストだし、私にも非があったことだ。楽器を返してくれればそれでいいと思っている〉」「なるほど」これを受け、アキオがため息をついた。「〈追伸――まずないこととは思うが、もしおまえたちがそのチェリストを捕まえてくれれば、このさい駆け落ちのことは見逃す、草々〉」

反射的に、アキオがドアのインナーハンドルをがちゃがちゃとやりはじめた。

すかさずナナさんは携帯を放り出し、後ろから羽交い締めにする。「やめろ」「こら！」「離せ！」――レドモンドが騒ぎに目を覚まし、怪訝《けげん》そうに二人を見つめていた。「ナナさん、やめろ」と俺が言った。

そのとき、アキオの帽子が脱げた。ぱさりと髪が肩へと落ちる。

「あれ……」ナナさんは思わず手を離していた。「アキオ、女の子だったの？」「あー！」と、このとき、レドモンドが声をあげてアキオを指さした。「あなたは！」「やっと気づいた？」とアキオが応じる。「黙って聞いてりゃ、生活感がないとかイカれた女の子だとか、ちょっとあんまりじゃないか。とりあえず五千円は返せよな」「それじゃ、私のポケットにこれ入れたの、アキオですか！」

言って、レドモンドはポケットからくしゃくしゃになった紙きれを取り出した。横から覗きこんだナナさんがそれを読み上げる。「〈ひとまず、お昼とかをこれで〉」――レドモンドの話に出てきた書き置きの一部だ。なるほど、これを見てあいつは怯えていたのか。

「怖いことしないでくださいよ！」「なんでそんなに怖がるんだよ！」「じゃ、押入れのあれはなんですか！」「チェロだよ！」「なんでチェリストがカレー屋でバイトなんですか！」「音楽だけじゃ食えないんだよ！　悪かったな！」「で、なんで追いかけてくるんですか！」「惚《ほ》れたんだよ！　アホ！　思いに応《こた》えてくれよ！」

アキオは肩で息している。

それを、ナナさんがじっと見つめている。

「待って」とレドモンドが口走った。「その、いま、私には仕事があって」「なんだよ、流れ者の仕事って」「東京で仕事探してたら、さる人に頼まれたんです。というのは、ちょうどいま向かってる先に、駆け落ちのカップルがいるらしいんです。で、それをつかまえて戻ってくれば、当座の生活費や帰国資金を援助してくれるとか。名前が確か……」

　ふたたび、俺たちは顔を見あわせた。

「待て」ハンドルを手に、俺は苦りきった口調で割りこんでいた。「……整理させてくれ。まず、レドモンドを追っていたのはアキオだった」「うん」とアキオがうなずく。「で、そのアキオはナナさんと俺とが追うべき相手」「そうだね」とナナさん。「そのナナさんと俺を追うのは、そこにいるレドモンド」「え」とレドモンドが言った。「そうなの？」

「となると」俺はレドモンドを無視する。「俺たちの後ろにいるあの車は、いったいなんだ？」

*

　俺とナナさんには駆け落ち力ってやつはなかった。心底からそう思う。ここにはロマンも静けさもあったもんじゃない。でも、真面目な話、仲間に恵まれる力はあった気がするんだ。ほら。やたら日本語の流暢な怪しい外国人に、時価数億円のチェロを盗んで逃走中のチェリスト……って、うん。いまいち説得力がない。でも、とにかくそうなのだ。

　俺たちは仲間には恵まれた。

　だから俺は正直ホッとしている。これまで、不安ばかりが先行していたからだ。何しろ俺とナナさんはこれから、なんのつてもない場所で二人だけでやっていかなきゃならない。うまく生きていけるだろうか。仲良くやれるだろうか。

駆け落ちっつったら、こう、世間様に背を向けつつも、愛情と若さとほんの少しの勢いでもって、たった一つの自由を求めて壁にぶつかってく、とまあそんな印象がつきまとう。でもぶっちゃけた話、俺たちの胸は不安でいっぱいだ。どちらかっちゃ、何かと思い通りにいかず、いやというほど世知辛《せちがら》さを味わい、愛情とかそんなもんだけじゃどうにもならないということを散々思い知らされて、だからこそ駆け落ちとかを考えたのだ。ましてや、つても何もない新しい世界でどうにかなるなどと思うわけもない。

隣人にはイジめられるに違いない。職場ではハブられるに違いない。肝心の二人の仲も、喧《けん》嘩《か》・仲直り・喧嘩・喧嘩に違いない。ね。ここは声を大にして主張しておきたいのだが、俺たちは恋に狂った単純馬鹿ではない。ときには羨望《せんぼう》の目で見られることもあるけど、でも基本、駆け落ち者とは、ネガティブシンキングの塊《かたまり》である。

そこにどうだ。

旅先であっさりとホームレスにまで転落して、せっかく拾われたと思ったら翌日逃げる外国人。「弾いてみたい」というたったそれだけの欲求から、ストラディバリウスを盗んだチェリスト。そんなやぶれかぶれな連中が集まって、肩寄せあい、ときに馬鹿話に花を咲かせている。なんというか、俺たちの悩みなど軽くどこかへふっとぶ。なんとかなる気がする。

いや、だからこそナナさんも彼らを拾ったのだろうか。

何しろ二人だけで顔をつきあわせていても、口を開けば心配事、結局は押し黙ったまま、暗く、沈鬱《ちんうつ》な、心凍る旅をしていたかもしれない。これじゃ、濃密さも甘美さもあったもんじゃない。駆け落ち感、ってやつが盛りあがってこない。ましてやボニー・アンド・クライドにはほど遠い。ね。失敗だ。要するに俺たち二人は不安だったんだ。とてつもなく孤独だったんだ。

いま俺たち二人は、色気とかロマンとかからは一光年くらい離れている。でも、そのかわりにかけがえのないものを手に入れた！　かもしれない！　……ってわけで、いま問題なのは後ろの車だ。俺たちは、あの車から逃げなければならない。そうである蓋然性《がいぜん》が高い。

「逃げ水みたいだね」と、ナナさんがぽつりとつぶやいた。「ほら、晴れた日とか、道路の向こうに見えるやつ。追っても、追っても、たどり着けない」「あの車のこと？」「そう。もっとも、逃げるのはこっちだから、〈逆逃げ水〉——そういう気象現象とかないのかな？」「たぶんないと思う」これにはアキオが答えた。ナナさんはうなずいて、「でも、そんなふうにしか説明できなくない？　だって、こっちがスピードをあげれば、向こうも追ってくる。だけど、けっして追いついてくる気配はない」「え？」

俺は思わず問い返していた。追いついてこないのは、パーキングエリアかどこかで停車時に俺たちをつかまえる気だからだと思っていた。でも、いまナナさんは、何か重要な指摘をした気がする。「むしろ、ゲームみたいだと思ったよ」と、ここでアキオが口を開いた。「レースゲームってあるよね。あれで一人プレイをすると、よく〈ゴースト〉ってやつが一緒にコースを周回してくる。ゴーストにはぶつかってもクラッシュしない。むしろ、触れることすらできない。その正体は、コースレコード保持者の走りの再現なんだ。プレイヤーはそれを追うことで、レコードの更新を目指す。この状況は、まるでコースレコードを更新しながらゴーストに追われているみたいだよ。いや、むしろ自分がゲームのなかの、それもゴーストの側になったような……」

興味深そうに聞いていたレドモンドが、ここで話に入った。「私は、よく好きでSFとかを読むんですけど」「ナナさん、さっきの菓子の残りある？」「あ。はい」「もらっていいかな」「わたしも」「って、ちょっと！」「冗談だよレドモンド。話してくれ」

レドモンドは咳払《せきばら》いをした。

「あれは、影なのではないでしょうか」「影？」「私たちのバンそっくりの、黒塗りの車。それも、ナナさんも言ってましたけど、ほとんど一定間隔を保ったまま、実際には追いついてくる気配もない。あれがいったいなんなのか、私はずっと考えていました――あれは、要するに私たち自身の影なのではないでしょうか？　このバンの周辺だけ、どういうわけか次元のねじれが生じて、三次元空間上に自分自身が投影されているんです」

「それに近いことなら、俺も考えたよ」と俺も応える。「まるで、あれは自分たちの影みたいだって。だとして、光源にあたるものはいったいなんだろう？　何に何が映っているのか？とすると、軸となるのは〈時間〉ではないだろうか。光源は、すなわち俺たち自身の〈未来〉なんだ」「もう少しわかりやすくお願いです」「つまりね。後ろに見えるあの車は、俺たちの

〈過去〉なのさ。あそこを走っているのは、俺たち自身の一分前くらいの過去なんだ。だから、追いついてくる気配もない。過去は、現在に追いつけないからね」「なるほど！」とレドモンドが手を打った。「ダンナさん、頭いいです」「なんとなく素直に喜べないな」「いや」とここでアキオが言った。「これまでのなかじゃ、気がきいてるほうだ」「わたしもそう思う」とナナさん。「うん」と俺は応えた。「一つわかった――俺たちのなかには、現実的な物の考えができるやつが一人もいねえ」

だいたいほんの少し前、俺たちはあの車に近寄ってパンクさせてガソリンタンクに穴まで開けたような気がする。あの車は、こう、もう少しリアルにそこにある脅威ではないか。少なくとも、自分たちの過去に対して行うには、あれはかなりあんまりな仕打ちだ。

「じゃあ、あれだ」と俺はつづける。「レドモンドと俺の説に従えば、あの車にも俺とナナさん、レドモンド、アキオが乗ってるってことになる」「うん」「それで？」「だったら話は早いよ。俺たちが追ってるのは俺たちだ。となると、俺たちは、あの車に乗っている俺たちをつかまえればいい。そうすりゃとりあえず、俺たちは反目しあうことなく、目的を達することができる」

「でもそう考えると、いまはまさに逆のシナリオだな」とアキオが指摘した。「いまこっちは追われているわけだから、となると、このままだと、あっちが丸もうけして、こっちが馬鹿を見ることになる」

確かにそうだ。

これには一同、うーん、と頭を悩ませる。

「とりあえずさ」と俺は提案した。「こっちはこっちで、できる限り問題を整理してみないか。まず――俺とナナさんは、どこかで二人幸せになることを願っている。で、この点について、レドモンドの見解としちゃどうなんだ」「それは簡単」とレドモンドが答える。「昨日の夜、手を握りあって寝てるあなたたちをバックミラー越しに見ちゃいました。私にはもう、あなたがたをどうこうするなんてできないです」

「ありがとう。で、アキオはというと、チェロは返すつもりでいる。ナナさんのお父さんとしても、それならそれでいい。つまり、こういうことなんだ――まず、レドモンドは俺たちを見逃す。アキオはチェロを思う存分弾いたら、それを返す。ということは。レドモンド、おまえがアキオの思いに応えれば、これですべて丸く収まることになる」

しばらく考えてから、レドモンドが「え」と声をあげた。

「そうだそうだ！」と、ナナさんも俺に乗ってくる。

「そういえば」俺はふと思い出して、携帯端末で検索をかける。目当てのページが出てきたところで後部座席へ回した。「レドモンドがアキオの部屋で見た〈数字とアルファベットと記号の羅列〉ってのは、もしかすると、こういうやつじゃなかったか？」

L4D2.GE2.CDE2.&E1D2.EC2.D<B1&B1>D2.GE2.CDE2.&E1D2.EC2.D<B1&B2R8L1
6B>CDEF+G+L8A2&AEEGA4>C4<B4G4A2&AE&EDE2.G4G4.D&DDEF4F4E4
D4E1G+1A2&AEEGA4>C4<B4G4A2&AE&EDE1A2&AAGFE4D4C4D4E1E1

「あ」とアキオが声をあげた。「こんなんです！」とレドモンド。「なぜダンナさんがこれを？」「アキオが持ってたってやつとは違うと思うよ。これはＭＭＬって言語なんだ。こいつは昔のコンピュータとかで、音楽の旋律を記述するときに使う」

　アキオが記号を読みはじめた。ン、ン、と鼻歌が漏れる。そのうち、呆れたようなつぶやきが彼女自身から漏れた。「ファイナルファンタジーじゃないか。確か『悠久《ゆうきゅう》の風』」

「エンジニアだからね」と俺は応える。「なんとなくピンときたんだ。とにかくこれ、五線紙がないときとか、ちょっとしたメロディを書き残すときに便利でね。弦楽とか、単旋律の楽器がパートごとにわかれた曲ではけっこう使える」

　連中は半分も聞いちゃいなかった。アキオの主旋律にあわせて、レドモンドが、ボン、ボン、とベースラインを口ずさんでいた。勢いナナさんも、チャララ、とアルペジオを奏でている。なんだろう、こいつら。しかも、ファミコンの同時発音は三音。俺のパートはない。俺は咳払いした。「どうだいレドモンド、これでもアキオはイカれた女か？」

　って、気のきいたことを言おうとしたのだけど、よく考えてみると、アキオはけっこうイカれている。普通の人は、そもそもＭＭＬで音楽を記述しようとは考えない。そしてチェロを弾くためだけに強盗を働くこともなさそうだ。うむ。気づかれてはならない。とりあえず、俺はアキオに話をふることにした。「アキオの部屋の机にあったのって、どんな曲なんだ?」「あれだよ」とアキオが答える。「シャララ、ミッシェル、シャララ」

レドモンドはというと、神妙な顔をして考えこんでいる。そこに、アキオが歌を止めて抱きついた。「うわ」「お願い、怖がらないでよ」

——このとき、チェロのケースが滑ってしたたかに俺の後頭部を打った。勢い、ハンドルが左に切れる。急ブレーキ。ライトバンは段差に跳ね、曲がり、畑に突っこんでいった。

すぐうしろには、例の黒い車。「わ!」とナナさんが叫んだ。「ダメだあ!」

俺はたまらず目をつむった。しかし黒い車は止まらず、何事もなかったかのように俺たちを追い越すと、国道を突っ走っていく。

「あれ?」

「何してんの!」呆けている俺を、ナナさんが叱咤《しった》した。「追うのよ!」「あ、そうか」

そこで俺は畑を一周し、心のなかで農家の人に「ごめんなさい」とつぶやき、体勢を立てなおしてからアクセルを踏みこんだ。そう、まだ間にあう。あまり差はついていないはずだ。追え。俺たちは俺たちを追うのだ。俺たちの明日に向けて。逃げ水みたいな何かを。無敵だった昔の自分のゴーストを。

犬か猫か？

雷鳴が聞こえ、アリスはポットを手に窓の外をうかがった。オックスフォードの空は、いつの間にか暗く雲がたれこめている。見上げながらアリスは思う。エルヴィン小父《おじ》さんは、来たときに傘を持っていただろうか？

——降ればいいのにな。

紅茶を運んでいくと、エルヴィンは床のチェッカー模様を見ながら何事か考えこんでいた。

エルヴィンは研究が行きづまると、研究所を抜け出してアリスの家を訪ねてくる。そして、ときおりこうして、何を話すでもなく考えに沈むことが多い。変な人だと思うが、カレッジにはそれ以上の変人が集まっているとも聞く。数式の話をされないだけましとも言える。

手を振ってみるが、反応がない。

近くのぬいぐるみを手にとって、「わん！」と鳴き真似をしてみた。

エルヴィンは身体を震わせてから、まじまじとアリスのぬいぐるみを凝視した。

「それは」

とエルヴィンが首を傾《かし》げ、そして決定的な一言を口にした。

「猫ではないか?」

思わず、アリスはぬいぐるみに目を落とす。

友達のお下がりでもらったばかりのお気に入りだった。色は白く、少し汚れてくすんでいる。

言われてみれば、猫に見えなくもない。でも、犬だと思ったからこそ気に入ったのだ。

アリスはぬいぐるみを目の前に掲げ、

「わん!」

と相手を威嚇《いかく》する。

エルヴィンはひるむことなく、

「全体的にまるっこい体型だし、やはり猫であるように見える」

と自説の補強にかかった。

「でも、猫にしては長いヒゲがないじゃない」

「犬にしては鼻が短い」

「やだよ、犬がいいの、犬!　ほら、しっぽだって短いしさ」

「耳のとがった具合なんか、猫そっくりではないか。物音を立てればいまにも動きそうだ」

「犬のほうがかわいいの!」

「いや、猫のほうがかわいい」

開き直ってみたが、エルヴィンは一歩も引かずに猫の肩を持つ。

「犬はかしこい!」

「猫はマイペースだ！」

「……ペースは関係ないでしょう」

「……確かにそうだな。熱くなっていたようだ」

もう一度雷が鳴った。

それに重ねて、黒シャツ隊のシュプレヒコールが聞こえてくる。ナチスに対抗するため、イギリスはフランスやイタリアとストレーザ戦線を結んだ。その一方で、イギリスファシスト連合は力を強める一方だ。

さすがに気になるようで、エルヴィンの表情は険《けわ》しくなっていた。

「やっぱり――」とアリスは低く訊《たず》ねた。「戦争になるのかな？」

「たぶんな」とエルヴィンが暗鬱《あんうつ》に答えた。

エルヴィンは親ユダヤで、ナチスの政策に反対している。

それで、ベルリンの大学からオックスフォードに逃れてきた。パスポートがナチス製のものであることを、彼はとても気にしている。でも、それがあるからこそイギリスにも渡ってこられた。使えるものは使えばいいのに、とアリスは思う。

「研究所は大丈夫なの？」

「いまのところはね。でも、黒シャツの支持者も増えてきた。いざとなったら……そうだな、グラーツあたりに移れそうではある」

「オーストリアは駄目」

「でも、故郷でもあるんだよ」

イギリスにいてほしいとは言えなかった。情勢がどうなるかなど、誰にもわからないのだ。

アリスは目を伏せ、黙りこんでしまった。

エルヴィンは困りきった顔をして、ぬいぐるみを手にとって「にゃあ」と言った。

「どうした？」

「……意外な一面に、ちょっと心を動かされそうになった」

アリスはそう答えてから、ぬいぐるみを取り返す。

「でも、これが否応なしに犬である事実は変えがたいと思うのね」

「そうかな」

「この毛並み。まっすぐな目。見てよ、家に帰ってきたらしっぽを振って迎えてくれそう。犬は忠実なの。餌をあげれば、ちゃんとわたしのことを憶えてくれる」

「軍人みたいに？」

「なんでそういうこと言うかな」

エルヴィンが咳払《せきばら》いをした。

「……確かに、猫はすぐに恩を忘れる。でも、それは野性のプライドを失わないからだ。人間なんかに恩を感じるようなことがないんだ。猫は自由なんだよ」

「どこかの学者みたいに？」

痛いところを衝かれ、エルヴィンはテーブルに目を落とす。

「どうでもいいではないか」とエルヴィンが本音を漏らした。「ぬいぐるみが犬か猫かなど」

「どうでもよくないよ！　気に入ってんだから！　白黒はっきりさせようよ！」

「では、最初に戻って考えてみよう。なぜ、犬か猫かレベルで意見が割れるのか。なぜ、このぬいぐるみは犬であるとも猫であるともはっきり主張してこないのか」

「はっきり犬だよ！」

「猫だよ！　……で、だから、作者の立場に立って考えてみたいと思う。彼ないし彼女は、別になんとなく動物っぽいものを作りたかったわけじゃなく、一応、自分が何を表現したいか明確なイメージを持っていたはずだ」

「彼ないし彼女が馬鹿みたいに言わないでよ！」

「たぶん猫を飼っていたのだろうと思う。猫を知らずに作ったなら、長いヒゲであるとか、三毛であるとか、これは猫ですというわかりやすい記号に走ったはずだ。ところが、この作者は自分の愛猫を記号に変えられなかった。いわば、この物体は愛ゆえにこそ生まれた」

　物体とはなんだと思いつつ、アリスはぬいぐるみを眺める。

「小父さん、それは違うよ」

「なぜだい」

「この作者は犬を飼っていた。毎日しっぽを振ってくれる愛犬を形に残したいと思った。でも、それをぬいぐるみにしようにも、ええと……表現力に難があった。垂《た》れた耳とか長い鼻とかをつければいいとわかってはいる。でも、作者はあくまで自力で愛する犬を模したかった」

「その証明はエレガントではない」

「腹立つなあ……」

雨が降り出すとともに、黒シャツたちが慌てて車で撤収する音が聞こえた。いい気味だとアリスは思う。エルヴィンは物憂《ものう》げに窓に目を向けている。このまま雨宿りしていく？　とアリスは問いかけた。そうさせてもらおうかな、とエルヴィンが低く答える。

残る問題は一つ。

二人はぬいぐるみを見下ろしながら、あるべき折衷《せっちゅう》案を模索した。

「たぶん」

とエルヴィンがゆっくり口を開いた。

「作者は、猫と犬の両方を飼っていたんだ。その世話をしながらぬいぐるみを作るうちに、両方が混ざってきてしまった。つまり、このぬいぐるみは猫であると同時に犬なんだ」

「小父さん、いま心底どうでもいいと思ってるでしょ」

「いま、量子力学ではこのことが問題になっているんだよ。細かい粒子は、波のように確率的に偏在しているのではないかと。だが、本当にそんなことがあるだろうか？」

「何言ってるかわからないんだけど……」

「この件は猫のパラドックスとでも名づけておこう。いい論文になりそうだ」

そう言って、エルヴィンは一人で頷《うなず》いている。

アリスはわかったようなわからないような顔をしてから、

「待ちなさいよ」

と追及にかかった。

「何か」

「いや、あのね。何かじゃないよ。何さりげなく猫を入れてるの。文言修正を求める」

「だってきみ。これは猫だろう」

「犬！　断然犬だってば！　犬のほうがかわいいの！」

「いや、猫のほうがかわいい」

「犬はかしこい！」

「猫はマイペースだ！」

参考文献

『わが世界観［自伝］』エルヴィン・シュレーディンガー著、橋本芳契監修、中村量空、早川博信、橋本契訳、共立出版（1987）

スモーク・オン・ザ・ウォーター

第一話　地震編

網戸《あみど》越しの風に乗って、夏蜜柑《みかん》の葉の爽やかな香りが漂《ただよ》ってきた。

日曜なので、食卓には母も妹も揃《そろ》っている。昨夜、遅くまでラジオを聴いていたらしい妹は、若干、寝不足を隠せない様子だ。対して、連日のパートタイムで疲れているはずの母は、凛《りん》と背筋を伸ばしている。明るく、キッチンに立つぼくに声をかけてくる。

「今日は何かな?」

「いつものだよ」

苦笑いを返して、ぼくは朝食を配りはじめる。当番はローテーションで決まっている。母や妹と比べてしまうと、料理の見映えは悪い。でも、ランチョンミートと一緒に焼いた目玉焼きは、妹のお気に入りの一品だ。ボウルに入れた緑野菜のサラダには、軽くオリーブオイルと塩胡椒《こしょう》のみを振った。これは、ドレッシングの酸味が苦手だという母のためだ。

しばし、食器の音のみがダイニングを覆った。

ぼくはリモコンでテレビをつけた。朝のニュースだ。ニュースは北アフリカの紛争のこと、川で溺《おぼ》れた母子を助けたスポーツ選手のこと、そしていま話題の、昨夜東京に落ちたという隕《いん》石《せき》のことだ。隕石は八重洲《やえす》のビジネス街に落ちたが、時間が深夜帯だったこともあり、幸い、被害は道路に空いた大穴だけであったとか。

「そうそう。見てよこれ」

思い出したように妹が取り出したのは、数センチほどの小さな黒い塊《かたまり》だった。

「ラジオのニュースで知ってね。それで、バイクでひとっ走り」

隕石の破片なのだという。

聞けば、こうした欠片《かけら》は高く売れるとのことで、八重洲のクレーターにはたちどころに人が集まり、すべて持ち去られてしまったらしい。

「売らないよ」

隠すように、妹がさっと隕石をしまった。

「お父さん、石が好きだったでしょ。だから」

プレゼントにする、ということらしい。

ずっとメーカーに勤務し、趣味らしい趣味もなかった父の唯一の楽しみが、鉱石集めだ。部屋には、アメジストや黒水晶、ラピスラズリといった鉱石がアクリルケースに並べられている。そういえば、聞いたことがある。隕石は値が張るので、鉱石好きにとって高嶺《たかね》の花なのだとか。

「ペンダントにするんだ。そうすれば、首から下げられるでしょ」

「いいじゃない」

わずかに目をすがめてから、母が口角を持ち上げた。

洗いものの前に、やることがある。父のために同じ食事を作ることだ。ぼくはサラダや目玉焼き、そして味噌汁やご飯を別々にミキサーにかけ、それぞれ、椀《わん》に移した。サラダは繊維が硬《かた》いため、あらかじめレンジで加熱しておく。

できあがったところで、まとめて盆に載《の》せ、父の部屋に入った。机と鉱石のコレクションがあるばかりだった部屋は、医療用のベッドや点滴棒、車椅子やリフトに占められている。

「今日、は……おまえか」

呂律《ろれつ》の回らない、けれども嬉《うれ》しそうな口調だ。

ぼくはサイドテーブルに盆を載せ、それぞれの椀からスプーンですくい、父に嗅《か》がせた。わざわざ別々の椀に取り分けたのは、少しでもぼくたちと同じように食事を楽しんでもらうためだ。妹の好物のランチョンミートの香りを嗅いだとき、父がゆっくりと破顔した。

それから、ぼくは父の胃瘻《いろう》にチューブを接続吸引し、胃の内容物の残量を見る。大丈夫、空《から》っぽだ。父の昔からの口癖《くちぐせ》が思い出された。いわく、胃腸は昔から丈夫なんだ。この点はぼくにも遺伝している。昔、友人たちとインド旅行に行ったとき、自分一人だけ腹を壊さなかった。

風が吹きこんだ。

ここでも窓が開いている。窓を開けているのは、父が医薬品の匂いを嫌うからだ。父の求める順に、メニューを一つひとつシリンジに入れ、胃に直接注入していく。

技術部の課長を務めていた父が倒れたのは、一昨年のこと。

脳の悪性腫瘍《しゆよう》――グリオーマだった。

この病は、紙に水が沁《し》みるように脳に広がること。だから腫瘍の境目《さかいめ》がわからず、取りきるのが困難であること。そして、症状が出たときには広範囲に腫瘍が広がっていること。こうしたことを知ったのは、すべてが手遅れになってからだった。

術後はいったん症状が安定したものの、また悪くなり、自宅で父を看取《みと》ることになった。胃瘻にしたのは、自力での嚥下《えんげ》が困難になってきたから。

最初のころは、元同僚がよく見舞いに来た。が、やがて彼らの足も遠のいた。退職金はすぐに尽《つ》きた。家を売りに出しているが、この近辺は住宅が余っており、まだ買い手がつかない。収入源は、主に母のパートだ。なんとしてもぼくを大学卒業まで持っていく、と母は言う。ぼくは理科系の大学の四年生で、専門は流体力学。幸いに、就職先から内定は出た。来春からは、やっと母を楽にすることができる。

ささやかな食事を終え、父の胃からチューブを外したときだった。

「できたよ」

手作りの首飾りとともに、妹が部屋にやってきた。瞬《まばた》きをする父に、有無《うむ》を言わさず妹がペンダントをかける。ゆっくりと、父がそれを手にした。

父のために、妹がスマートフォンを取り出し、隕石落下のニュース映像を見せた。

「できたての、ほやほやだよ!」

「取ってきたらしいよ」ぼくは説明を加えた。「このために、バイクまで飛ばして」

父の目が動き、例の鉱石のコレクションに向けられた。

それから、にかりと笑って手のなかの石を握りしめた。ありがとう、とその唇が動いた。その手がゆっくりと動き、サイドテーブルの煙草《たばこ》の箱を指した。食後の一服《いっぷく》だ。

ぼくは父に煙草をくわえさせ、ライターで火をつけた。

美味《うま》そうに、慈《いつく》しむように父が煙をくゆらせた。十年前、係長に昇進したとき、会社の命《めい》でやめさせられた煙草だ。いまとなってはやめる理由もないので、大好きだった煙草を喫《す》わせてあげたいと言い出したのは、母だ。在宅介護をはじめたばかりのころのことだ。

小さいころ、父が好む銘柄の、粉っぽい匂いが苦手だった。

それもいまは、やがて嗅げなくなるのかと思うと、愛《いと》おしくもある。父が何か言おうとした。実際に口に出されるまでに、一分ほどかかった。発せられたのは、シンプルな一言だった。

「最高の日だ」

第二話　雷　編

歩くこともままならなかったはずの父が失踪をしたのは、その翌日のことだ。

大学から帰ってきたところ、まだ母も妹も帰宅しておらず、自分一人だとわかった。それで父の様子を窺《うかが》いに行ってみると、父が寝ているはずの医療用のベッドは空で、サイドテーブルの灰皿では、煙草の燃えさしが燻《くすぶ》り、煙を上げていた。灰皿の隣には写真立てがある。一家四人で修善寺《しゅぜんじ》へ行ったときの記念写真だ。シーツに触れると、温かかった。

しばらく、その場でぽかんとしてしまった。

窓から差す光のなか、不規則に揺らぐ煙は神秘的に見えた。バッグに入っていた3Dタブレットでそれを撮影しはじめたところで、遅れて帰ってきた妹に後頭部をはたかれた。

「ちょっと、馬鹿兄貴《あにき》！　いったい何してるの」

高校の制服のまま、肩に学校指定のバッグをかけている。

「いや、煙が綺麗だったもんだから……」

ぼくが専門とする流体力学においては、こうした煙の揺らぎは、層流と乱流によって説明づけられる。煙はしばらく綺麗に上昇したのちに、乱流となり、さざ波のように揺れはじめる。ここからは解析が困難で、カオス理論まで関わってくる。

この世は美しい。それを、記録に留《とど》めたかったのだ。でも確かに、馬鹿には違いない。妹が手早くほかの部屋も確認し、すぐに戻ってきた。

「捜《さが》すよ！」

ぴしゃりと妹が宣言して、それからスマートフォンで母へ伝言を打ちはじめた。

ぼくは灰皿の煙草を揉《も》み消して、地図アプリケーションを起動した。まもなく、３Ｄタブレット上の空中に、街の立体地図が立ち現れる。その地図に手をかざした。

「……親父《おやじ》の足だから、そう遠くへは行けないと思う。半径にして、せいぜい百メートルか、余分に見ても二百メートル。だいたい、このあたりを捜そう」

玄関まで戻ったところで、妹は通学用の靴を片方だけ履《は》きかけてから、スニーカーに替えた。

「ほんとにもう」

軽い舌打ちとともに、妹がバッグを放った。

「大丈夫、すぐ見つかるよ」

落ち着かせようと思って言ったことだった。妹が、きっとこちらを睨《にら》んだ。

「そういうところが腹立つの」

「え？」

「兄貴は大学も出られるし、それなりの内定だって取った。だから、そうやって呑気《のんき》にしていられる。わたしは、進学すらさせてもらえなそうだってのに」

ゆっくりと、ぼくは頭を掻《か》いた。

自分だって本当は就職するのではなく、大学に残ってゆくゆくは研究職につきたかった。それを諦《あきら》めて、これから一家四人を支えなければならないのだ。でも、喧嘩《けんか》をしているときではない。ぼくも急いでスニーカーを履いて、妹を追って外へ出た。

振り向いてみた。

家の外壁はモルタルで、父の好きな薄い緑色にペイントされている。父が念願の家を購入したのは、数年前のこと。けれど楽しむ時間もなく、父は倒れ、あとにはローンが残された。仕方なく売りに出していることは、実のところ、まだ一家の誰も父に打ち明けられずにいる。

西から遠雷《えんらい》が聞こえ、やがて小雨が降りはじめた。

父の体調が案じられてきた。ときに手分けして、ときに合流し、妹と連絡を取りあいながら、家の周囲を捜索《そうさく》した。父は見つからなかった。その間、妹はSNSで目撃証言を募《つの》った。すると意外なことがわかった。都内で、同じような失踪が多発しているのだ。軽く検索するだけでも、同じように困っている人々の声がヒットした。年齢や性別はばらばらで、共通点がわからない。

「お願い、その人を捕まえて！」

背後から声が聞こえたのは、そのときだ。振り向くと、道をこちらへ走ってくるパジャマ姿の老人と、それを追うナースの姿があった。こちらの一瞬の迷いをついて、老人はぼくたちを押しのけ道を駆けていく。濡れた路面でナースが足を滑《すべ》らせた。

妹と同時に動いた。咄嗟《とっさ》に飛び出し、前のめりに転びそうになる彼女を二人で受け止める。

「病院の名前を教えてくれる?」素早く妹が訊《たず》ねた。

「近くの――」ナースが肩で息をする。「松代《まつしろ》健康医療センター」

「わかった。捕まえたら連絡を入れるから」

妹がぼくを見た。

「追うよ」

軽く頷《うなず》いて、老人の背に目を向けた。離れぎわ、ナースがこんなことをつぶやいた。

「末期がんの患者さんなのに、どうしてあんな……」

「とにかく、あとは任せてください」

威勢よく言ったはいいものの、二人を追ううちに、たちまち息が切れた。考えてみれば、こちらは数式と睨めっこの日々。対して、妹は元陸上部だ。あの爺《じい》さんについては……よくわからないが、とにかく百歳まで生きそうな勢いだ。しかし、追いついて話を聞ければ、父についても何かわかるのではないか。漠然とながら、そんな思いがあった。

上り坂で、妹がちらとこちらを振り向いた。

「追いつけそうなんだけど……。飛びかかってもいい?」

「袋小路に――」息が切れる。「追いこもう。ちょうどこの先に神社がある。回りこめるか?」

「ラジャー」

小さな神社の目の前まで来た。確か、名前は天祖《てんそ》神社。高校のころにおみくじで凶を引いて以来、なんとなく足が遠のいていた場所だ。ぼくたちに追われていると気づいている爺さんが、道を曲がろうとする。それを妹が遮《さえぎ》った。咄嗟に、爺さんが神社に入る。やっと追いこめた。

拝殿を背に、爺さんが身を翻《ひるがえ》した。妹が軽く上体をかがめ、臨戦態勢を取る。

「まいった、まいった！　降参だ！」

両の手のひらが、こちらに向けられる。

「やっぱり、若いもんにはかなわねえや。年ってなぁ、いやだねえ」

「……病院に戻ってくれますね？」

しぶしぶながら相手が頷く。いつの間にか雨は止《や》んでいた。妹が重ねて訊《き》いた。

「教えてよ、なんで逃げてたの？」

「いいコンビだねえ」

ぼくは妹と顔を見あわせた。

「いやぁ。朝、妙に体調がよかったもんだからよ。それで、病室を抜け出したんだがな――」

第三話　火　事　編

小高い丘の上に残された、わずかばかりの森にその神社はあった。

夕暮れどきだ。赤く、拝殿が横からの光を受けて輝いている。街が一望できた。追いつめられて観念した爺さんは、とつとつと、ここまでの経緯を語りはじめた。

爺さんは余命いくばくもないと医師に告げられ、松代健康医療センターの終末期医療チームのもと、死を待つ身となった。それが、約二ヶ月前のこと。待遇《たいぐう》に不満はなかった。モルヒネも充分に投与され、死の恐怖は静脈麻酔によってかき消された。

「ご家族は?」

妹がそう訊ねたのは、ぼくたちが終末期の父を在宅介護しているからだろう。

軽く、爺さんが目をすがめた。

「息子夫婦がいるにはいるがな。とても、在宅で面倒を見る余裕なんかねえよ。それに、誰も俺の心配なんかしちゃいないさ。ま、病院に丸投げってやつだ。おっと、同情してもらっちゃ困る。おかげで、俺は俺で気楽にやっているんでな——」

妹が小さく頭を垂《た》れた。顔がかなり強張《こわば》っている。そういう家族がいるということ自体が、彼女にとってはショックであったらしい。

特に気にする素振《そぶ》りもなく、爺さんがつづけた。

「ところがさ! 今朝、気がついたら体調がよくなっていたのよ。ま、全盛期ってほどじゃないがな。それで、試しに病院を抜け出そうとしたんだが……」

現場をナースに見つかり、追いかけられた。

追われれば、勢い今度は逃げる。そこに、ぼくたちが居合わせたというわけだ。聞いてみれば、他愛のない話のようでもある。

「なぜ、抜け出そうと思ったんですか?」

にやりと爺さんが笑った。

それから、パジャマのポケットを探って、煙草の箱を一つ取り出した。

「終末医療に切り替えてから、煙草は自由になったんだがな」

父と同じ銘柄だ。それを一本取り出し、口にくわえる。

「どうせなら、広々とした眺《なが》めのいい場所で喫いたいじゃねえか」

ところで、爺さんがポケットから出したのは煙草だけではなかった。箱と一緒に、小さな石ころのようなものがついてきたのだ。爺さんはすぐにそれを戻したが、妹が見逃さなかった。

「いまのは?」

「ああ。隣室の婆《ばあ》さんがもらった見舞い品なんだがよ。なんでも、一昨日、都内に落ちた隕石の欠片だとか。こんな石ころなんかいらないと言い出して、俺の手に渡ってきた」

ぼくらはまた顔を見あわせた。

それはもちろん、妹が父のために作った隕石のペンダントを思い出したからだ。

「お嬢さんたちには迷惑をかけたな」

軽く、爺さんが頭の後ろを掻いた。

「病院に連絡してくれていいぜ。だがよ、一本、喫わせてもらってもいいかい? ここの神様には、ちょっと失礼をしてだな……」

許可されているというなら、特に反対する理由もない。相手が勝手に火を点《つ》けるのを待った。

街を見下ろしながら、爺さんは肺いっぱいに煙を溜めこんで、ゆっくりと中空に煙を吐いた。

煙が西日を受けて輝きながら立ち上った。

「最高だぜ」

満面の笑みとともに、爺さんがつぶやくのが聞こえた。いったい、この爺さんの心肺機能はどうなっているのか。遅れて、父の煙草と同じ香りがした。そうだ、父も捜さなければ……。

妹がぼくの肩に触れた。

「病院の電話番号を検索して、連絡を入れておく」

爺さんの身の上話を聞いてから、妹の顔はずっと強張ったままだ。

「それと、ちょっと買いたいものがあるから……。兄貴、あとを頼んでいい？」

「わかった」

スマートフォンを取り出してから、やや小走り気味に、妹が境内《けいだい》を離れていく。

「妹さんを大事にしろよ」

背を見送りながら、爺さんが肩を竦《すく》めた。まるで、自らに言い聞かせるような口調でもある。

ゆっくりと、ぼくは爺さんに目を向けて――。

そして、目をみはった。

爺さんの身体は、風呂上がりの湯気のように、赤い霧《きり》に包まれていたのだった。なぜ、いままで気づかなかったのだろう。そうだ、西日になったからだ。いや、それだけではない。境内から見下ろす街そのものが、ぼんやりと、濃淡のある赤みがかった霧に覆われていた。

もう一度、煙をくゆらす爺さんに目を向けた。

湯気とは決定的に異なる点がある。それは公園で見る蚊柱《かばしら》にも似ていた。層流でも乱流でもなく、あるパターンを描《えが》きながら、まるで宿主を守るように、爺さんを取り巻いているのだ。

「すみません」

ぼくはバッグから3Dタブレットを取り出して、許可を得て爺さんの動画を撮《と》った。それから、研究用に使っているアプリケーションで解析にかけてみる。カメラは立体視に対応しているので、三次元的に解析をすることができるのだ。

間違いない。

生物だ。それまで見えなかった小さな虫のような群体が、この刹那《せつな》の夕暮れどきに、光の角度によって目視できるようになったのだ。群体はただ爺さんを取り巻くだけでなく、爺さんが吐き出す煙草の煙にまとわりつき、ダンスでもするかのようにパターンを描いていた。

試みに、家を出る前に撮った動画、父の部屋に残された煙を再生してみた。本物の部屋のように、3D映像が空中に映し出される。赤い群体が架空の煙に寄ってきた。

東京にこんな虫はいない。あるとすれば、そう。微生物サイズの、あるいはそれよりも小さい機械、ナノマシンだ。ぼくが通う大学の悪友は、それを使った気体型のコンピュータを研究開発している。でも、仮にそうだとしても、なぜそんなものがここに?

当然と言えば当然だけれど、このとき、まだぼくには見当もつかなかった。

まさかそれが、隕石によってもたらされた生物、それもガス状の知性体であったなんて。

「どうしたんだい」

一服終えた爺さんが、怪訝《けげん》そうに眉をひそめた。

「俺は、この場所で一本喫えて満足さ。どうだい、そろそろ行かないか」

第四話　親父編

都内では軽いパニックが起きつつあった。

父の捜索願いを出しに行ったところ、街中に、同じような失踪者がいることがわかった。ウェブはすでにこの話題で持ちきりとなり、SNSのサーバーはいっときダウンした。原因は、あの隕石によってもたらされた生物だ。隕石が珍しいあまり、皆が拾い、拡散してしまったことが、事態を悪化させたのだ。

それにしても、謎だらけだった。なぜ、あの煙はぼくや妹には取りつかず、爺さんと、そしておそらく父に取りついたのか。なぜ、取りつかれた者が失踪行動を取るのか。

ぼくは煙の3D映像を使って誘導し、あの生物を家に持ち帰った。

彼らを可視化するための光源として、ウェブのショップから専用のライトを取り寄せた。それから大学へも行かず、部屋にこもって解析をつづけた。父を捜そうともせず、部屋に閉じこもるぼくに母や妹は呆《あき》れた。何をしてるのかと怒鳴られることもあった。介護によって溜まっていた、けれども父の手前、発することのできなかった鬱憤《うっぷん》がぼくに向けられたのだろう。

でも、ぼくは確信していた。

この生物こそが、父につながる鍵なのだと。

微小の機械、ナノマシンを工学部で研究している友人や、さらには情報科で言語処理をやっている友人の助けを借りた。ウェブを通じてディスカッションを重ね、彼らの勧める解析用のソフトも増やしていった。言語処理が必要だと感じたのは、まるで言語を発するように、この生物が特定のパターンを描いていることに気がついたからだ。

直感は当たっていた。

ぼくは3Dタブレットを用いて、機械的に生成した煙の画像を映し出し、生物の取る行動を観測させた。それを自動的に繰り返させ、深層学習を重ね、ついに会話が可能になった。

真相はこうだった。

隕石がもたらした生物のようなものは、かつて滅んだ遠い星系の生物が、自らの情報を転写した、ナノマシンによる気体型のコンピュータであったらしいのだ。彼らは自らを無数の岩石に封じこめ、気の遠くなるような長い期間、あてもなく宇宙を旅してきた。そして、そのうちの一つが、やっとこの星、地球までたどり着いた。

新たな星に着いたところで、彼らは炭素や珪素《けいそ》などを食べ、自己増殖をするようプログラムされている。ただ、資源を食い尽くす意図はないという。たどり着いた星にすでに生態系が存在しているなら、共生を望むということだった。

そうとなれば、話は早い。

ぼくは友人たちと機材を組み上げ、曇《くも》りの日を選び、レーザーとプロジェクション・マッピングを使って、天空の雲に彼らの言語を映し出した。目的はもちろん、彼らすべてに、いっせいにメッセージを伝えるためだ。ぼくらはこの惑星にすでに知的生命がいることや、そして共生のための話しあいの準備があるということを彼らに伝えた。

こうして、パニックは収束に向かった。

ただ、一つだけ皮肉な事実が明らかになった。

それは、地球にたどり着いた彼らが知的生命体だと認識したのが、ぼくら人間ではなく、煙草の煙であったということだ。そして、人間はその器、ヤドカリの殻《から》のようなものなのだと。煙状の生命体である彼らにとっては、それが自然な認識であったのかもしれない。そうして、彼らの新たな仮宿として、都内各地の喫煙者たちが選ばれた。

別段、おかしな話ではないかもしれない。ぼくら自身、遺伝子の乗り物だという説もある。

父が帰ってきたのは、それから四日が過ぎてからだった。

歩いて、そしてチャイムを鳴らして帰ってきたらしい。伝聞なのは、迎えたのが母だからだ。

「やあ」

と、やや面映《おもは》ゆそうに、玄関に立つ父の姿があったと聞く。

案の定、父はぼくらが見つけた新たな生物とともにいた。検査の結果、父の脳に巣《す》くっていた腫瘍は完全に消滅していた。脳のがん、グリオーマの治療が難しいのは、人間に血液脳関門と呼ばれる機構があるからだ。これは、有害な物質が脳に達しないよう、脳を守ってくれる。

けれど、それがあるせいで、抗がん剤を脳に届けるのが難しくなってしまう。ところが、あの新たな生命はナノスケールというサイズであるため、血液脳関門を越えることができる。そして、宿主を守るため、腫瘍を食べ尽くしてしまったということらしい。

やがて胃瘻も取り外され、ふたたび、四人で食卓を囲む日が来た。

この日の食事はぼくの担当だったので、腕によりをかけるべくウェブでレシピをあたっていたのだけれど、母の一声で担当を外され、父の好きな餃子《ギョーザ》が作られることになった。

「長い夢を見ていたような……」

食卓を前に、父はそう独言した。

失踪者たちの目的はそれぞれだった。ぼくら兄妹が会った爺さんは、彼自身が、単に見晴しのいい場所へ行きたいだけだった。父の場合は、脳が一部欠損していたこともあり、あのナノマシンたちが父の思い出の場所でもある修善寺に向かわせ、湯治《とうじ》をさせたのだという。旅費はと訊ねると、簞笥《たんす》にあったクレジットカードを使ったとあっけらかんとした答えが返った。

これから、人類は新たな来訪者とどのような関係を築《きず》いていくのか。

この水の惑星で、すでにあの生命は国境を越え、全世界に広まりつつある。うまく共生できるのか、あるいは新たなトラブルが起きるのか。いや、きっとそれは起きるのだろう。でも、それはもう、ぼくら学生が考えるべきことではない。各々の政府がやるか、あるいはもっと単純に、生活のなかで着地点が見出されていくのかもしれない。

ただ、一つ言えることは、ぼくたちの一家にとっては福音であったということだ。

翌月になれば、父は元の会社に復職する。奇蹟の回復と復帰を受け、技術部は部をあげての歓迎パーティを予定しているとのことだ。ぼくらが思っていた以上に、父は職場で愛され、そして優秀であったらしい。もっともパーティについては、父は乗り気ではなさそうだ。

妹は晴れて進学できることとなり、ぼくは内定を辞退し、大学に留まることになった。

「ちょっと待ってね」

食事をはじめる前に、妹が長い棒を取り出した。あのとき、息子夫婦に厭《いと》われていると爺さんが告白した際、妹が家電量販店に買いに行ったもの。自撮り棒だ。そこに、ぼくの3Dタブレットをくくりつけ、家族四人の写真を撮る。

皆に囲まれて、父が慣れない手つきでピースサインをした。

せえの、と妹の号令とともにシャッターが押された。写真の背後では、肉眼では見えなかった「彼ら」が、同じようにピースサインの形を作り出し、しっかり画像に収まっていた。

エラリー・クイーン数

エラリー・クイーン数

この記事の内容の信頼性について検証が求められています。確認のための文献や**情報源**をご存じの方はご提示ください。**出典を明記し**、記事の信頼性を高めるためにご協力をお願いします。議論は**ノート**を参照してください。（２０２７年９月）

この記事には独自研究が含まれているおそれがあります。問題箇所を**検証**し**出典を追加**して、記事の改善にご協力ください。議論は**ノート**を参照してください。（２０２７年９月）

エラリー・クイーン数（エラリー・クイーンすう、Ellery Queen number）またはクイーン数、エラリー・クイーン番号とは、**二〇二〇年**前後に**日本**で流布した**都市伝説**である。

概要［編集］

エラリー・クイーン数とは**数学**の**エルデシュ数**にちなんだもので、本格探偵小説の作品同士、あるいはもっと広く**推理作家**同士の、トリックやアイデアにおける結びつきにおいて、**アメリカ**の推理作家である**エラリー・クイーン**にどれだけ近いかを表す概念である。**計算機科学**者の**吉沢海里**が、**自然言語処理**と**テキスト自動要約**の技術を応用することでエラリー・クイーン数の計算を可能にした、という主旨の論文を発表したとされるが、これは**二〇一九年**の**インターネット**の掲示板の書き込みを発端とする都市伝説であったことが確認されている［**要出典**］。

定義［編集］

エラリー・クイーン自身はクイーン数0を持つただひとりの人物とされ、クイーン数がnの者と同様のトリック・アイデアを援用した者にはクイーン数$n+1$が与えられる。エラリー・クイーン数を持つ作品とトリック・アイデアにおいて相関が見られない作品については、クイーン数が与えられない（もしくは∞であると定義する）。**エラリー・クイーン**は別名義を持ち、また**シオドア・スタージョン**などの手によるクイーン名義の作品もあるが、これらはすべてクイーン数0として数える。

一般には、クイーン数が少ないほど正統的な探偵小説であり、逆にクイーン数が多ければ多いほど前衛的な探偵小説であるとされる。何をもってトリックやアイデアの相関があると認めるかについては、当該論文が実在しないことから曖昧であるが、これを題材にした探偵小説などにおいては、それぞれに独自の定義がなされている【要出典】。

クイーン数問題〔編集〕

クイーン数問題とは**二〇二七年**に日本で発生した**文壇論争**である。クイーン数問題には前期クイーン数問題と後期クイーン数問題とがあり（後述）、推理作家である**西村三郎**が自著の後書きにおいて「クイーン数1を取得した」と宣言したことに端を発する【1】。このとき**評論家**の**龍山哲治**が「探偵小説としての価値とクイーン数は関係がない」と評し【2】、これがやがて多くの評論家や実作者を巻き込む論争に発展した（前期クイーン数問題）。

そもそも、なぜ都市伝説発生後、八年も経てからこの問題が起こったのかについては諸説あるが、評論家や実作者たちが新刊を読むことに忙殺され、この概念そのものを発見できなかったのだと言われている【要出典】。後に西村は探偵小説の入門者から「クイーン数とは何か」という質問を受け、この問題を知ったと明かしている【要出典】。龍山の主張の骨子は、探偵小説の価値はアイデアやトリックではなくその構造にあり、クイーン数への拘泥《こうでい》はかえって探偵小説全般の出来を落とす、というものである。また**喜多川浩**がこれに追随する形で、「クイーン数が1であるということは、そもそもクイーンのパクリなのではないか」と指摘した[3]。

この直後、**笠原晴信**がやはりクイーン数1の小説を発表していたが[4]、「クイーン数を取得することが目的ではなく、あくまで正統的な探偵小説を書こうとした結果である」と笠原は言明している。これに対して西村は、クイーンのトリックは自分の怪奇的な作風とマッチしており、自作はこれを踏まえたオマージュであり、剽窃《ひょうせつ》ではない旨を説明したが、その後、「どうあれ、これでわたしのクイーン数は1ですね」と発言したことでブログが炎上、閉鎖に至った。

この時期から、クイーン数そのものを題材にした小説が多数発表されることとなった。その多くはいわゆる**メタミステリ**と呼ばれるもので、「クイーン数が∞の小説」「クイーン数がマイナス1の小説」と称する作品群が発表された。こうしたなか、この分野の先駆者である**武川健一**の動向が注目されたが、このころは情熱が薄らいでいたのか、「本格ミステリとは、曖昧な歴史性の上に立っています。クイーン数が明らかになってしまうと、ジャンルの幻想性のようなものが失われてしまうのではないでしょうか。むしろ、わたしはこれにより**スモールワールド現象**が可視化されてしまうことを危惧します」とエッセイで記すに留《とど》め（後期クイーン数問題）、こうした動向は実作に反映されなかった[5]。

梅沢春美はこの武川発言を援用する形で、「とにかくクイーン数を明らかにしてはなりません、武川さんもおっしゃっています」「それを阻止するには、まずデジタル化の流れを止めるべきです」「実作者たちが、自分の力で**コンテンツ**を守る時代なのです」「自分のクイーン数が明らかになるのが怖いんじゃありません」といった一連の発言をしたが[6]、あまりにも時宜を得ていなかったことから賛同は得られず、その後、「怖いんじゃありません」という言い回しが探偵小説ファンの間で密かなブームとなった[要出典]。

誰もがクイーン数の存在を信じているなか、そもそもこれは単なる都市伝説であり、論ずるに価することではないと最初に指摘したのは**杉原道男**だった。これを受け、**福村健**も「最初からわかっていたことじゃないですか」と指摘した。「知ってたなら言ってくれよ」と誰もが言うなか、「面白いから黙って見ていました」と福村は発言し、一同の顰蹙《ひんしゅく》を買っている[7]。その後、**瀬川一成**が「そもそもクイーン数なんてものは、現在の自然言語処理の技術では実測できないのです」と発言したことで[8]、この論争は一応の収束を見た。

脚注［編集］

1. 『奇術師の中庭』西村三郎（2027）
2. 『世界文学と探偵小説　第四回』龍山哲治（2027）

3. 『再改装される密室　第五回』喜多川浩（2027）
4. 『虚空の饗宴』笠原晴信（2027）
5. 「クイーン数問題について」武川健一（2027）
6. 「クイーン数にどう立ち向かうのか」梅沢春美（2027）
7. 「二一七年度本格探偵小説座談会」（2028）
8. 『論理型本格の不気味の谷』瀬川一成（2028）

かぎ括弧のようなもの

もう十年前のことだ。

駒込《こまごめ》に住む女性が、かぎ括弧のようなもので殺されたとそのニュースキャスターは言った。

犯人はいまだ不明、逃亡中と目される。

ぼくは耳を疑った。

バールのようなもの、ならわかる。

しかし、かぎ括弧のようなものとはなんであろうか。

ぼくの疑問をよそに、まもなく、若者たちのあいだでかぎ括弧を持ち歩くのが当たり前になった。もはや、かぎ括弧殺人などは日常茶飯事となり、かぎ括弧詐欺やかぎ括弧自殺、ひどいときにはかぎ括弧雇用などという社会問題まで起きた。

もちろん、この語は歌謡曲にもあらわれた。

かぎ括弧に乗ってアラリスクへ、という歌はチャートに入った。

にもかかわらず、ぼくはそれが何を意味するのかついにわからなかった。

わかった気がした瞬間もあったけれども、それはたいてい酔っぱらっていたり、寝不足だったり、とにかく自分でも何を考えているのかよくわからないようなときだった。

テレビでは評論家が「神話とかぎ括弧は交換可能なのです」と言っていた。

世も末だとぼくは思った。

二〇〇〇年とはそういう年だった。


振りかえれば、ぼくはそのころかぎ括弧に目覚めたのだろう。

ぼくは、鈍くてそのことに気がつかなかったのだ。

そのうち、誰もあえてかぎ括弧などという言葉は持ち出さなくなった。あれだけ複雑に思っていたぼくでさえ、いまでは普通に持ち歩いている。とはいえ、具体的なそれについては、ときおり茶飲み話のあいまに、一抹《いちまつ》のノスタルジーとともに語られるくらいのものだった。

あるとき、旧石器時代の遺跡からかぎ括弧が発見されて話題になった。

これにより、人類は有史以前からそれを手にしていたと目されるようになった。

しかしこの歴史的発見も、たちまちに忘れ去られた。世間の関心事は、すぐに目新しい別の何かへ移っていく。かつて見た評論家は、雑誌で麻雀《マージャン》漫画について熱く語っていた。

なんであれ、目の前にあるものから忘れられていく。

ぼく自身、そうしているように。


その当時のことだ。

ぼくの足下に、一人の老人が横たわっていた。場所は、老人が住む平屋の寝室だ。家具は少なく、古い箪笥《たんす》や鏡台《きょうだい》がじかに畳に置かれていた。

窓は開いていた。

そこから、車の音や呼びこみの声が入りこんでくる。こんなはずじゃなかった、とぼくは無意識につぶやいていた。ぼくはやってなんかいない。

遠くで、夕焼けチャイムが鳴りはじめた。

ぼくは血のついたかぎ括弧を手にしたまま立ちすくんでいた。


かぎ括弧のようなもの、ではなかった。

正真正銘のかぎ括弧だ。

思わず、落ちているのを見て拾ってしまったのだ。反射的に、ぼくはかぎ括弧についた指紋を拭《ぬぐ》うことにした。いや、はたしてかぎ括弧に指紋がつくのだろうか。わからない。

しかし、念には念を入れておいていいだろう。

真犯人を見つけ出すことを心に誓い、ぼくはその場をあとにした。

逃亡生活がはじまった。

路地裏の定食屋で、事件のニュースを目にした。日暮里《にっぽり》在住の男性がかぎ括弧のようなもので殺害されたと、液晶テレビに映るニュースが伝えていた。

見たことのある現場が映し出された。

つづけて若手の評論家が、「この事件を機に、わたしもおおやけに発言しなければならないと感じました」と表明した。

にわかに、かぎ括弧のブームが再燃した。

日暮里の殺人事件は、確実に、日本人の無意識を底から揺さぶりはじめていた。ウェブサービスでは、名前のあとに「@かぎ括弧」をつける人たちが急増した。

その多くは、誠実に、一所懸命、かぎ括弧について語っていたように見えた。このことに、ぼくは少なからず好感を抱いた。

かぎ括弧について語らないのは恥ずべきことだ、というムードさえ漂《ただよ》っていた。

これこそ、求めていたものだったのかもしれないとぼくは気づかされた。

でも、いまとなっては、ぼくは追われる身なのである。

それからぼくは皇居の壕に隠れ、かぎ括弧を棒の先につけ、鳥や小動物を捕《と》って飢えをしのいで暮らした。ラジオの電池が切れ、事件がどうなったのかもわからなくなった。

一度、ワニに襲われたことがある。

このときは、かぎ括弧がぼくを守ってくれた。

一勝一敗だ、とぼくは思った。

むろん山括弧を試してみたこともある。でも、あれはだめだ。何かが決定的に違うのである。あんなに似ているのに、なぜだろう？

言うまでもなく、かぎ括弧の有効活用法はたくさんある。

逃亡生活をつづけたぼくは、いまやかぎ括弧のプロフェッショナルだと言っていいだろう。

それにしても、つくづく、なぜ死体のそばにかぎ括弧など残してしまったのか。いや、答えはわかっている。ぼくは、かぎ括弧に対してアンビバレントな感情を抱いていたのだ。

つまり、ぼくにとってかぎ括弧は強烈な抗《あらが》いがたい魅力を持ち、同時に、忌避すべき対象でもあったのではないか。

なぜ、ここまでかぎ括弧に取りつかれなければならないのか？

あるいは、本当にかぎ括弧で人を殺してしまったのかもしれない——そんな不安な妄想が、ときおりぼくの頭に浮かんでは消えるようになった。

ぼくは一年ほど各地を転々として逃げつづけた。

ほとぼりが冷めたころかもしれないと思い、ぼくは定職につくことにした。

かぎ括弧の工場である。

住みこみで、特に過去を問われなかったことが大きい。それに、何事も得意分野を活かしたものであるほうがいいはずだ。

でも、もちろんそれだけじゃない。

ぼくにはもう一つの目的があった。

いまのぼくにはわかることだが、あの犯行はかぎ括弧のプロの仕業だ。傷口の鋭利さを思い出してみればわかる。犯人は必ず、このような場所で働いているはずである。

ぼくは手がかりが欲しかったのだ。

ところが、得たのは手がかりではなく、山際《やまぎわ》という新たな友人だった。


山際はほかの同僚たちとは一味違っていた。

まとっている空気というものがあった。

かぎ括弧の製作においては、完全なプロだ。たとえば、海外向けの漆塗《うるしぬ》りのかぎ括弧。ガラス製のかぎ括弧。どんな変わり種のかぎ括弧も、山際の手にかかれば一発だった。

「あたらしい括弧を思いついたら、もう試さずにはいられなくて」

と山際は嬉々として語った。

かぎ括弧を手にする山際は、そう、まるでぼくたちの祖先のようだった。

ぼくたちの祖先の伝承には、かぎ括弧についての記述が残されている。

いわく――父からもらったかぎ括弧を手に、山野をかける少年がいた。

彼の前に、一人の少女があらわれる。

やがて二人のあいだに、男と女の子供ができる。

ところが、成長した子供たちは気性があらかった。

息子は父親を、娘は母親を、それぞれ石英《せきえい》のかぎ括弧で殺そうとする。

これに失敗すると、今度は、子供たちは黒曜石《こくようせき》のかぎ括弧で親を殺そうと企んだ。

扱いに難儀《なんぎ》した両親は、子供たちを暗所へ閉じこめてしまう。二人は一計を案じ、娘が父親を、息子が母親を殺そうとする作戦を立てた。今度はうまくいった。しかしそれと引き替えに、二人はかぎ括弧を永遠に見失ってしまった。

この話は、文献に登場する人類最古の交換殺人であろうと目されている。

この手の話は、世界各地の神話や伝承にちらばっている。


朝、出勤すると警官が待ちかまえていた。その足で、ぼくは警察へ赴《おもむ》くこととなった。

取り調べを受けながら、ぼくはできる限りの釈明をした。

まず、何より殺してなどいないこと。

盗みに入ってみたら、死体があって、気がついたらかぎ括弧を手にしていたこと。

「それに」と、ぼくはパニックに陥《おちい》ったままつけくわえた。

仮にぼくがやったとしても、現場に凶器を残すなどという馬鹿なことはしない。

まだしも、肌身離さず持ち歩く。だいたい、落ちていた凶器をつい拾ってしまったなんて、よくあることでしょう?

「とても個性的なご意見です」と取調官は苦笑いした。

ところで、当時ぼくは知らなかったのだが、これが冤罪《えんざい》であるとする署名運動がウェブで広まっていた。かぎ括弧とは日本人の無意識を揺さぶるものであり、そしていまや、かぎ括弧について語らないのは非国民だというムードさえあった。


まもなくぼくは起訴され、実績があるという弁護人を一人つけられた。

「凶器はかぎ括弧ではなかったのです」とその弁護人は主張した。

法廷がざわついた。

「あれは、かぎ括弧のようなものだったとしかわかっていない。では、なぜそれがかぎ括弧だということになってしまったのか。それは、かぎ括弧のようなものという常套句《じょうとうく》が、おのずと、我々にかぎ括弧そのものを連想させるからです。しかしながら、皆さん、実際に用いられたのが山括弧ではなかったと誰が断言できるでしょう?」

「異議あり」と検察官が言った。

「認めます」と裁判官が言った。

ざわつく傍聴席をよそに、弁護人は涼しい顔でつづけた。

「事件当時、被告人はパニックに陥って、指紋を拭った括弧を現場に残したと供述している。このことが、決定的に真相を覆い隠す結果となりました。それはなぜか?」

そうです、と弁護人が指を立てた。

「自殺してから凶器の指紋を拭う人間はいないからです。そう、あれは殺人ではなく自殺だった。いっとき話題となったかぎ括弧自殺――この事件は、その変形であったのです」


ここで、いつか見た評論家が証言台に立った。

「かぎ括弧と山括弧の区別は非常にあいまいです」と証言がはじまった。「わたしたちは通常、どこかが違うというあいまいな感覚でのみ、それらを区別しています。このような不透明かつ不確かな差異が生まれたのは、バブル以降の日本の……」

「いいでしょう」と弁護人が言った。「それでは、もう一度ご覧ください」

弁護人は凶器の括弧をスクリーンに映し出した。それは、かぎ括弧であるようにも、山括弧であるようにも見えた。裁判官がスクリーンに向けて身を乗り出した。

「うむ……」と裁判官が煮え切らない表情を見せた。「これは、確かに……」

ここで検察官が発言を求めた。

「凶器がかぎ括弧であろうと、山括弧であろうと、それは大きな問題ではありません」

「うむ……」と裁判官がまた煮え切らない表情を見せた。

「凶器がかぎ括弧であるか山括弧であるか。もちろん、大きな違いであると言えます」

弁護人の表情は変わらずに涼しげで、真意はわからなかった。

「では具体的に、どのような手段が用いられたのか。ここで死者が用いた方法は、山括弧をブーメランのように投げ、自分で自分を刺殺するというものだったのです。さて、皆様、ここで検屍《けんし》結果をご覧ください……」

あれはかぎ括弧殺人ではなかった！

署名運動をしていた人々は、一転、ネットでぼくを叩きはじめた。

弁護もむなしく、ぼくは懲役刑《ちようえき》と所有している括弧の没収を言い渡された。

ぼくは控訴した。

一度、山際が拘置所へ面会にきた。ぼくたちは向かいあったまま、しばらく喋ることができなかった。

「待ってる」

結局、山際がそう一言だけ漏らしたところで、時間になった。

控訴は棄却された。


しかし、当面の問題は、ぼくが犯人ではないことだ。

犯人だったのかもしれないと思うことはあるが、そうでない蓋然性《がいぜん》が高い。

それに、山際はぼくのことを待っていると言ったのだ。

くすねた食器から、ぼくはあたらしいかぎ括弧を作ることにした。それを使って、いま、監視の隙を見ながら壁を掘っているところだ。出口まで、もうあとほんの少し。

ぼくだって、かぎ括弧の扱いにおいてはプロなのだ。
これくらい朝飯前でなくてどうする。

クローム再襲撃

その晩、つまりクロームを襲ったあの夜が暑かったかどうか、僕はいまもって確信が持てない。おそらくそれは、暑いとか暑くないとかいう基準で推しはかることのできない問題だったのだろう。何はともあれ、僕は相棒のボビイのロフトで、明確な意図を持ってクロームを襲った——ということになる。

外の商店街は明るかった。それは一種異様なまでの明るさだった。

ロフトに来るまでの道、僕は何匹もの蛾が照明にぶつかっては落ちるのを見た。僕に理由を訊《たず》ねられても困る。蛾とは、そういう生き物なのだ。

そのようなこともあって、ボビイのロフトはいっそう暗く感じられた。工作台を兼ねたデスクに剝《む》き出《だ》しの基板が置かれ、その発光ダイオードが青く灯るばかりだ。

壁紙の色さえわからないし、実際、僕はボビイのロフトの壁紙の色を知らなかった。ただ、目の前に灯る発光ダイオードは、趣味のよい上品な色に見えた。ひとくちに青といっても、上品な青と下品な青とでは色そのもののなりたちが違うのだ。

ロフトに家具らしい家具はほとんどなかった。壁には絵やカレンダーはおろか、時計さえかかっていない。余分なものは何ひとつとしてなく、事実それで困るというわけでもなかった。ボビイの自慢の基板は、どこにでもあるマザーボードとそう変わりないように見えた。彼なりの改造が施《ほどこ》されているそうだが、どのようにチューニングされているのか、僕には知りようがないし、知りたいと思うような強い動機もなかった。

望もうが望むまいが、素子の一つひとつまで憶えておかねばならないような時代ではもうないからだ。このことについて、僕がどんな風に考えたところで、それで何かが変わるというものではない。そういうのは、ただの考えかたに過ぎないのだ。

僕はデスクの前に二つ並べられた椅子の一つに腰を下ろし、冷めたコーヒーをひとくちに飲みこんでから、頭にヘッドセットをつけた。

ヘッドバンドを締めたところで、完全な暗闇《くらやみ》に包まれた。針の先ほどの光もない完璧な暗闇だった。いったい何をやっているのか、自分でもよくわからないくらいだ。まるで車のトランクのなかで忘れ去られたボストンバッグのような無力感が僕を襲った。

「何か見えるか?」とヘッドセットの外からボビイの荒っぽい声が聞こえた。

「何も」と僕は言った。

「気に入ったか?」

「悪くないよ」と僕は正直に答えた。

こちらから合図を出すまでもなかった。すぐさま、中国製のプログラムの入ったメモリスティックが差しこまれる音がした。それは本当に一瞬のことだった。澄み渡った二月の空のような淀《よど》みない手つき、自信満々の子供が、流行《はや》りのゲームで追加のレアアイテムをせしめようとスマートフォンを弄《いじ》る、あの手つきが思い出された。

やれやれ、と僕は思った。

やがて懐かしい環境光が灯り、ごつごつとしたバンプマッピングの岩肌を目の前に照らし出した。僕はゲーム機用の汎用コントローラーを手に、道に迷わぬよう、慎重に周囲を見回した。人々の神経網は、手入れを怠《おこた》った週末の朝顔みたいに複雑にからみあっている。それを便宜《べんぎ》的に可視化したのがこの洞窟だ。もちろん、洞窟ではなくアフリカのサバンナであっても構わない。とにかく、僕たちは便宜的に考える必要というものがあるのだ。洞窟であるかどうかは皮相的な問題に過ぎないし、そのことで僕が具体的に何か困るわけでもなかった。

足元を覗くと細く水が流れていた。

その上流から、クラクションとともに三輪タクシーが僕の横をかすめ、通り過ぎていった。千葉市と書かれた標識が農作業でくたびれた牛のように傾き、その行き先を指していた。

「喜べ」とヘッドセットの外からボビイの声がした。「たったいま、俺たちは東部沿岸原子力機構の調査エージェントになったぜ……」

東部沿岸原子力機構、と僕は思った。

「あとは光学繊維の交差点を突っ切っていくだけ。電脳消防車のサイレンを鳴らしながらな」

「あるいはね」と僕は言った。

前方や後方でほのかな光がちらちらと揺れていた。黒装束のアバターたちの頭についたヘッドライトだ。彼らの正体についてはわからないし、僕も知ろうとは思わない。知ったところで僕たちの目的は変わらないし、誰しも事情があるというものだ。

足跡を残さないよう慎重に、僕らは一気に千葉市まで飛び、そこから六本木《ろっぽんぎ》へ、そしてバングラデシュ、イラン、ナイジェリア、スペインへと歩みを進めた。それから僕たちは世界中の企業や自治体を尻目に彼女《クローム》のデータ基地に直行し、その前で足を止めた。

ミシシッピー州をゆっくり横切る巨大な竜巻のような炎の壁が城を取り囲み、僕たちを阻《はば》んでいた。

クロームに関する噂はいくらでもある。たとえば、自分を裏切った相手に何年もかけて命を奪う悪性の腫瘍《しゅよう》をプレゼントしたとか。しかし、それは僕たちには関わりのないことであったし、積極的に関わろうとする理由もなかった。少なくとも、いまのところは。

手はじめに、僕は眼前のクロームのアイコンを、巻き毛がはらりと垂《た》れたリッキーのそれと差しかえた。ふと、僕はリッキーの声を聞いた気がした。ねえ、わたしとても幸せよ。

「ざまあ見やがれ」とボビイがやかましく叫んだ。「いま、クロームに伝えてやった。我々をなんと心得る、おそれおおくも国税局の会計監査と最高裁の召喚令状三通だぞ、ってな……」

ボビイと最初に会ったのは、空がまだわずかに春の輝かしさをとどめている五月のはじめだった。それから一夏かけて、僕たちは何かに取りつかれたようにプール一杯ぶんのビールを飲み干した。

ボビイはカウボーイだ。

〈ジェイズ・バー〉はそんなカウボーイや鉱山掘り、ガジェット好きがたむろするバーで、だいたいにおいて、煙草《たばこ》やウィスキーの香りが層をなしてカウンターに淀んでいた。ボビイはそこでいつも目にする若年寄りの一人だった。

堅気のエンジニアは、データの塔が無限につらなる広場のなか、雇い主に自らをつなぎとめ、職場をとりまく炎の壁で自らをも取り囲む。僕たちはというと、その伸び広がった人類の神経系を外側から物色し、データやコインをかすめ取っていく。馬はボビイのハードウェアで、ロープは僕のソフトウェア。二人で一つ。

それが僕たちの2026年のライフ・スタイルだった。

あくまで公平を期すなら、僕たちは腕は立つものの落ち目の二人だと言えた。ジェイズ・バーの常連に訊《き》いても、おそらく同じ答えが返ったと思う。そのことについて、特に異論はない。事実、僕たちは落ち目であったし、そのことを取り立てて疑うこれという理由もないからだ。

二人とも、ここ一番の大勝負となると縁がなかった。

あるいは、縁があったとしても、結果はまったく同じということになるかもしれなかった。

僕は僕で、家賃が払えて清潔なシャツがあればそれでいい。そしてボビイが力を発揮するのは、女がからんだときだ。いま振り返るなら、いつも決まってと言っていいほど、ボビイは女性によって自分を占っていた。

この件について、僕は特に興味を持っていないし、何かを言う権利もない。

その日、僕はジェイズ・バーのカウンターで1269杯目のビールを飲んでいた。はじめて目にしたリッキーは、遠くの離れた席で居心地悪そうに腰かけ、氷がほとんど溶けてしまったグラスの底をストローでかきまわしていた。

「もう来ないかと思ったわ」

それは僕にかけられた声ではなく、バーの戸口に立つボビイに向けられたものだった。ボビイの視線が、なにかしらを僕に告げていた。この手の勘だけは、僕は人並みに鋭いところがあるのだ。僕は誰にともなく頷《うなず》き、カウンターの向こうのジェイに会計を頼んだ。

地下にはいろんなやつらがいる。やみくろとか記号士とかそういう連中が、お気に入りの工具を手に、手近な政府や企業に掘るべき穴がないか探りを入れている。どこにでも、そういう人間はいるものだ。僕らは彼らの横を通り抜け、ゆるいカーブを切ってクロームの炎の壁に突入した。

なんであれ、入口と出口がある。それは彼女の城にしてもそうだ。

炎の壁が最高裁の召喚令状を受け流すより前に、中国製のプログラムが内側から門の一つをこじ開け、濡れて身体を震わせる犬みたいにウイルスをばら撒《ま》いた。たえまなく変異をつづけながら、クロームの炎の城を冷やしこみ、白日のもとにさらすための種子の一粒一粒を。

触覚はなかった。あったとしても、僕たちはそれを持て余すだろうし、触覚がないことは集中が高まっている証拠とも言えた。どちらにせよ、それはたいした問題ではなかった。

無意識と言ってもいいくらいの漠然とした目つきをした肉体が、どこか遠い彼方にある。それだけだ。その喉元に、たえまなく刻まれるマイクロ秒の刃が突きつけられている。出口を塞いでしまわないための、僕らに残された時間が。それは短すぎるとも言えたし、長すぎるとも言えた。どちらの解釈を選ぶにせよ、時間は僕たちと関わりなく流れていく。

ボビイがジェイズ・バーではじめてビールを飲んだのは、十八歳のころだ。

それから何千本ものビール、何千個のフライド・ポテト、ジューク・ボックスの何千枚のレコードが彼を過ぎ去った。何もかもが少しずつ、しかし取り返しのつかないくらいに昔とは違ってきていた。……二十八歳、引退するには悪くない歳だ。

要するに、ボビイにとっては、まとまった金を稼いでジェイズ・バーを離れるいい時期が来ていたのだ。しかるべき時がやってきて、誰もがカウボーイをやめる。それだけのことだ。

とはいえ、ボビイは何かしらのきっかけと呼べるものを必要としていた。それはただ腹が減ったからパンを食べるといった漠然としたきっかけではなく、もっと純粋な、きっかけそれ自体として屹立《きつりつ》する、流れゆく流氷に一羽立つ鶴のようなきっかけであった。

かくして、万能札が僕たちの前に出現した。

それは確かに、出現と呼ぶに値するものだった。ほとんど必然と言ってもいいくらいそうなるべくして、リッキーはボビイが欲しくても手に入れられずにいるすべてのもの、手に入れたが持ちつづけられなかったすべてのものの象徴に仕立て上げられた。

巻き毛のリッキー。

ボビイにとっての、コインの裏表みたいにすべてを変えてくれる万能札。

そのことが良いとか悪いとかいう話ではない。彼女が空腹で、はつらつとして、物憂《ものう》げで、美しく、上気した、そのすべてをあわせた現実の生身の人間であるかどうかは、ボビイにとって関係がないか、あったとしてもささやかな違いでしかなかった。


起こったことは起こったことだし、起こらなかったことは起こらなかったことだ。未来のみがわからない。しかし僕たちが歩んだ道を振り返ると、そこには依然としてなんらかの不確かさが横たわっているように感じられる。

あの雨の日に僕が考えていたのは、だいたいにおいてそういったことだった。

たまたまボビイが外出し、僕はリッキーとともに彼のロフトに取り残された。デスクの基板の横にはリッキーの持ちものが並び、彼女は彼女で、僕の椅子にすわって右手の小指に黒のマニキュアを塗っていた。僕は所在なくボビイのベッドに腰かけ、失われた大陸のことを思った。

「ねえ」とマニキュアを塗り終えたリッキーが椅子をこちらに向けた。「その左手の小指、どうしたの？」

僕には左手の小指がない。普段なら、あえて人に話すようなことでもない。しかし、この場面では素直に答えるのが自然であるように思えた。それくらい、リッキーの所作は自然だった。

「事故でなくしちゃったんだ」

「どんな事故？」

「ウイグルを旅行してたところ、車の事故にあってね」

「ふうん」

リッキーが工作台を離れ、ベッドの傍《かたわ》らに跪《ひざまず》いた。

僕は残された九本の指を揃《そろ》えて、彼女の眼前に差し出した。乾ききっていないマニキュアに気を使いながら、ピンク色にひきつれた傷痕の外べりにリッキーが人差し指の腹を触れさせた。ほかの女性がそこに触るときには、そこから手首、肘、肩へと進む。

しかしリッキーの指は僕の手から離れると、かつて小指があった宙空を慈《いつく》しむように這った。

「いま、どこにあるの？」

「何が？」

「小指よ」

「忘れたよ」僕はそう言って笑った。「そんなこと訊いた人、きみがはじめてだ」

強い風が十一月の凍てついた雨粒を無造作にガラス窓に叩きつけていた。僕はボビイのベッドの上で時間を確認しようとしたが、結局、面倒臭くなってやめた。いまが何時だろうが、たいした問題ではないからだ。

どうして僕がそのような考えかたをするようになったのか、僕にはよくわからない。

一度だけ瞬《まばた》きをしてから、僕は意識のすべてをクロームの城に向けた。クロームのまやかしの城は見る側の遠近感を狂わせてより大きく見せるよう、上のほうが小さく設計されている。そのかわりに、彼女特注の豊かなテクスチャが細部にわたって貼りつけられていた。

中国製のプログラムは役目を果たした。

城を取り囲んでいたレンダリングの炎の壁は音もなく光の蝶の群れに変わり、マトリックスの虚空の果てへといっせいに飛び立っていった。やがてクロームの闇の奥の核心、無防備なコアデータの白い球体が城の深くに浮かび上がってきた。だんだんと、夢とレンダリングの区別がつかなくなってくる。僕は生あたたかい混沌に包まれつつあった。

〔僕を〕

区別——レンダリング

なってくる。僕は生あたたかい

首筋にあてられた冷たい缶の感触で目を覚ました。

状況から察するに、僕はボビイのロフトで中国製のプログラムを解析していたところで眠りに落ちてしまったらしい。

リッキーの姿はすでになく、かわりにボビイがコーラの缶を突き出していた。

時刻は昼過ぎだろうか。ロフトはいつも厚いカーテンで窓を塞がれ、こちらの時間感覚を狂わせる。やがて堪《こら》えがたいほどの空腹感に襲われた。昨夜から何も食べていないことを思い出し、僕は勝手にキッチンに立ってパスタを茹《ゆ》ではじめた。

ダイアル式のタイマーをかけながら、昨日の解析の結果を思い出した。

中国製だと聞かされて何気なく買ったプログラムは、人民解放軍による軍用のものだった。まるで、飛び出しナイフを買おうとして中性子爆弾をつかまされたようなものだ。

プログラムのことをボビイに教えるべきか、それともそれを処分した金でリッキーを新たな土地にでも誘うか、僕自身、考えあぐねていた。それはどちらもが正しく、そして同じくらい間違っていることのように思えた。

そのうちに背後で薄明かりが灯った。振り向くと、デスクのディスプレイ・モニターにどこかのアドレスを示す十数桁の数字と、アクセスが拒否された旨の表示があった。

「どこのだ?」

キッチンのシンクに寄りかかって訊ね、それからやっと相手の風体に気がついた。ボビイは何日ぶんかの無精髭《ぶしょうひげ》を生やし、古い革のジャケットを肩にひっかけて立っていた。間違えてウラジオストク行きの貨物船に乗ってしまった鼬《いたち》のように頬が痩せこけている。

「クローム」とボビイは歯を見せずに笑った。

クロームの顔はジェイズ・バーで一度見たことがあった。たまたまショットバーを探して入ってきたのか、それとも庶民の生活調査にでも来たのかはわからない。あるいは、その両方であるのかもしれなかった。ジャケットはピンク、髪の色もピンク、虹彩もピンクだ。

そのかわいらしいハート形の顔のまんなかに、性悪な一対の目がくっついていた。

最初は脳下垂体ホルモンの売人からはじめたと聞くが、そのことにさしたる興味はない。誰しも何かからはじめるものだ。生まれはこの街で、やがて縁が切れて〈ザ・ボーイズ〉の一員として悪名を馳《は》せていた。もう、彼女に脳下垂体ホルモンを求めても売ってはもらえない。誰もが知るあの〈青い灯の家〉の持ち主に納まっているからだ。

関わりあいにならないよう、僕は目をそらして１０４２杯目のビールを傾けた。

「落ち着け、逆探知はされていない」

ボビイは右手だけで、ほとんど優雅とも言える手つきでコーラの缶を開けた。

「モンバサの三重盲検レンタル・システムと、アルジェリアの通信衛星経由でアプローチした。クロームからすれば、覗かれてることまではわかっても、逆探知までは無理だろうな」

この点は、ボビイの言う通りかもしれなかった。もし逆探知されていれば、僕たちは死人も同然だ。このロフトにだって、とっくに対戦車擲弾《てきだん》が打ちこまれていてもおかしくない。

「なんでまたあの女を？　血迷ったか？」

「数分だけ話を聞いてくれるか」

僕は鍋とキッチンタイマーを順に一瞥《いちべつ》してから、ゆっくりと頷いてみせた。

「この街のセックス・ビジネスの金の流れはわかってるな？　クロームは〈ザ・ボーイズ〉の表看板なだけじゃない。〈青い灯の家〉の上がりを一手に支配しているんだ」

「さて」と僕は言った。

「さてだって？　いいか、俺は……」

「原則を思い出せ、ボビイ」

努めて冷静に、噛んで含めるように僕は言った。

「〈ザ・ボーイズ〉とはいざこざを起こすな、だ。わかるな。それで、僕たちもまだ生きてるんじゃないか」

「俺たちが貧乏なのもそのおかげだ」

忘れもののチョップド・サラダを取りに走るビジネスマンみたいにボビイがキーボードを叩き、すぐに画面が切り替わった。目で追えないくらいの速度で、何かのログが上に向かってスクロールしている。

ボビイがキーを叩くごとに、やがて一つのパターンが浮き上がってきた。正直に告白すると、僕はこのとき衝撃にも似た感動を覚えていた。彼に、まだこれだけの手際があったとは思いもしなかったからだ。

「わかるか。一時間二十分おきにやつらの通信衛星に入っていくパターンがある。クロームが毎週やつらに支払う負の利息だ。俺たちだったら、まる一年の生活費だぜ」

「誰の通信衛星だって？」

「あの女の取引銀行。つまりこれが、あの女の預金通帳ってわけさ。そこでだ、相棒。何かいいツールはないか？　現状、猫の手だって借りたいところでな」

僕はなるべく聞くまいと努めながら、フライパンにオリーブオイルをひいて、あらかじめ切っておいたガーリックを炒め、トマトを潰し入れてからコンソメとローリエを加えた。

「俺は彼女のためにやるんだ」と背後でボビイが訴えた。「彼女のためだ。わかってるよな」

闇の奥のコアデータの球体に向けて、ノードが迷路をなしてつらなっている。夢と現実の境《さかい》目《め》で、僕たちはフルスピードで最適な経路を探しながら下へ潜っていく。あるいは、僕たちは浮上していたのかもしれなかった。正確なところはわからない。前後の状況を考えあわせてみて、潜っていたと便宜的に決めただけの話だ。深夜の高速道路の直線を走りつづけるのにも似ていた。ただの推測で、根拠というほどのものはひとかけらもない。

黒い炎。そのことは考えるな。

いま、ジェイズ・バーはその噂で持ちきりだ。もっとも、実際に目にしたという人の話は聞かない。あくまで噂だ。伸び広がった人類の神経系が生み出した神話の一つかもしれない。皆に言わせるなら、それは一種の神経フィードバック武器で、一回でも接触すれば命がない。心を内側から食いつくされ、あとには何も残らなくなるのだと。

「何も?」と僕は好奇心にかられ、その日はじめて会った隣の客に訊ねた。

「何もさ」と男が答え、来たばかりのオン・ザ・ロックのグラスを傾けた。

ツァイス・イコンの義眼をつけた女。

豪華なパンフレットの一番上の写真には、だいたいそのようなキャプションがつけられていた。リッキーを捜《さが》しまわり、ようやく見つけたカフェでのことだ。テーブルのパンフレットを、彼女はやや疲れた顔で見下ろしていた。

「まだやってるのか、目のウインドウ・ショッピング」

「友達が買ったばかりだからね」とリッキーが警戒するように応じた。「おかしいと思う?」

リッキーの憧れは、ハリウッドか、あるいは千葉市あたりの仮想体験のスターだ。イコンさえ手に入れれば、機会が巡ってくるかもしれないと彼女は考えている。別にその考えを否定するつもりはない。

実際、リッキーは仮想体験のスターたちと似た雰囲気があるのだ。

「おかしくないよ」と僕は言った。「何一つ、おかしいことなんてない。ただ、べらぼうな値段じゃないか。きみはそんな大ばくちをやるようなタイプじゃない」

「でも、イコンは欲しい」

「……もしボビイに会いに行くなら、連絡があるまで動くなと伝えてくれないかな」

「仕事ね?」

「あるいはね」と僕は応《こた》えた。

便宜的に分類するなら、それは仕事というよりも暴挙と言えたかもしれない。クロームをつけ狙ったところで、いいことなど一つもない。僕はそのことを考えないようにしながら、まるで酸に侵食されていく鉄のようにしかるべき作業を進めていった。

僕はマネー・ロンダリングの道筋を立てるために197本のメールを書き、その間、ボビイからどれだけリッキーを愛しているかを聞かされつづけた。僕はそれから逃れるようにいっそう作業に徹し、結局、マカオの株式仲介人にあたりをつけた。

〈青い灯の家〉の稼ぎを巻き上げることが名案なのかそうでないのか、僕にははっきりしたことが言えなかった。たとえいんちきな売春宿であっても、いんちきであるかどうかは、僕たちに関わりないことだ。告白しておくと、僕は〈青い灯の家〉で気の滅入る一夜を過ごしたことがある。しかし、この件について僕は語りたくないし、そんなことがクロームを狙う理由になどなるわけもない。そもそもクロームを狙うにあたって合理的な口実などあろうはずもないし、それよりも僕たち自身が、口実を必要としていなかった。

あるいは、僕たちは仕事でも暴挙でもなく、純粋な行為としての襲撃計画を練っていただけなのかもしれなかった。僕たちは二人ともが死ぬ覚悟だった。むしろ、死にたいと願い、そう思うほど行為に没頭しているように感じられることもあった。

一度ならず、人生にはそういう局面があるものだ。

別の言いかたを選ぶなら、僕たちは完璧な絶望を求めていたのかもしれなかった。そのようなものが実際にあるかないかは、僕たちにとって問題ではなかった。

ボビイは襲撃のための一連の指令を作るのに没頭していた。その指令をクロームの神経網にぶちこむのは、僕の役割だ。その間、ボビイは中国製のプログラムが暴走しないよう、挙動を抑えるのに手一杯になるだろう。中国製のプログラムは複雑すぎて、とても僕たちには修正できなかったからだ。それはラッシュ・アワーの新宿《しんじゅく》の時刻表みたいにこみいっていて、暴れ馬となったプログラムをボビイが抑えていられるのは、せいぜい二秒間ほどだろうと思われた。

二秒間。——長い時間だ。

それから、僕はマイルズというジェイズ・バーの住人を捕まえ、ある時刻に僕と連絡がつかなかった場合、すぐにリッキーに封筒の金を渡して列車に乗せてやってくれと仕事を頼んだ。ボビイから聞かされる話は、彼のリッキーへの愛情や金の使い道ばかりで、失敗した場合にリッキーがどうなるかはすっぽりと抜け落ちていた。

闇の奥の静まりかえった中心で、擬似システム群が道を切り拓いていった。チャンスは一瞬だ。僕はボビイお手製の指令パッケージを、クロームの冷たい心のまんなかに接続した。

「あの女を焼きつくせ、これ以上抑えるのは無理だ……」

中国製のプログラムのそばをすりぬけ、僕らは真上に飛び出し——あるいはそれは、真下であったかもしれない――ボビイは最後の一秒を必死にコントロールしてのけた。
遅れて、影の腕が痙攣しながら外に伸びてきたが、それが彼女の最後の抵抗だった。腕はやがて城とともに折り紙のように畳まれていき、闇に消えた。ここにないクロームの叫びを僕は聞いた気がした。大通りを横切ろうとして車を前にした錆《さ》びついた自転車のような声だった。

襲撃は八分足らずでけりがついた。

思いのほか早く終わったとも言えたし、時間をかけすぎたとも言えた。別にどちらであってもいい。そういうことを決めるのは歴史家の類《たぐ》いであって、僕たちではないからだ。

ヘッドセットを外したところで、視野の隅のほうから順番に意識が戻ってきた。まず右端のバスルームのドアと、左端にあるディスプレイ・モニター。やがて、それらがだんだん内側へ移行していき、ぴたりと中心で像をなした。

ハンダと汗の匂いのする、いつものボビイのロフトだ。

ディスプレイに表示されたクロームの預金額は、僕たちには動かしきれないほど大きい。しかし、ここで身ぐるみ剝《は》いでおかないと、彼女は雨の日のエアーズロックの頂上にまでだって追いかけてくるだろう。それで、僕たちはチューリヒの預金残高の大半を一ダースほどの慈善団体に寄付することにした。残りの一割弱をいただき、マカオの組織に送金する。まもなくして、手数料の六割を引かれた洗浄済みの資金が、僕たちのチューリヒの口座に振りこまれた。

クロームに逃げ場はない。

彼女は文無しの境遇に戻ったのだ。あとは、夜に潜む無数の敵が彼女を追いかけ、狩り立てることだろう。朝まで命がもつかどうか。僕は城に閉じこもったピンクの兎《うさぎ》のことを思った。ゼロが次々と並ぶ様子を、しかし僕たちはなにがしかの無感動とともに見守っていた。

達成感のようなものはなく、ただ、起きるべきことがしかるべく起きたような感覚だけが残っていた。たぶん、僕たちは疲れてしまっていたのだろう。だから、マイルズからの呼び出しにもしばらく気がつけなかった。

「おい、どうなってんだ、あんたの女は……」回線越しに聞こえてきたのは、明らかに動揺したマイルズの声だった。「こっちじゃ、妙なことになってってよ……」

「どうしたのかい?」

「あんたに言われた通りに尾行していたんだがよ。あの女、しばらくジェイズ・バーで過ごしたあと、地下鉄に乗って、それから何処へ行ったと思う? あの〈青い灯の家〉さ」

リッキーは従業員専用の裏口から〈青い灯の家〉に入ったため、マイルズはそこから先を尾行できなくなったそうだ。しかしまもなくその必要もなくなった。七つの非常ベルが婚礼を告げる鐘みたいにいっせいに鳴り響き、人々が飛び出し、機動隊が駆けつけてきたからだ。

リッキーの行方はわからないというので、僕は封筒の金を取っておいてくれとマイルズに伝えた。通話を切ると、シャワーを済ませたボビイが裸の胸をタオルで拭いていた。

「早くリッキーに伝えたいもんだぜ!」

「そうするといい。僕はちょっと出かけてくるよ」

夜とネオンのなかに出て、人波に流されるままあてどなく歩いた。

僕は集団有機体の単なる一分節、街の底を漂《ただよ》う意識の一片になろうと努めた。しばらくのあいだ、何も考えずに足を片方ずつ前に出していた。右、左。その次は、右。リズムさえ保てばどうということはない。やがてすべての意味がはっきりした。リッキーは金が欲しかったのだ。


僕はほうぼうを訪ねて回ったあと、やっと例のカフェでリッキーを見つけることができた。

彼女のサングラスがすべてを物語っていた。サングラスが外されたとき、僕にはすでに心の準備ができていた。青。風のない日のアドリア海の水面《みなも》のような、あの澄んだ深い青だ。

「きれいだ」と僕は思ったままを口にした。「金が作れたんだね」

「うん。でも、もうあんなやりかたじゃ作らない」

僕は〈青い灯の家〉について考えまいとした。僕がそれについて考えようと考えまいと、なんら状況に変わりはないのだし、僕が彼女の選択について何か口を挟む権利もないからだ。

「ハリウッドまでの片道切符を買ったの。もしかしたら、千葉市へ行くこともできるかも」

「ボビイに会ってやってくれないか？　きみを待ってるんだ」

「だめ、彼は理解してくれないと思うの」

僕は一応リッキーをボビイのロフトにつれて帰ったが、彼女の言った通り、ボビイの理解を得ることはできなかった。しかし、彼女はボビイにとっての役目を立派に果たしたのだ。それ以上の何があるだろう？　廊下へ見送りにも来ないボビイのかわりに、僕はバッグを下ろしてリッキーにキスをし、メイクを崩してしまった。嚙んだストローを通してシェイクでも飲むみたいに、言葉のないどこかで急に息がつまった。

僕はスマートフォンを手に取り、リッキーが乗る予定のエアラインの窓口を呼び出した。係員にリッキーの本名とフライト・ナンバーを告げ、行き先を千葉市、片道を往復にしてくれるようにと頼んだ。最初、係員は明らかに怪しんでいたが、僕のクレジットカードの信用状態が調査されたところで、すぐに態度が変わって要望が聞き入れられた。

しかし、彼女は復路を払い戻すか捨てるかしたようだ。

ときおり、画一的な仮想体験のスターが並ぶ広告に彼女の影を見ることがある。彼女たちは画一的なあまり、ほかの誰の顔のようにも見えてしまうのだ。直線の大通りの彼方に彼女の姿を眺めるとき、リッキーは決まって僕に手を振り、別れを告げる。ねえ、わたしとても幸せよ。あるいは、彼女はやはりハリウッドへ行ったのかもしれなかった。そこで彼女が何をやろうと自由だ。読みかけの本を開いてもいいし、買ったばかりのレコードを聴いてもいい。どちらであっても、悪くない選択だ。

星間野球

野球盤——野球を題材とした盤上遊戯。野球のグラウンドを模したボード上で、主に守備側はレバーを使って金属球を投げ、攻撃側はバネ仕掛けによってバットを振る。磁石が仕込まれており、カーブやシュートを投げ分けることができる。機構やルールはメーカーによって異なるが、打球が盤上のどの穴に落ちるか、あるいはどこで止まるかによって、ヒットやアウトの判定がなされる。

九回裏。

ここまでのスコアは、マイケルがリードしている。だが、ツーアウト満塁である。一打出れば、逆転サヨナラだ。長い時間、マイケルは投球のレバーを引くことをためらっていた。杉村《すぎむら》は、まっすぐにマイケルの手元を見据えている。

二人の額からは、汗が玉となり噴き出ている。

ふう、とマイケルがため息をつくとレバーから手を放した。

「いいのかい。こんなゲームに、おれたちの命運を賭《か》けちまって」

「そっちが言い出したんだ。それに、どのみちここまで来ちまったんだ」

「いいんだな」

立ち通しで、二人の体力も限界に近づいていた。しかし一瞬のタイミングが勝敗を分けるゲームである。二人とも椅子にはつかず、真剣な面持《おもも》ちで中腰に盤面を見下ろしていた。

「投げてくれ」

杉村の返答を受けて、マイケルがふたたびレバーに手をあてた。つづけて、杉村もバネに手を添える。最後の一球。ここまで来た以上、もう遊び球は投げないだろう。全力で投げるだけ。杉村も、全力でスイングするだけだ。


――ことの発端は、宇宙ステーションで回収した名もない古い人工衛星だった。半世紀以上も昔のもので、本来は、落ちて燃え尽《つ》きているはずの衛星である。それが、宇宙《スペース》ゴミ《デブリ》との衝突を繰り返し、奇跡的な確率で軌道上を漂《ただよ》いつづけていたのだ。

冷戦時代の名残《なご》りとあって、一瞬、米露間の関係は緊張した。

回収したはいいものの、どんな機密が残されているかわからない。ところが蓋《ふた》を開けてみれば、衛星はタイムカプセルを一つ搭載しているだけであった。中身が気にかかったが、どんな危険物が入っているかもわからない。

調査を進めるうちに、この衛星は、いまはない民間企業が事業の一環で打ち上げたものだとわかった。本来は回収される予定であったが、失敗し、忘れ去られ漂っていたということだ。

これという返却先もないので、廃棄するよりない。といってただ捨てるのも惜しい。そこで、杉村とマイケルはカプセルを開けてみたのだった。

　子供の字で書かれた手紙や記念品が出てきた。なかには持ち主が明らかなものもあったため、センターと交信を取り、これらは帰還後に返却することにした。美談らしきものを作っておき、今後の予算編成に向けて注目を集めようという狙いである。ここに一つ、誰のものともわからないボードゲームが紛《まぎ》れていた。

　当時子供だった者が、記念にとカプセルに入れたものと思われる。

　古い、プラスチック製の野球盤であった。

「……なんだい、これは」とマイケルがうなった。「中国のゲームか？」

「おれも見たのは久しぶりだよ」と杉村が応じる。「野球盤《ベースボール・ピンボール》ってやつだ」

レバーやバネといった機構を確かめるため、二人は重力室に入った。擬似的に重力を発生させた、実験用の設備である。

　マイケルは野球が好きなようで、しきりに感心したようにバットのスイングを繰り返していた。スイングはボタン式ではなく、バネを自らはじくタイプのものだ。

「こういうレトロゲームは、値がつくんじゃないか？」

どうだろうな、と杉村は生返事をする。

　小さいころ、父親の持っていた野球盤で遊んだことがあった。だが、杉村が好きだったのはテレビゲームのアクションやガンシューティングだった。父は息子と野球盤を遊びたがっていたが、小さかった杉村は、その気持ちを察することができなかった。

そんなの面白くないよ、と杉村は父に言った。

そのときの、なんとも言えない父の寂しげな表情を、杉村は思い出していた。

再戦は叶わなかった。杉村は研究開発の職を経て、渡米して宇宙開発の企業に入った。父が癌《がん》に侵されていたと知ったのは、その後のことだ。

この一連の話を、杉村はマイケルに語って聞かせた。マイケルは神妙な表情で耳を傾けたのち、そういうこともあるさ、と明るい声で言った。

共同生活をして一年になるが、二人は仲のいい相棒なのだった。

「それよりどうだい、これを使って決めちまわないか？」

「何をだ？」

「だからよ――」マイケルはにやりと笑う。

一週間後に、交代要員が一人送りこまれることになっていた。これにより、二人のうちの一方が地球に帰還できる。だが、どちらも事情があって、一日も早く地球に帰りたいというのが本音なのだった。

「おれはいいけどさ」杉村は気が乗らないまま言った。「……いつも話してる、自慢の奥さんと子供が待ってんだろ。こんなもので決めてもいいのかい」

「おまえこそ」とマイケルが応《こた》えた。「この出向が終われば、バイオテク企業が役員待遇で迎えてくれるんだろう」

そうなのだった。

どちらも、一日も早く地球に帰りたい。この機会を逃したら、一年、二年と延びる可能性もないではない。杉村とマイケル、どちらが帰れるのか。二人は、それを地上で過ごしているスタッフなどに決められたくはなかった。

そう訴えたところ、地上からの指令は、「話しあって決めろ」というものだった。

確かに、二人の言いぶんを認めるならそういうことになる。しかし、これはこれで頭の痛い話であった。気のあう仲間である。できるなら、恨みっこなしの方法で決めてしまいたい。

話しあいの結果、コイントスか何かで決めようということになった。

そこに現れたのが、この野球盤である。それも、本来は燃え尽きていたはずのものが奇跡的な確率で目の前に出現した。考えようによっては、天の配剤とも言えそうなことなのだった。

「先攻後攻を決めようぜ」

そう言って、マイケルが一枚の二十五セント硬貨を取り出した。杉村はそれを受け取ると、表と裏とを確かめた。それから、裏、と言って相手に返す。

「いいな」

マイケルがコインを握りこみ、構えた。すかさず、その手を杉村が押さえる。

「待て――いまおまえ、すり替えたろ」

杉村の言った通りだった。

いつの間にか、コインは両面が表のものに変わっている。コインを受け取る瞬間に、マイケルが特殊なものにすり替えたのだ。マイケルが持ちこんだ私物は、ほかに電子キーボードや蛙《かえる》のフィギュアがある。

「怒るなよ、冗談じゃないか。それに、野球の先攻後攻にさほどの有利不利もない」

「いまおまえ、舌打ちしなかったか」

結局、杉村の五円玉を使うことにした。縁起物として、日本から持ってきたものだ。裏が出た。

杉村は後攻を選び、表の攻撃はマイケルからはじめることになった。念のため、どこがヒットでアウトかといった日本語で書かれた基準も、あとで揉《も》めないよう細かくタブレットにメモしておく。

ステーションにいるのは二人だけ。どちらも暇を持て余していた。

かつての宇宙ステーションと言えば、分刻みのスケジュールに忙殺されたものだった。しかしテクノロジーは日々進歩し、わざわざ宇宙でやるような作業は、もうほとんど残されてはいなかった。いまや、この民間の一基が細々《ほそぼそ》と運用されているのみだ。

二人の仕事は、まれにオーダーされる実験のほかは、ステーションの保守管理だけ。つまり、メンテナンス要員である。それが、杉村とマイケルの実情なのだった。

——こうして、地球帰還を賭けての、二人だけのゲームがはじまった。

一回は点の取りあいとなった。表のマイケルの攻撃は、ソロホームランがあって一点。裏には、杉村がこつこつとヒットを重ね、同点とした。

「まあ、お遊びだからな」とマイケルが言った。「せっかくだし、楽しもうぜ」

「そうだな」

その次の回である。表の攻撃は無得点だった。その裏の杉村の攻撃で、ツーアウト三塁の場面が生まれた。カウントはツーストライク。マイケルがレバーを弾《はじ》き、速球を投げる。それがベース手前でカーブし、杉村のスイングは空を切った。

「おい」と杉村は苦笑する。「いま、なんだか本気出さなかったか?」

「二つカウントを稼いだんだ」とマイケルが応える。「外へ逃げる変化球は常道だ。お遊びとは言っても、これくらいはやらなきゃな」

無言のまま目があった。そうだよな、と杉村も頷《うなず》いた。

「ははは」

「ははは」

二人は笑ったが、どちらも目は笑っていなかった。

三回の表。やはりツーアウトという場面で、マイケルのスイングタイミングがずれた。球はバットの先端に当たり、盤上を跳ねてテーブルに転がった。

「こういう場合、どうなるんだ?」

「……エンタイトルツーベース、つまり二塁打扱いだ」

「ラッキー、得点圏だな」

次の打者が二つファウルを重ねたあと、杉村はど真ん中に直球を投げた。よし――つぶやくと同時に、マイケルがバネを弾く。そのときだった。ホームベース周辺がへこみ、球はバットの下をくぐって通り抜けた。

「ちょっと待った」とマイケルが抗議する。「いまのはなんだ」

「知らないのか?」と杉村がとぼけた。「消える魔球といってな、昔、日本の星飛雄馬《ほしひゅうま》というピッチャーが投げてたボールなんだ」

「そんな選手は知らないぞ」

「いたんだよ。左投げのピッチャーでね。ただ、無理がたたって腕を壊しちまった」

「ははは。そうか、そんなすごい男が日本にもいたのか」

「ははは」

「――ふざけんじゃねえ」

マイケルはテーブルを叩くと、一時間のタイムアウトを要求した。

「よく考えりゃ、このゲームはおれにすごく不利じゃねえか。ほかにどんな仕掛けがあるかもわからねえ。タイムを取って、機構を調べ尽くす。いいな」

この製品の〈消える魔球〉は、カーブとシュートのボタンを同時押しすることで発動する仕掛けになっていた。それを、杉村だけが知っていたのである。

杉村はマイケルの言いぶんを認め、重力室を出て休憩を取った。

パックのコーヒーを飲みながら、窓の外の地球を眺めてみた。夏だった。台風が、日本列島に向けて北上している。だが、ステーションにそんな季節感はない。

かわりに、通奏低音のように機械音が響いている。

空調のきいた室内で、外の蟬《せみ》の声を聴く気分だった。

重力室に戻ると、マイケルはすでに汗を流していた。無重力に慣れると、筋力は徐々に衰えてくる。だがこの部屋だけは、地球と同じ重力に設定してある。

そこにいるだけで、消耗する場所なのだ。

二人とも最低限の筋力トレーニングはしているが、地上にあわせたものではない。

「休まなくていいのか？」

「いい。それより、早く打席に立てよ」

「細工をしてないだろうな」

「おれはそんなやつだったか？」

杉村は黙って攻撃側に立った。

マイケルはボードの機構を調べるだけでなく、練習を繰り返し、戦略を組み立て直したようだった。レバーを放すと同時に、もう片方の手でレバーを弾く剛速球。それから、軽くレバーを押すことによるチェンジアップ。

わずかな時間に、マイケルはこうした投法を身につけていた。

これを使い分けられると、打者としては辛い。三回の裏も無得点に終わった。ゲームは依然として、1－1のまま。

盤を前にじっとしていると息が詰まる。

杉村はゆっくり肩を回し、ため息をついた。

「ここのスタッフに選ばれるだけはある」

「ていよく窓際に飛ばされただけだ」

マイケルがそっけなく応える。

この男は確かに優秀なのだ。しかし口は悪く、本音を隠すということを知らない。よく言えば一匹狼、悪く言えば協調性に欠ける。だから、疎《うと》まれる。地上では皆から陰口を聞かされたものだった。マイケルの言葉も、事実なのかもしれない。

——そこからは投手戦になった。

四回、五回とも両者無得点。その次の六回である。杉村の剛速球に、マイケルのスイングタイミングがあった。球は弾丸のように三塁打の穴を直撃した。

「ここからだ」

マイケルが低くつぶやいた。

二人とも立ち通しである。息は乱れつつあった。あえて立ってテーブルに向かうのは、集中を高めたいからだ。マイケルは球を穴から回収し、杉村に返す。ツーアウト三塁。マイケルはファウルを打ったあと、チェンジアップに空振りした。

ツーストライクである。

「さて、どうするか」と杉村が声に出して言った。「直球か、変化球か」

「なんでも打ってやるさ」

「思い出したよ。こういう場面では、外へ逃げる変化球が常道なんだったな」

二人は目をあわせた。

野球盤は、読みあいと心理戦だ。いかにして、相手の裏をかくか。あるいは、いかにして裏の裏をかくか。杉村は意を決すると、投球レバーを手にした。

投球と同時に、杉村はカーブのボタンを押した。

球は曲がらなかった。ど真ん中に来た球を、マイケルは完璧なタイミングで打ち返した。ツーランホームランであった。

杉村はしばらく唖然《あぜん》としていたが、ふと気がついて球を手に取って検《あらた》めた。

「おまえ、またすり替えやがったな」

「騙《だま》される方が悪いのさ」

球は鉄製から、ステンレス製のものにすり替えられていた。

野球盤の変化球は、磁力で制御されている。盤の裏の磁石が動くことで、鉄製の球は軌道を変える。だが、これをステンレス製の球に入れ替えると、そうはならない。

「言ったろう、なんでも打ってやるって」

「この球はどうしたんだ」

「ここをどこだと思ってる」とマイケルが答えた。「実験室だろう。こんなもの、いくらだって手に入る。おまえがいないあいだ、破砕機用のステンレス球を一つ拝借したのさ」

やりやがったなと思うが、マイケルの言う通り、こういうことは騙された方が悪い。

相手が隠し持つ鉄製の球を取り返し、杉村は次の打者を打ち取った。

その裏の攻撃である。ツーアウトになってから、ラッキーヒットが出た。マイケルの消える魔球を、杉村のずれたスイングがひっかけた。球は一度バウンドしてから、場外にはじけ飛んだ。ふたたび、エンタイトルツーベースである。

その次の打席。

杉村の打球は、セカンドフライの軌跡だった。このとき部屋全体に衝撃が走り、二人は殴られたように弾き飛ばされた。球は方向を変えて場外へ飛んでいき、壁に跳ね返った。気がつけば、盤も球も、そして杉村やマイケルも宙に浮いていた。

マイケルが眉を寄せた。

「……これはどう扱うんだ」

「どうもこうも、同点ツーランだろう」

マイケルが怒るよりも先に、苦笑してしまうのが見て取れる。「やりやがったな」

杉村の手には、重力制御用のコントローラが握られていた。

六回の攻撃を終え、3－3のまま杉村とマイケルは休憩を取ることにした。この調子でなんでもありにしてしまうと、まずゲームそのものが成り立たない。加えて、慣れない重力のなか、中腰で長い時間集中していたのだ。体力的にも疲れが来ていた。

二人でコーヒーを飲みながら、取り決めを改めた。

まず、球の交換行為は禁止。ただ、これについては騙された方が悪いとも言える。だから、プレー前に見破られた場合は、ペナルティとして相手に一点を与えることとする。

重力の変更は、条件にかかわらず全面的に禁止。

細かいルールも設定した。バウンドした球がファウルエリアに飛んだ場合、球が天井に当った場合、……こうしたことも逐一ルール化して、タブレットに追記していった。

「なんとなく虚《むな》しい作業だな」とマイケルがぼやく。

「おまえのせいだ」

実際の野球でも、イカサマの線引きというのは案外に難しい。

ボールに傷をつけるエメリーボールなども、メジャーでは騙された方が悪いとする面がある。相手の手口に、一瞬でも敬意を持ってしまうかどうかだとも言える。

「念のため一つ加えよう。以上をもってなお判断が難しいケースは、前例に従うこと」

「いいだろう。お役所的だが、仕方あるまい」

マイケルはそう言うと、ルールの最後に一行を追加した。

「やっぱり、ベースボールはフェアプレーじゃなきゃな」

「うん。野球というゲームは、紳士のスポーツだからね」

まったく本心ではなかったが、二人はそう言って満足した。

このとき、地上からの映話が入った。

「なんだよ」とマイケルがつぶやいた。「いいところでよ――」

映話は彼の妻からのものだった。

マイケルは表情を一変させ、「ハニー！」と叫んだ。

「どうしたんだ？」

「ごめんなさい」と画面の女性が言った。「あなたに相談せずに決めてしまって……」

雲行きが怪しかった。

「でも、これがお互いにとってベストの選択だと思うの」

「ちょっと待て、なんの話だ」

「娘をつれて家を出ます。もう、疲れてしまったの。あなたは、なんといっても仕事が第一だし。……だからあなたも、わたしのことは考えずに、どうかミッションに専念して」

「おい、ちょっと！」

マイケルが叫んだが、映話はそこで途切れた。

杉村はすぐに声をかけようとしたが、ためらい、それから遠慮がちに言った。

「地上に戻ったら、ゆっくり話しあえばいい」

「……あいつは、一度決めたことは貫くんだ」

長い沈黙が覆った。

二人は黙ってコーヒーを飲んだ。そのまま、地球を二周ほどした。

「帰るところがなくなっちまったな」と杉村がつぶやいた。

「かもな」

「どうだい。こうなった以上、勝ちはおれに譲っちゃくれないか」

マイケルは答えなかったが、こめかみには青筋が立っていた。

彼が新しいコーヒーを出そうとラックに手をかけると、取手《とって》が壊れて外れた。マイケルが舌打ちをしてから、瞬間接着剤でそれを直す。きれいに清掃はしてあるが、古いステーションである。鋼材には錆《さび》が浮き、あちこち経年劣化で傷んでいる。

二度目の映話が入った。

マイケルは妻からのものと思ったらしく、すぐにディスプレイに向かった。しかし呼ばれたのは杉村だった。帰還後に杉村を迎えてくれるという、バイオテク企業の重役である。杉村はマイケルを押しのけると早口に挨拶《あいさつ》した。

心なしか、相手の表情が疲れて見えた。

「わたしたちは、杉村さんに謝らなければなりません」

雲行きが怪しかった。

「最善は尽くしたのですが、やはり、結論は変わりませんでした」

「なんのことです」

「インサイダー取引が発覚して、わたしどもの会社に一斉捜査が入りました。上場を廃止しましたが、すでに、株価は四分の一ほどになっています。これから、民事再生《チャプター・イレブン》の適用を申請することになっています。ですから、あのお約束はなかったことに――」

「ちょっと、あの！」

杉村が叫んだが、映話はそこで途切れた。

振り返ると、マイケルが満面に笑みを浮かべていた。彼は咳払《せきばら》いをすると、すぐに神妙な表情に戻り、杉村の肩にそっと触れた。

「大丈夫さ。おまえのキャリアは立派なもんだし、どうにでもなる」

「破格の待遇のはずだったんだ……」

長い沈黙が覆った。

二人は黙ってコーヒーを飲んだ。そのまま、さらに地球を二周ほどした。

「帰りたいな」杉村がぽつりとつぶやいた。

「ああ」とマイケルが頷く。

「戻ったら、何食べたい？」

毎日のように交わしている会話だ。それでも、飽きずに繰り返してしまう。異性の話や、酒の話。それから、うまい食い物の話。楽しみのない仕事である。話すことといえば、僻地《へきち》を旅する旅行者たちとなんら変わらないのだった。

マイケルの回答は、いつも決まっている。

「バッファローのステーキだ。小さいころ、キャンプで食べさせてもらったんだ。あとで知ったところ、冷凍物だったらしいんだが、こんなにうまいものがあるのかと思った」

「おれは回転寿司だ」

「本物の魚じゃないんだろう?」

食料難から代用魚も尽き、いまはさまざまなバイオテク企業が生産する、魚肉と称するものが出回っている。それを真っ先に取り上げたのが、回転寿司のチェーンである。

「わかってないな」と杉村が笑った。「回転寿司の醍醐味《だいごみ》は、そこにあるのさ」

「そういうもんかい」

「バッファローこそ、本物なんて滅多《めった》にないだろう」

「あるのさ、食べさせる店が。そのために、車でテキサスまで行くんだがな」

「地上で会ったら、一度つれてってくれよ」

「ああ」

「約束だぞ」

この約束も、何度目のことかわからない。

いま見える地球は夜だった。晴れている。海沿いの明かりが、ぼんやりとアメリカ大陸をかたどっていた。杉村は、そのどこかを走るバッファローの群れを想像してみた。あまりにも現実離れした想像に、我ながら呆《あき》れてしまった。

「……しかしよ」とマイケルが口を開く。「どうして家庭も作らず外国で?」

「できる限り遠くで、成功をつかみたかっただけだ」

半分は本音、半分は嘘だった。

日本では、学校にも職場にも馴染めなかった。そのあたりの事情は、マイケルと近しいものがある。むろん、渡米したところで変わるものでもないにせよ。

「一人が好きなんだよ」

わからんな、とマイケルが眉をひそめた。

「家庭はいいもんだぜ。ほかに帰る場所があるわけでもない」

杉村は答えず、二人の仮宿の内部を見渡した。

「やるか」

マイケルがつぶやいて、重力室に向けて壁を蹴った。ああ、と杉村が応じ、ゆっくりと彼につづく。地上のテクノロジーは日々進歩しているというのに、ステーションではいまだに風呂にも入れない。マイケルが宙を飛ぶ後ろには、西欧人特有の体臭が、目に見えない軌跡を描いていた。

最初は閉口したものだったが、それもいまは愛《いと》おしい。

別れ、どちらかが地上へと戻る。どうなるにせよ、そのことだけは確かなのだから。


七回表——。

ふたたび投手戦になるかと思われたが、杉村の投げる両手使いの剛速球に、マイケルはタイミングをあわせてきた。二人を打ち取られながらも、シングルヒットを二本重ねた。

ツーアウト一塁二塁だ。

「くそ」

杉村は思わずつぶやいたが、ふと冷静になって気がついた。

不審なヒットだった。

野球盤で剛速球を投げた場合は、バッターは投球とほぼ同時にスイングしなければ間にあわない。杉村は投球に入る前に、ちらとマイケルに目をやった。相手は、盤上ではなく杉村の斜め後ろに目を向けていた。

「……なんだ?」

杉村はレバーから手を放し、ゆっくりと振り向き、それから呆れ返った。

いつの間に仕込んだものか、機材の陰に鏡が一枚置かれていた。マイケルは、これを使って杉村の手元を盗み見ていたのだった。

「別に禁止はしてなかったよな」マイケルは、悪戯《いたずら》がばれた子供のような顔をしている。

「やってくれるぜ」

杉村は鏡を取り外した。だが、マイケルが狙っていたのはこの一瞬だった。隙を衝かれ、球をステンレス製のものに取り替えられていたのだ。

一球、二球と剛速球をつづけた。そのたび、マイケルは大きく振り遅れる。だが、彼は杉村の癖をすでに見抜いていた。杉村はツーストライクまでカウントを稼いだ場合、決まって、外へ逃げるカーブを投げる。

そして、それは曲がらずに棒球となる。

マイケルは三球目をジャストミートし、ホームランとした。

「ベースボールじゃ、三球勝負をするものさ」マイケルが挑発的に言った。「ツーストライクからの遊び球なんて邪道さ。それとも、それが日本野球ってやつかい」

「なんのことだ?」

杉村はそう言うと、次はチェンジアップ一つと剛速球二つで打者を打ち取った。だが、スコアは6-3。マイケルが手にしたのは、値千金のスリーランなのだった。

攻守交代し、杉村が打者側に、マイケルが守備側につく。

すれ違いざまに、マイケルは球を鉄製のものにすり替えた。だが、レバーに手を添えたところで、「待った」と杉村が声をかける。

「球のすり替えは禁止だったよな」

「すり替えてなんかいない」マイケルは球を杉村に手渡す。「見ろ、鉄製だろ?」

「わかっていないようなので、繰り返す」杉村が言った。「球の交換行為は禁止——確か、そういう取り決めだったよな。するとこれは、鉄からステンレスだけではなく、ステンレスから鉄へのすり替えについても言える」

マイケルは瞬《まばた》きをした。

「なんだって?」

「理解できたか」と杉村は念を押す。「まず、たったいま球をすり替えた件について、ペナルティ一点だ」

そう言って、ボード脇の得点パネルを操作する。6-4となった。

「ふん」とマイケルが鼻を鳴らす。「まあいい、たかが一点だ」

「わかってないな」もう一度杉村が言った。「いいか、球の交換は禁止なんだ。これはつまり、おまえがステンレス製の球を鉄製に交換できないことを意味する。この裏の攻撃で、おまえはステンレスの球を放りつづけるのさ」

「何？」

「おれの理屈におかしい点があるか？　よく咀嚼《そしゃく》して考えるんだな」

　マイケルは何も言えなかった。

　そこからは打ち放題となった。

　杉村はヒットを打ちつづけ、ようやくスリーアウトになったときには、すでに四点が入っていた。あっという間に、スコアは6－8とひっくり返った。マイケルの顔は、すっかり蒼白《そうはく》になっている。追い打ちをかけるように、杉村が要求した。

「では、鉄製の球を返してくれ」

「なぜだ？」

「七回表でおまえが鉄球をステンレス製にすり替えた件に対して、被害者の権利として、おれは球を元に戻すことを要求する。これは最初、おまえが六回表で球をすり替えたときと同じ構図だ。おれはあのとき騙されてしまったが、不正を指摘することで、事後的に鉄製の球を返してもらうことができた。判断が難しいケースは前例に従う、そうだったな」

　すべて、杉村の計算によるものだった。

マイケルがふたたびすり替えをやることを見越して、すり替えについてのルールを曖昧にしていたのだ。難しかったのは、表の守備で直球のみの勝負をすることだったが、それも凌《しの》ぎ切ることができた。

マイケルはつぶやくのがやっとだった。

「……卑怯《ひきょう》だぞ」

「すり替えをやった時点で、こうなることは決まっていた。これが嫌だと言うなら、最初から不正なんかやらなければよかった。それでも卑怯だと言うなら——そうだな」

杉村はつけ加えた。

「やっぱり騙される方が悪いんじゃないか?」

だが、八回のマイケルは粘った。振り遅れながらも、ファウルを繰り返す。杉村が消える魔球を投げたとき、球が落ち始める直前をバットの先端で叩き、ヒットエリアに球を飛ばした。それから、山を張って剛速球をミート。一点を返した。

ゲームは7-8と、一点差の争いになっていた。

八回裏も、読みあいと心理戦だった。マイケルが裏をかけば、杉村はさらにその裏をかく。ツーアウトまでに、塁をすべて埋めていた。

だが、そこまでだった。

杉村は剛速球の一点狙い。それに対して、マイケルは全球チェンジアップだった。三球三振。

こうして、ゲームは一点差のまま九回にもつれこんだ。

その表の攻撃。

マイケルの二塁打が出て、ツーアウトながらも逆転のチャンスが生まれてきた。

二人とも長時間の立ち通しで、足は震えている。ときおり汗が目に入り、慌ててそれを拭う。

だが、視線は一点盤上に向けられている。

ここで、マイケルがタイムを入れた。

「待ってくれ、集中したいんだ」

深呼吸をしてから、「邪魔だ」と言って腕時計を外してテーブルに置いた。

「悪いね」とマイケルが言った。「もう九回だ。ここで打てなきゃ終わりだからな」

そのまま一、二分が過ぎた。

杉村は中腰のまま、怪しい動きがないか、じっと相手を見据えていた。空調の吐き出す温《ぬる》い風が、マイケルの髪を揺らす。

やがてマイケルは腹を決めたようだった。

「行くぞ」

「ああ」

杉村が投球レバーに、マイケルがバネに手を添える。杉村が球を投げ、マイケルがそれを打つ——そのときだった。激しい衝撃がステーション全体を襲った。重力室は大きく上下に揺れ、球は場外へと跳ね、転がった。

「――デブリか！」

反射的に杉村は叫んでいた。

「この衝撃なら、大きな損傷はないか？　……だが……」杉村の頭脳は、すぐに保守エンジニアのそれへと切り替わっていた。予期せぬ事故と、その対応。「なぜだ。この規模のものは、レーダーが監視して――」

アラートが出るはずだ。

そう言いかけて、杉村はハッとしてマイケルに目をやった。相手は落ち着き払った様子で、泰然と椅子に坐《すわ》って足を組んでいた。

「逆転ツーランだな」

今度は、杉村がタイムをかける番だった。


杉村はすぐに部屋を出ると、ステーションの損傷箇所を検《あらた》め、問題がないことを見届けてから、航行プログラムのルーチンを見直した。デブリの対応についての箇所が、明らかに書き換えられている。

マイケルの仕業だ。

事故があったことは、地上のスタッフも察知していた。映話がつながり、早口に状況を訊《たず》ねてくる。何事もありません、と杉村は答えた。

映話が切れてから、すぐにプログラムの復旧にとりかかる。その一連の作業を、マイケルは後ろからずっと眺めていた。杉村は振り向いた。

「おまえはこのことを知っていて、それで時間稼ぎをしていたんだな?」

「そうだ」

「こんなことが知れたら、ただじゃ済まされない——しかも、こんなゲームなんかのために……いや、それよりも」杉村はすっかり混乱していた。「おまえは重力室の外では、ずっとおれと一緒にいた。いつ、こんなプログラムの改変を仕込むことができた?」

「ちゃんとばれないようにやったさ。あくまで、プログラムの誤差とも解釈できる範囲でね。それに、おれがそれをやったのは、ゲームのためじゃない。また、いましがた仕込んだものでもない。ゲームをやるずっと前から、おれはプログラムを改変していたんだ」

この返答は、いっそう杉村を混乱させた。

「なぜだ? おまえは、おれと心中でもしたいのか!」

「逆さ」

その日四杯目のコーヒーを飲みながら、マイケルが答えた。

「おれは、おまえと一緒に地球に帰りたくて、プログラムを改変したんだよ」

「え?」

「順を追って説明させてくれ。数日前のことなんだが、おれは保守点検のときに、このステーションの上部が巨大デブリと接触することを知ったんだ。仮に接触しても致命傷にはならないが、それでも損害としては大きい。だから本来は、そうなる前に軌道を変えなければならない」

だがな、とマイケルはつづける。

「おれは自問した。本当に、軌道を変える必要などあるのか？　おまえも充分知っているはずだ。このステーションは保守するばかりで、本来の目的であった実験施設としては、ほとんど用済みさ。もう、おれたちの仕事は、人類に真に必要なものではなくなってしまったんだ」

「それはおまえの理屈だ。いつ、どんな実験を要請されるかなどわからない」

「最後まで話をさせてくれ。確かに、いまのはおれの理屈さ。だけど、とにかく一つの結論として、おれはもうこのステーションはいらないと判断した。いっそのこと、デブリと接触したっていい」

　すると一つの可能性が生まれる、とマイケルは言う。

　地上のスタッフは、復旧にコストをかけるより、ステーションを廃棄する道を採るかもしれない。その場合は、二人ともが帰還することになる。

「もちろん、おまえが帰還後にバイオテク企業に行くことはわかってたさ。それでも、たとえ短いあいだでも、一緒に地上にいられるだろう？　そうだな、テキサスのあの店にだって行けるかもしれない……杉村、おれはな、おまえと別れたくなかったんだよ」

　杉村は何も言えなかった。

　マイケルを責める気にもなれなかった。彼自身、地上にいる誰よりも、このステーションは不要だと感じていたのである。もっと言うならば、マイケルが与太話の約束を覚えていたことが、彼には嬉《うれ》しかったのだ。

外に見える地球は、ふたたび昼から夜へ暮れつつあった。

窓に触れると、ひんやりと冷たい。

このとき、また地上からの映話が入った。次の便で資材を送るから、ただちに修復作業に入るようにという指示だった。

結局、マイケルの目論見《もくろみ》は外れたということだ。

「しょうがない」と彼は低くつぶやいた。「こういうものさ」

重力室へ――。

マイケルと杉村は同時に壁を蹴った。二人のゲームに、決着をつけるために。


ゲームは九回表。マイケルが9－8と逆転したところだ。ツーアウト、ランナーなし。ふたたびヒットが出たが、次の打者を杉村が抑えた。

「いよいよだな」とマイケルが言った。

ああ、と杉村が頷く。

九回裏。二人のゲームは、あと少しで終わりを迎える。無意識のうちに、二人は右手をタッチさせていた。杉村は、攻撃側に。そしてマイケルは、守備側に。テーブルを挟んで、二人は中腰の姿勢を取った。

マイケルはゆっくりと視線を落とすと、硬直し、表情を一変させて叫んだ。

「なんだこりゃあ！」

「どうかしたのかい」と杉村は涼しく応じる。

カーブやシュート、それから消える魔球。

これらの変化球を投げ分ける制御ボタンを、杉村が守備終了時にすべて破壊していたのだ。

「どういうことだ」

「どうもこうもない」と杉村が答える。「おまえは、野球の先攻後攻にさほどの有利不利はないと言ったよな。でも、それは間違いだ。理由は見ての通り。おれは後攻を選んだろう？　今回のこのゲームについてだけは、後攻が圧倒的に有利なのさ」

「卑怯だぞ」とマイケルが言った。

「騙される方が悪いのさ」と杉村が言った。

「ははは」

「ははは」

二人とも笑った。だが今回は、心からのものだ。結局のところ、二人は気のあう相棒なのだった。笑いの発作はしばらく止《や》まなかった。

マイケルは咽《む》せながら、「これでいいのさ」と強がりを言った。

「もともと、ベースボールじゃ変化球なんて邪道なんだ」

言っていることが毎回違う。

「そんなの、前世紀の話だろう」

「おれのなかじゃ現在進行形さ。まあいい、行くぞ」

ああ、と杉村が応えた。「――来い」

これで、読みはだいぶシンプルなものになった。剛速球か、そうじゃないか。それだけだ。攻撃側がだいぶ有利になったのは確かである。

しかし、マイケルの側も、元から心理戦には長《た》けている。杉村はヒットを重ねて塁を埋めたが、それまでにツーアウトを取られていた。

ここまでのスコアは、マイケルがリードしている。

9－8、一点差だ。

だが、ツーアウト満塁。一打出れば、逆転サヨナラである。

長い時間、マイケルは投球のレバーを引くことをためらっていた。杉村は、まっすぐにマイケルの手元を見据えている。二人の額から汗が流れた。

ふう、とマイケルはため息をつくとレバーから手を放した。

「いいのかい」とマイケルが言った。「こんなゲームに、おれたちの命運を賭けちまって」

「そっちが言い出したんだ」と杉村が応える。「それに、どのみちここまで来ちまったんだ」

「――いいんだな」

ずっと立ち通しである。試合中にも、さまざまなトラブルがあった。そろそろ、二人の体力も限界だ。だが、一瞬のタイミングが勝敗を分けるゲームのこと。

二人とも真剣な面持ちで、中腰のまま盤面を見下ろしている。

「投げてくれ」

マイケルはうなずくと、ふたたびレバーに手をあてた。つづけて、杉村もバネに手を添える。最後の一球だ。ここまで来た以上、もう遊び球はない。全力で投げるだけ。杉村も、全力でスイングするだけだ。決着がつく。そう思われた。

映話の着信を知らせるチャイムが鳴った。

最初、二人はそれを無視した。だが、チャイムは十秒、二十秒と鳴りつづける。

レバーに手を添えたまま、マイケルが訊《き》いた。

「どうする?」

「出るしかないだろう」

「一、二、三で同時に手を放そう」とマイケルが提案した。「いいな? 一、二――」

二人とも手を放さなかった。

「おまえな」とマイケルがぼやいた。

「おまえこそ」と杉村が応える。「投手から順に手を放せば済む話だ」

「ばれたか」

マイケルは盤を離れてドアを開けた。杉村がそれにつづき、映話用のディスプレイに向かう。

地上のセンターからだった。

「何かあったのか?」画面にいるのは、滅多に顔を見せない二人の上司だった。

「ちょっと手が離せなくてね」と杉村が応答する。

「そう。手が離せなかったんだ」マイケルもつづけて言った。

「まあいい、それよりだ」

上司は疲れ切った顔でつづける。

「大事なことなので聞いてくれ」と彼が言った。「いましがた、一つの結論が出た」

雲行きが怪しかった。

「バイオテク企業の破綻《はたん》のあおりで、金融市場が混乱している。いくつもの企業が倒産か倒産寸前の状態だ。うちの航空宇宙センターも、巻きこまれる結果となった」

杉村とマイケルは顔を見あわせた。

「おい！」とマイケルが叫んだ。「このまま、軌道上に放置なんてことはないよな！」

「そういう案も出た」

「ちょっと！」

「……次の便で有人機を送るが、交代要員はなしだ。ドッキングを済ませたら、それに乗って二人とも帰還するよう。詳細なデータを追って送信するので、目を通しておくように。わたしも、これから忙しくなる……」

そこで映話は途切れた。

ふたたび、杉村とマイケルは顔を見あわせた。実感が湧いてくるまでに、しばらく間があった。二人の叫びはほぼ同時だった。「――いやっほう！」

二人はすぐに帰還の準備に入った。時間も、持ち帰れる資材も限られている。それについては、センターから事細かな指示があった。準備が終わったころには、もう二人ともへとへとにくたびれていた。

それから、野球盤の話に戻った。

一点差を追う九回裏。そのツーアウト満塁。

「どうする？」とマイケルが訊いた。

「さてね」杉村は生返事だった。

二人とも、もう決着を望んではいなかった。

というより、決着をつけてしまうことで、二人の関係がどこかで切れてしまう気がしていた。そんな根拠は何もないが、それが二人の実感なのだった。結局、九回裏のあの局面は、無期限に凍結されることとなった。

そこまで決まったところで、杉村が切り出した。

「あの野球盤、おれがもらってもいいか？」

「構わないが、……なぜだ？」

「壊したボタンは修復できる。親父と対戦するんだ」

しばらく、マイケルは相手の話が呑《の》みこめない様子だった。それからようやく、ゲームの前の杉村の話のことを思い出したらしい。マイケルが不思議そうに訊ねた。

「おまえの親父さん、死んだんじゃなかったのか」

「誰もそんなことは言ってない。癌だとは言ったが、手術を終えてからはすこぶる元気だよ。

いまも、一日四キロのウォーキングが日課らしい」

これを聞いてマイケルは舌打ちした。「また騙されたぜ」

杉村はそれには応えず、盤を持ち帰ったら父はどんな顔をするだろうかと考えた。喜ぶか、あるいは、もう忘れているか。馬鹿ばかしいと笑うかもしれない。だが、一つ間違いないことがある。仮に再戦が叶えば、やっぱり二人ともむきになって争うだろうということだ。

「おまえはどうする?」

「そうだな……」

マイケルはしばらく考えこんでいた。

「妻はヒスパニック系でね。このことは話してなかったか」

「飽きるほど写真を見せられた」

「戻ったら、限定永住権を正規のものに切り替える約束だった。せめて、そこまではやってきたいんだ。どうあれ、もう一度話しあってみるよ」

いつになく神妙な表情で、マイケルは訥々《とつとつ》と語る。その様子を見ながら、杉村はふと気がついた。遠くで成功をつかむという彼の目的意識は、いつの間にか消えつつあった。

窓の外の地球を眺めた。

――時間が迫っていた。

まもなくこのステーションも放棄され、新たなデブリの一つとなるはずだ。使われなくなった実験器具も、染みついた体臭も、接着剤でくっつけた取手も、いっときは夜空を回りつづけ、それから燃え尽きて散っていく。
あるいは、奇跡的な確率で軌道上を漂いつづけたのちに。

あとがき

長いこと、あとがきを書くという行為にあこがれていた。何しろ、ぼくは人のあとがきを読むのが大好きなのだ。

たとえば、それまでシリアスに一語一語を紡いでいたのが、突如たがが外れたみたいに饒舌になる人。親切に、読解にあたっての補助線を引いていく人。ただのエッセイのような何かすごく病んでいるのにそれが一周回って面白い人。

あとがきは最高だ！

ところが、これまでぼくはあとがきを書く機会に恵まれなかった。理由はというと、単に、依頼されなかったからであった。が、今回、短編集を刊行するにあたって、ぼくは一つの天啓を得た。依頼してもらえないなら、自分から書くと言えばいいのではないか！

というわけで――。

本書は、これまで未収録であった短編やショートショートのうち、ネタに偏《かたよ》った作を集めたものとなる。ぼくにとっては十一冊目の本で、そしていま、はじめてあとがきを記す。

＊

◇トランジスタ技術の圧縮

これを書いた二〇一二年の初頭、ぼくは深く悩んでいた。

はじめての本である『盤上の夜』が、ほぼまとまった時期のことだ。『盤上の夜』はというと、著者がシリアスすぎて、なんか変なことになった短編集。このままでは、洒落や冗談の通じないやつだと思われてしまわないだろうか。

いま振り返ると「なぜそんなことで」と思うけれど、とにかく当時のぼくには深刻な悩みだった。

深刻に、ぼくはくだらない話を書く必要に迫られていた。

そこで『トランジスタ技術』――通称トラ技である。この雑誌は有益な記事が多い反面、広告ページも多く、やたらと分厚いことで有名だった。だから毎号集める人は、その広告ページを捨ててコンパクトに収納するといった工夫をした。

では、この広告を切り離して圧縮するプロセスを競技化したらどうだろうか？

このしょうもないネタを、ぼくは数年間あたためていた。

初出は『アレ！』という電子雑誌で、ありがたいことに、最初の本を出すよりも前に依頼をいただいた。編集さんとのやりとりでもらった赤字からは、

「せっかく機会をあげたのににくだらぬものを書きおって」

という静かなる怒りのようなものを感じたが、いま思うと被害妄想であったかもしれない。

◇文学部のこと

これも、最初の本が出るより前に依頼を受けたもの。『S.E.』という同人誌で、決められたお題に沿って皆が書くという企画だった。お題は確か「文学」であったと思う。もしかしたら「帝政ロシア」とか「私にとってのスタンリー・キューブリック」とかだったかもしれない。でもたぶん、文学で間違いないと思う。しかし、お題が文学とはこれいかに。

文学をテーマに小説を書けってどういうことだよ！

釣り人に釣り竿を釣れというようなもんじゃないか！

とりあえずは、メタフィクションに転じたら負けだと自分に言い聞かせ、何も考えずに書いてみたのがこの一編。勘のいいかたはお気づきの通り、当時、円城塔《えんじようとう》さんを研究しており、そして漫画の『もやしもん』を読んでいた。ちなみに、初出では高山羽根子《たかやまはねこ》さんがいい塩梅《あんばい》のイラストを添えてくれたのでした。

◇アニマとエーファ

ロボットは人間でいうところのいわゆる演技性パーソナリティ障害となり、本質的に人を幸せにしないのではないか。そんなことを大真面目に考えていた。それから、ＡＩが小説を書く未来を真剣に予想しておきたいとも。

さらには、ロボットと演技性パーソナリティの人間がボーイミーツガールしたら？

依頼をいただいて原稿ができたのが二〇一三年の末で、のちに二〇一六年の『ヴィジョンズ』というアンソロジーに収録された。経緯は大森望《おおもりのぞみ》さんの編集後記に詳しいけれど、簡単に言ってしまうと、はじめは漫画とのタイアップ企画であったのが、その後にいろいろあったそうな。


これを書いたころ、ぼくは鬱のまっただなかにいた。

二冊目の『ヨハネスブルグの天使たち』を刊行したあとのことだ。麻雀で言うなら三千九百点くらいのアガリを重ねて、地道にジャンル読者に知ってもらうことが、あるべき道筋だと考えていた。ところがどういう運命の悪戯《いたずら》か、一冊目、二冊目ともに直木賞の候補となった。点数で言うと一万二千点くらい。

映画監督のエミール・クストリッツァはパルム・ドール受賞といった経歴ののち、「自分の性格と自分の道が乖離《かいり》してしまった。しかし慣れなくてはいけない」といった言葉を残している。クストリッツァほどではないにせよ、当時のぼくも、それに似た乖離を前にしていたのだと思う。

◇今日泥棒

書いたのは二〇一二年の夏ごろ。同人誌『清龍』に掲載されたもので、「明日」をテーマにした競作だった。なんとなくの手癖で書いたところ、なぜか東京創元社・小浜徹也《こはまてつや》さんが悪くないと拾ってくれた。いざそう言われてみると、現金なもので、なるほどそうかもしれないと思えてくる。つくづく思うのだが、著者の自己診断はあてにならない。

◇エターナル・レガシー

時を越えて二〇一七年のはじめ。その前年に刊行した『スペース金融道』が『SFが読みたい！』の二位にランクインした記念に、『S-Fマガジン』に書かせてもらった一作にあたる。囲碁を扱った作品でデビューしたものの、アルファ碁に代表されるその後のコンピュータ囲碁の進歩がめざましかったため、囲碁を題材に何か新作を書かなければと考えていた。

が、テクノロジーの発展があまりに速く、直近の未来さえ予想を立てにくい。正確には、それっぽい予想はいくらでも立てられるが、そのどれもが無責任である気がしてくる。そしてまた、目の前の新技術に飛びつくのはSF的ではないようにも感じられた。

そんなわけで、二〇一六年の末、ぼくは昔の8ビットコンピュータであるMSXでプログラムを組んで遊んでいた。目まぐるしい発展に振り回されないよう、まずは既存の技術、つまりレガシーに改めて目を向けたかったのだ。けっして遊んでいたわけではない（どっちだ）。

本作は「MSX三部作」の第一作で、二作目はリレーアンソロジーの『宮辻薬東宮』に収録されている（「夢・を・殺す」）。三つ目はまだない。

この手の三部作はほかにも、「境界性パーソナリティ三部作」（『盤上の夜』の「千年の虚空」、『彼女がエスパーだったころ』の表題作、『月と太陽の盤――碁盤師・吉井利仙の事件簿』の

「花急ぐ榧《かや》」）と「アフガニスタン・ハザラ人三部作」（『ヨハネスブルグの天使たち』の「ジャララバードの兵士たち」、二作目は日の目待ち）がある。

なお囲碁界における囲碁ＡＩの受け止められかたは本編ほど深刻ではなく、棋士たちがこぞってＡＩと対局したがる姿には、強く勇気づけられるものがあった。

◇超動く家にて

ミス研の部員であれば誰でも一度は思いつくネタ……をこっそり同人誌に掲載したところ、ほかでもない日下《くさか》三蔵《さんぞう》さんに見つかり、『年刊日本ＳＦ傑作選　拡張幻想』に収められた。かくして、あこがれの傑作選への初収録は壮大なる出オチ作とあいなった。人生はわからない。

一ページに一つ叙述トリックを仕込むことを目標とし、本文はすぐに仕上がったものの、図を作るのに数日かかり、後悔した。

◇夜間飛行

人工知能学会の学会誌にＳＦの書き手がショートショートを寄せるという企画の一編。時期は二〇一四年で、『エクソダス症候群』『アメリカ最後の実験』『彼女がエスパーだったころ』『スペース金融道』『月と太陽の盤』の五作を並行して書いていたころにあたる。

とにかく必死だった。

五作のうち三作は、雑誌やアンソロジーで発表した短編に端を発するもので、「あわよくば、どれか一つでも連作化を！」と願いをこめたところ、思いがけないことに、すべてが連作となった。ところが自分は二つ以上のことに同時に集中できる性格ではないとまもなく判明し、スケジュールは押し、そして鬱の状態にあった。

ところで、本編の発表後、人工知能分野は大きな発展を遂げたので、このショートショートはお蔵入りさせるつもりでいた。のちに『人工知能の見る夢は』というアンソロジーに収録された際も、実は一度お断りしてしまったのだった。が、いろいろ考えた結果、ところどころを直し、あとは目をつむることとした。いまのＡＩはパックマンを余裕で解けるなど、古い点が多々あるのはご容赦を。

◇弥生の鯨《くじら》

二〇一三年のはじめ、田中啓文《たなかひろふみ》さんや北野勇作《きたのゆうさく》さんのイベント「暗闇朗読会」が珍しく東京で催されると知り、いまの家人を誘って二人で聴きにいった。目当ては田中さんのサックスと北野さんのトランペット。

その会場でＳＦファンイベント等を手がける今岡正治《いまおかまさはる》さんとお会いし、アンソロジー『夏色の想像力』の原稿依頼を受け、ぼくはというと、またぞろ、しょうもない作を発表する場を欲していた。そこで二つ返事で引き受けたものの、あとになって、「やばい、これ皆が本気で書くやつだ」と気がついた。ぼくは心の隙を衝《つ》かれやすい。

「海女《あま》さんにメタンハイドレートを拾ってもらうには」を真剣に突きつめることがおそらくＳ

Fである一方、この適当な作も、これはこれでSFと言えなくもない気がして、よくわからない。北野さんはほとんどトランペットを吹かず、でも、枯れたいい音を出しておられた。

◇法　則

二〇一五年、『小説トリッパー』の二十周年企画で、二十人が「二十」をお題に短編を書くという企画もの。時間が取れずに及び腰であったものの、いろいろあって、『あとは野となれ大和撫子』を書くための中央アジア取材旅行へ行く前日、なんとか徹夜で仕上げた。

スピード勝負であったため、「ヴァン・ダイン二十則が支配する世界」という、これまたミス研の部員であれば誰もが一度は考えるネタを投入。こういうことだけ考えて生きていきたい。

同じ企画に円城塔さん・藤井《ふじい》太洋《たいよう》さんがおられたので、とりあえず正二十面体だけは避けようと考えていたら、三者ともが同じことを考えていたとのちに判明した。

なお二十則の各項目については、原文が長くテンポを損なうため、東京創元社『ウインター殺人事件』を参照の上、Wikipedia の要約を頼らせてもらった。

◇ゲーマーズ・ゴースト

少しさかのぼって二〇一二年の末ごろ。『MATOGROSSO』より依頼を受け、手持ちの原稿を直して発表させてもらったもの。

元原稿は何を隠そう東京創元社の「ミステリーズ！新人賞」に応募したもので、その名も

「超オン・ザ・ロード」といった。三つ子の魂なんとやらである。

基本的にぼくの作風は一次選考向きではないので、編集さんが「なんだこれ」と手に取らないだろうかと期待し、変な題名をつけた。いかにも新人賞の応募者がやりそうなこの手口が、実は功を奏していて編集さんに読まれていたというのは、あとになってから知ったこと。問題は、ミステリではないことであった。

◇**犬か猫か？**

これも二〇一二年の暮れ。『小説すばる』で「猫」をお題としたショートショートの企画があり、参加させてもらったもの。山本弘《やまもとひろし》さんの「アリスへの決別」を読んだことが影響している。猫だからシュレディンガーとさっくり決めたわけではなく、実は前々からあたためており、そこに企画のお誘いがはまった形になる。戦火が近づくなかのしょうもない口論というワンシーンは、ぼくにしては珍しく自分でも気に入っている。それにしても、しょうもない話ばかりあたためているものだと思う。

◇**スモーク・オン・ザ・ウォーター**

書いたのは二〇一六年の終わりごろで、『あとは野となれ大和撫子』の連載を終え、短編の構成のしかたをいろいろと実験していた時期にあたる（これは前出の「エターナル・レガシー」も同様）。

セブンスターの公式サイトに四週連続で掲載されたもので、そのため、珍しく煙草《たばこ》が登場する。普段と異なるフィールドとあって、自分なりにSFの布教を試みたものでもあった。

この時期は、明るい話を書いてみたいとさまざまに試行錯誤してもいた。音楽も絵もそうだけれど、何事も暗くするのは簡単で、明るくするのが難しい。昔、バイト仲間のバンドマンに教わったことで、これは真実であるような気がする。

◇エラリー・クイーン数

数学のエルデシュ数についてWikipediaで確認しているときに思いつき、魔がさしたというか、若気の至りでその場で書いた。この作が人目につかないことを心から祈っている。

◇かぎ括弧のようなもの

『盤上の夜』で日本SF大賞をいただいたころは、まだ徳間書店が賞を後援していたため、受賞第一作が徳間書店の『読楽』に発表されることになった。が、書く時間がなかった。そのような慣習があるとは知らず、それ以前にまさか賞をいただけるとも思っておらず、ましてや新人のこと。うまく調整する術もなく、そのまま引き受けてしまった。

考えた末、十五枚の手持ちのショートショートを無理やり三十枚に延ばし、これでよしとしてもらうことにした。無理に引き延ばして失敗したと考えていたところ、その後もアンソロジーに入ってしまったりと、何かと心苦しかった。

今回収録したものは再度の推敲をし、十五枚に戻したバージョン。ようやく、荷物を一つ降ろせたような気がしている。

ご覧の通り、ヴォネガットの真似でもある。調子が悪いとき、ぼくはよく断章形式でヴォネガットの真似をするのだ。一種のリハビリテーションのようなものだと思うが、効果のほどはわからない。

◇クローム再襲撃

完全なる春樹《はるき》っぽさは存在しない。完璧な絶望が存在しないように。あるいはそれは、春樹っぽくなさを目指したその先にあるのかもしれなかった。しかし執筆にあたり、そのような馬鹿げた考えは捨てざるをえなかった。春樹っぽさの困難に突きあたったそのとき、ぼくはすでに本編を書き下ろすことの了承を得て、「パン屋再襲撃」風「クローム襲撃」という、この誰もが一度は思いつくだろうネタを書かないわけにはいかない状況にあったからだ。

正直に告白するならば、ぼくはこの仕事を三日で終えられると見積もっていた。しかし、いざ作業にとりかかったとき、ぼくは自分の考えのあさはかさに気づかされた。ギブスンの「クローム襲撃」にそこはかとなく漂うネガティヴとも言えそうな女性観は、村上《むらかみ》春樹の諸作品にもどこか通底するように思われる。電脳空間の描写は、春樹の地下世界と対《つい》をなすものであるはずだ。ところが、両者はミシシッピー川に釣り糸を垂らす退役軍人と渋滞に巻きこまれたアジアの三輪タクシーくらいに違った。ぼくは、もう少し早くそのことに気がつくべきであったのだ。でも、誰がわざわざそんなことをあらかじめ確認しようと思うだろう？

二十年前には――二十年、長い年月だ――暇さえあれば、サプリメントの注意書きやら授業で配られるプリントの内容やらを春樹風にアレンジする遊びをやっていた。振り返るなら、それは純粋な行為なるものであったと言えるだろう。あるいは、春樹っぽさとは行為にこそ宿るのではないかと、いまぼくは、だいたいにしてそのようなことを（以下略）。

◇星間野球

時効という言葉は、事件被害者にとっては苦々しいものであるはずだと思う。しかし、この言葉には何か救いもある。どういうわけか、ぼくは常に自分がなんらかの罪を抱えており、そしてそれが時効を迎えることを願っているふしがあるのだ。

今回末尾に置いた「星間野球」は、ぼくがデビュー作『盤上の夜』の最後の一編として書いたものである。重い話が多い連作であったので、最後はライトに締めたい意図があった。

結果的に最後の一編となった「原爆の局」は、なかった。

結局、担当であった小浜徹也さんの英断によってこの「星間野球」は没となり、『盤上の夜』は現在の形にまとまったのだった。本当にそうなってよかったと思う。

＊

小さいころ、授業中などによく手遊びをして怒られたものだった。ついでに言うと、宿題がまったくできない子供だった。手遊びをしていないときは、自作のゲームのプログラムなどを不意に思いついては紙に書きつけたりしていた。とかく集中力というものがなかった。

麻雀漫画の『ノーマーク爆牌党《ばくはいとう》』に、「ピントを合わせる牌」という台詞《せりふ》がある。

翻って考えるに、授業中のぼくは、自分なりになんらかのピントを合わせようとしていたのではないかと思う。そしてそれは創作においても同様で、これらの作は、やはりぼくにとっては必要な、ピントを合わせるための何物かであったのではないか。

というわけで、ようやくある種のカミングアウトができた。

楽しんでいただけたなら嬉しいし、失望されたかたには、こればかりは申し訳ありませんと頭を下げるよりない。しかし馬鹿をやるというのはぼくにとって宿痾《しゅくあ》のようなもので、もはや自分でどうにかできるものでないことも確かなのだ。

最後になりましたが、作品の収録を快諾いただいた各社の編集部に感謝の意を表します。

願わくは、これからもときどき馬鹿なことをやっていけますように。

二〇一七年　十月　　宮内悠介

◇著作リスト（二〇二〇年四月時点）

『盤上の夜』（創元SF文庫、東京創元社）
『ヨハネスブルグの天使たち』（ハヤカワ文庫JA、早川書房）
『エクソダス症候群』（創元SF文庫、東京創元社）
『アメリカ最後の実験』（新潮文庫、新潮社）
『彼女がエスパーだったころ』（講談社文庫、講談社）
『スペース金融道』（河出書房新社）
『月と太陽の盤――碁盤師・吉井利仙の事件簿』（光文社文庫、光文社）
『カブールの園』（文春文庫、文藝春秋）
『あとは野となれ大和撫子』（角川文庫、KADOKAWA）
『ディレイ・エフェクト』（文藝春秋）
『超動く家にて』（本書）
『偶然の聖地』（講談社）
『遠い他国でひょんと死ぬるや』（祥伝社）
『最初のテロリスト カラコーゾフ――ドストエフスキーに霊感を与えた男』（訳書、クラウディア・ヴァーホーヴェン著、筑摩書房）
『黄色い夜』（集英社）

解説

西島伝法

　宮内悠介の名前を目にして本書を手にとったものの、超動くとか書かれていて戸惑っているだろうか。すでに『スペース金融道』を読んでいるなら、そのまんまのタイトルや、作品内に仕込まれた「聞こえていますか……」やディープ・ドリームのネタあたりで、本人のユーモアというか盆暗《ぼんくら》さに気づいているはずだ。宮内さんの Twitter 短歌を知る人にとっては馴染みのものであるかもしれない。

　筆者は創元SF短編賞の一年後輩にあたり、知り合った頃から漫画の趣味などで薄々感じてはいたが、互いに黒歴史な自作曲を送り合ったときにその盆暗さを否応《いやおう》なく確信させられた。宮内さん（実はボカロPとしての顔も持つ）から届いたのは、学生時代に作ったという、プロレスラー蝶野正洋《ちょうのまさひろ》の「黒はふたつはいらねぇんだ！　いいか！」「あいつらはピンク野郎だ！」などの名台詞《めいぜりふ》がサンプリングされたものだった。

　そういった盆暗純度の高いものが短編小説としても書かれ、デビューから現在に到るまでの間に隙あらばと送り出されてきた。それらをまとめ、軌道上を漂っていた「星間野球」で蓋《ふた》をしたのが、この『超動く家にて』——俗称、宮内悠介バカSF短編集である。本書担当編集者どうしで、どの作品が最もバカなのかが議論になったという。たぶん、あとがきじゃないだろうか。ともかく、ようやくこの短編集を手にとって読めるという喜びと共に、ほっとした気持ちがある。

作家・宮内悠介の主軸はシリアスな作品にあり、バカ短編はあくまで息抜きにすぎない、と見る向きがあるかもしれない。

確かに実存的な問題と向き合った真摯な作品が多いし、インタビューの受け答えからは誠実で思慮深い人物像がうかがえる。ちょっとどうかしていると思うことがあるほどに。自明とされる物事に対しても鵜《う》呑《の》みにせず予断を避け、不確定な場に一歩引いて自らの目で捉《とら》え直す。例えば『彼女がエスパーだったころ』の「水神計画」では、疑似科学やオカルトだと一蹴《いっしゅう》されるような、水に「ありがとう」と呼びかける行為にすら、ある特殊状況を設定することで別の見方を提示してみせる。

ちなみに雑誌掲載時のツイートはこうだった。

擬似科学シリーズの四作目で、今回は一行で説明できます。水に「ありがとう」と言うことで、汚染水を浄化しようという話です。本当に申し訳ありません。

本人にとっては、元来シリアスとバカのどちらもが、「犬か猫か?」のぬいぐるみのように重ね合わせの状態にある重要な主軸であり、一方のみで成り立つものではない。そうでなければ、初の単著である『盤上の夜』の最後を「星間野球」で締め括《くく》ろうとするはずがない。なにしろ宇宙ステーションで野球盤対決をする話なのだ。消える魔球まで出てくる。最高だ――が、これが最後を飾っていたら、評価は幾分《いくぶん》違っていたかもしれない。

当然というか、「星間野球」はボツとなり、代わりに「原爆の局」（作中の詩的表現が素晴らしい）を得て『盤上の夜』はひとつの大きな奔流《ほんりゅう》となった。

二作目の『ヨハネスブルグの天使たち』ではよりSF色を強め、ポストヒューマンSFと評されることもあったが、むしろ宮内さんがポストヒューマンだろう。でなければ、どうして常にこれだけの質を保ったまま、多様な主題を据えた作品を加速度的に送り出し続けることができるのか。以前は筆者のブログで創元SF短編賞出身者の活動状況を更新していたのだが、だんだん宮内悠介広報ページみたいになっていくのがおかしかった。本書『超動く家』は十一作目にあたるという。

順風満帆に見えるが、新人賞への投稿歴は十年と長い。大学ではワセダミステリクラブに所属し、主にミステリ系の賞に応募しては一次選考落ちしていたらしい。まだ筆力が伴っていなかったこともあるのだろうが、この頃の自分について「よくある無根拠な自信とともに。まだないジャンルを書きたかったです。」（WEB本の雑誌〈作家の読書道〉より）と語っているように、混沌としたポテンシャルのせいで一つのジャンルでは資質を計りきれなかったのではないか。著者あとがきで触れられた「ミステリーズ！新人賞」の応募作「ゲーマーズ・ゴースト」

の話とも符合する。

以前宮内さんから聞いた話では、まだSFに触れていなかった頃に自分が導き出した考えを自信満々に話していたら、おまえの考えていることなどすでにここに書かれている、とスタニスワフ・レムの『ソラリスの陽のもとに』を渡されて衝撃を受けたという。初めて読んだSFが、異質な知性との意思疎通の不可能性をテーマとした、SF史上に残る究極的な作品だったわけである。惑星ソラリスの海は、その者の内面から引きずり出したものを具象化する。それは時に正視できないほどに恐ろしいものとなる。宮内さんはなにと対峙することとなったのか、ソラリスに連なるSF宇宙を迂回してミステリ惑星に降下し、彷徨《さまよ》うように執筆と応募を繰り返しては砕け散り、「創作の神様はぎりぎりを見極める」〈WEB本の雑誌〈作家の読書道〉より〉というタイミングで、具象化されるようにSFの賞からデビューする。ここでもまたSFの資質を問われながら。

その後は、それまで世界中の国々を渡り歩いてきたように、SF、ミステリ、純文学――と各ジャンルを越境していき、各賞のノミネートや受賞を次々と経てシリアスの奔流を補強されていく。「エターナル・レガシー」に「勝負事はいっさいが紙一重だ。そして、紙一重はいまもつづいている。」という言葉があるように、本人にはそれが順当な成り行きだとは思えなかったはずだ。プレッシャーは相当なものであったろうし、本書のあとがきで触れられた〈乖《かい》離《り》〉も実際に起きていた。同じくあとがきにある「このままでは、洒落や冗談の通じないやつだと思われてしまわないだろうか。」「深刻に、ぼくはくだらない話を書く必要に迫られていた。」という切実な言葉からは、むしろ愚直なまでの生真面目さが際立っており、よりいっそう洒落や冗談が通じなそうでやばい……。本書担当編集者から聞いた話では、シリアスな精神医療テーマに挑んだ『エクソダス症候群』の刊行時、宮内さんは様々なインタビューの受け答えで、なぜか毎回「バカになりたいんです」「もっとバカにならなくては」「バカに」と繰り返していたという。いまにも片眉を剃《そ》り落とさんばかりだが、偉大な道化とはそういうものである。

そんなわけで宮内さんは押し固められていくシリアス作家像に、バカ短編の穴を穿《うが》ってひとしれず抗《あらが》ってきた。本人曰く、シリアスとバカの比率は一対一が理想、とのことだが、バカらしいネタを提案したはずが、いつの間にかシリアス重力に軌道修正されてしまうことがままあるという（ちょっとぼやいていた）。本書の刊行によってこうした傾向の作品がもっと増えることを願ってやまない。

髪の色もそうした抗いのひとつかもしれないと思うことがある。最初に会ったときは、重々しいほどに真っ黒だった。が会う度に、そしてインタビューなどで写真を見かける度に、赤に、緑に、金に――と色相環をマニ車のごとく回していき、こちらの記憶をやり過ごす。それにつれ存在にウーパールーパー的な透明感が増していくのは、いまが何色なのかが判《わか》らないせいだろうか（家系的に薄くなりそうだから、いまのうちに色んな髪色を試してみたくて、と言っていたような気もする。なるほど。いやよくわからない）。

そう、マニ車――チベット仏教などで用いられる円筒形をした仏具で、側面にはマントラが刻まれ、内部には経文が巻かれて収まっており、回転させればお経を唱えたことになるという有り難きもの。そんなマニ車な家を舞台にした出落ち短編「超動く家にて」を書名に冠したこの短編集じたいがマニ車であり（それなら本を回転させるだけで読んだことになるが）、タイトルごとの部屋には、いつもよりもくつろいだ素の宮内さん（髪の色は不確定）の気配が感じられるはずだ。こちらがＺ８０を名乗る胡散臭い親爺《おやじ》であっても、中に招いてゲームで対決してくれそうな。だがそれは見せかけにすぎず、手にはかぎ括弧を忍ばせているかもしれない。だからこちらも対《つい》になるかぎ括弧か、この部屋に打ち込むべきクイーン数を携えておくくらいの気構えは必要だろう。

　マニ車は回転する。

　回転には硬い軸が必須だ。ここでその役目を果たしているのは、高まっていく評価と変わらぬ自己との裂け目に嵌《はま》り込んだ時期に書かれたという切実な短編「アニマとエーファ」だろう。テーマ的には、日本製のホビーロボットが世界各地の紛争地にまで普及した世界を描く『ヨハネスブルグの天使たち』と、政変後の小国で後宮の女性たちが臨時政府を立ち上げる『あとは野となれ大和撫子』との間を繋ぐ作品である。

　語り手であるアニマは、かつて小説家だった爺《じい》さんに廃材で作られたロボットで、孤立言語（この設定はどこか、英語と日本語の狭間にいた子供時代の宮内さんを思わせる）で変な物語を次々と書いては人に読ませる。爺さんはアニマに言う。

「おまえは、物語を神の手に返すんだよ」

本書の収録作をアニマの書いた物語に見立てて読むこともできるだろう。様々なジャンルの物語がごった煮になって回転しているが、ホームグラウンドであるミステリを基盤にした方が、バカのタガが外れやすいようだ。もちろん宮内作品の定番とも言える、対決ものもある（そういえば宮内さんと登壇したトークイベントも対決形式だった）。

「トランジスタ技術の圧縮」は、著者曰く「しょうもないネタ」である、分厚い雑誌を文字通り圧縮する競技（本短編集への収録にあたり、宮内さんが内容確認のために中古の『トランジスタ技術』誌を取り寄せたら、すでに圧縮済みのものが届いたという……）の話だが、その設定に呆れて読み進めるうちに、いつの間にか「黒はふたつはいらねぇんだ！」という叫びが聞こえてきそうな取組みの真剣さに引き込まれている。まるで股間に白鳥の頭をつけたまま超絶技巧で踊るバレエダンサーを眺めているようであり、くだらなさと真剣さとが回転して重ね合わされる。「クローム再襲撃」になると、水と油のように思えるウィリアム・ギブスンと村上《むらかみ》春樹《はるき》が対峙する間もなくすでに攪拌《かくはん》されており、まるで吉幾三《よしいくぞう》とシャカタクのマッシュアップ（実在する）を聴いているような読み心地ににやけつつ目眩を覚えていると、不意にあの特徴的な比喩の模倣を通じて本家の魅力に改めて気づかされたりもする。

「あいつらはピンクだ。ピンク野郎だ！」

もはや白黒をつけるどころではない。宮内作品における対決は、未知の場に繋がる出入口を現出させるために必要な回転を、目眩を得る手続きなのだ。

超動く家には出入口が存在しない。それをあぶり出せるのは、家の軸を握り、読むという対決行為で回転を生じさせることのできる読者だけだ。そのときには、笑い声を発する出入口を開きながら、自らの頭もまた回転していることに気づかされるだろう。

初出一覧（収録順）

「トランジスタ技術の圧縮」『アレ！』vol. 7（電子雑誌）、project allez!、二〇一二年三月
「文学部のこと」『S.E.』4（同人誌）、左隣のラスプーチン、二〇一二年五月
「アニマとエーファ」『ヴィジョンズ』、講談社、二〇一六年十月
「今日泥棒」『清龍』第十一号（同人誌）、清龍友之会、二〇一二年十一月
「エターナル・レガシー」『ＳＦマガジン』二〇一七年四月号、早川書房
「超動く家にて」『清龍』第十号、清龍友之会、二〇一一年十一月／『年刊日本ＳＦ傑作選 拡張幻想』東京創元社、二〇一二年六月
「夜間飛行」『人工知能』vol. 29 No. 4、人工知能学会、二〇一四年七月／『人工知能の見る夢は』文藝春秋、二〇一七年五月
「弥生の鯨《くじら》」『夏色の想像力』（同人誌）、夏色草原社、二〇一四年七月
「法則」『小説トリッパー』二〇一五年夏号、朝日新聞出版、二〇一五年六月／『20の短編小説』朝日新聞出版、二〇一六年一月／『年刊日本ＳＦ傑作選 アステロイド・ツリーの彼方

へ』東京創元社、二〇一六年六月
「ゲーマーズ・ゴースト」『MATOGROSSO』（Webマガジン）、イースト・プレス、二〇一三年二月・三月
「犬か猫か?」『小説すばる』二〇一三年一月号、集英社
「スモーク・オン・ザ・ウォーター」JTスモーカーズID Webサイト、二〇一六年／『年刊日本SF傑作選 行き先は特異点』東京創元社、二〇一七年七月
「エラリー・クイーン数」『清龍』第九号、清龍友之会、二〇一〇年十二月
「かぎ括弧のようなもの」『読楽』二〇一三年八月号、徳間書店
「クローム再襲撃」単行本『超動く家にて　宮内悠介短編集』への書き下ろし、二〇一八年二月
「星間野球」『小説野性時代』vol. 109 付録　野性時代 読切文庫⑮、角川書店、二〇一二年／『年刊日本SF傑作選 極光星群』東京創元社、二〇一三年六月

単行本
『超動く家にて　宮内悠介短編集』東京創元社、二〇一八年二月

著者紹介　1979年東京生まれ。早稲田大学第一文学部卒。「盤上の夜」で第1回創元SF短編賞山田正紀賞受賞。同題の作品集で第33回日本SF大賞、『ヨハネスブルグの天使たち』で第34回同賞特別賞、『彼女がエスパーだったころ』で第38回吉川英治文学新人賞、『あとは野となれ大和撫子』で第49回星雲賞受賞。

検印
廃止

超動く家にて

2021年4月9日　初版

著者　宮《みや》内《うち》悠《ゆう》介《すけ》

発行所（株）東京創元社
代表者　渋谷健太郎

162-0814/東京都新宿区新小川町1-5
電話　03・3268・8231-営業部
03・3268・8204-編集部
URL　http://www.tsogen.co.jp
フォレスト・本間製本

乱丁・落丁本は，ご面倒ですが小社までご送付ください。送料小社負担にてお取替えいたします。

ISBN978-4-488-74703-9　C0193

第1回創元SF短編賞受賞

Perfect and absolute blank:◆Yuri Matsuzaki

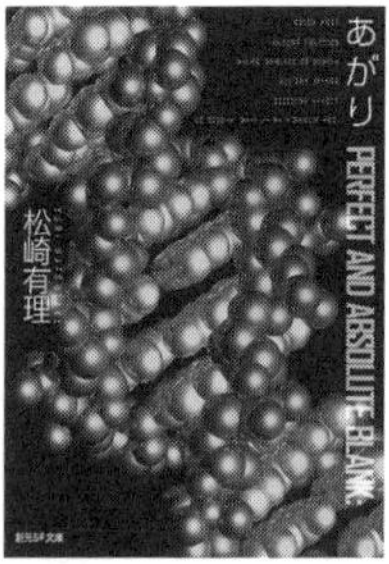

あがり

松崎有理

カバー=岩郷重力+WONDER WORKZ。

◆

〈北の街〉にある蛸足型の古い総合大学で、
語り手の女子学生と同じ生命科学研究所に所属する
幼馴染みの男子学生が、一心不乱に奇妙な実験を始めた。
夏休みの研究室で密かに行われた、
世界を左右する実験の顛末は？
少し浮世離れした、しかしあくまでも日常的な空間——
“研究室”が舞台の、大胆にして繊細なアイデアSF連作。

収録作品=あがり，ぼくの手のなかでしずかに，
代書屋ミクラの幸運，不可能もなく裏切りもなく，
幸福の神を追う，へむ